小说月報

原创长篇小说丛书

阴影

马枋 著

BH BAIHUA 1958

百花文艺出版社

BAIHUA LITERATURE AND ART PUBLISHING HOUSE

图书在版编目（CIP）数据

阴影 / 马枋著．—天津：百花文艺出版社，2011.5

（小说月报原创长篇小说丛书）

ISBN 978-7-5306-5914-4

Ⅰ．①阴… Ⅱ．①马… Ⅲ．①长篇小说—中国—当代 Ⅳ．①I247.5

中国版本图书馆 CIP 数据核字（2011）第 079349 号

百花文艺出版社出版发行

地址：天津市和平区西康路 35 号

邮编：300051

e-mail：bhpubl@public.tpt.tj.cn

http://www.bhpubl.com.cn

发行部电话：(022)23332651　邮购部电话：(022)23332478

全国新华书店经销

河北省三河市宏达印刷有限公司印刷

*

开本 880×1230 毫米　1/32　印张 8.625　插页 4　字数 201 千字

2011 年 5 月第 1 版　2011 年 5 月第 1 次印刷

印数：1-5000 册　　定价：19.00 元

0

女中学生祝小桦无论如何也想不到,自己会在那样的场合、在那样一种情形之下看见自己的父亲。

真是一个毁灭性的夜晚。

那天晚上,小桦同班的一个同学过生日。现在中学生的人际交往模式已经很像成年人了。十来个孩子一起吃喝完毕,又去K歌。以前小桦也跟同学去过KTV,都是那种大众化、面向青年人的时尚歌厅,但这一次,他们去了一家比较豪华的夜总会,原因是那位同学家里很有钱,并且孩子们又实在太想开心。

就这样,高一女生祝小桦在那家夜总会看见了自己的父亲。

因为接听一个电话,而房间里声音太吵,小桦就来到走廊。于是,她无意间透过某条半开的门缝看见了父亲。看见他在另一个包间里。坐在沙发上。搂着一个歌厅小姐。在喝酒。就是这些。

祝小桦回身拿上自己的书包,一路狂奔离开了夜总会。

1

祝小桦的第一次呕吐,发生在春节期间,在父母的一次同学聚会上。

那天傍晚,陶桦对着镜子把自己收拾停当,又去审视老公祝自修和女儿祝小桦的着装打扮。她指出老公的领带搭配在颜色上有问题,又批评女儿涂了口红。"青春女孩儿自然美才是美!"她让小桦把口红擦掉,小桦不肯;祝自修提醒说时间快到了,但陶桦坚持着让女儿擦掉了口红。一家三口有点别扭地出了门。

春节期间酒店的生意异常火爆。似乎人们都倦于在自己家里动手做东西吃,也不满足于自家人关起门来吃自己的东西。

吃别人做的菜,让自己更快乐吧!开着车的祝自修想起在网上看到的这句话,心里暗暗散发着笑意。他不认为这是对名人名言的恶搞,而是一种成年人的智慧。

祝自修今天心情很好,只是领带颜色的问题让他有一点不安。陶桦就是这个样子,总是能在他身上找出一些细小的毛病,从而证明自己比他棋高一筹,然后对他指手画脚。这一次他没有听她的;他感觉这条蓝地白点的领带让他看上去很有精神,可她偏偏说颜色不对。

此时,祝自修的心情变得有些复杂。他正在带领家人去酒店赴宴。身为国有控股企业一家分厂的副厂长,他一年有三百天要在酒店吃饭,但这样跟老婆孩子一道全家聚餐,每年也只一两次。比如,前些年的结婚纪念日(近两年已被忽略),再比如,女儿的生日。祝自修感觉家宴尤其累人,比官方酒场的应酬还累。酒桌上的应酬累的是身体,但只要拥有一只容量较大的胃,能装得进去大量的酒水,还能吐得出大量的酒辞,那么就可以做到得心应手;而家宴,累的是心。家里一大一小两个女人都让他头疼。尤其这两年,小桦长大了,两个女人经常唱对台戏,局面变得更加复杂难于应付。

但今天有些不同。今天是三家同学聚会。他跟陶桦共同的同学。男同学贺大刚是本市知名的房地产开发公司老总;女同学姚琳琳家在外地,这次是春节期间全家自驾出游路经此处。

让祝自修暗暗兴奋的是姚琳琳的到来。上大学那会儿,曾有一度,他对姚琳琳非常迷恋,还给她悄悄送过一张电影票。结果,那天的晚场电影他一个人勉强支撑着看了不到三分之一就跑了出来。回想起来,自己那时真是傻得透气,喜欢一个女人却什么也不敢做,甚至都不敢当面送出一张电影票。

直到现在，祝自修也不清楚那天姚琳琳没有赴约的真实原因，是她对自己没有兴趣呢，还是压根儿就没有看到那张被他放入信封又投进信箱的电影票？

往事哪堪回顾，片片如雪，遁入枝叶深处。

祝自修多情地想，这妮子还会像当年那么轻盈妩媚吗？

一家人赶到酒店时，贺大刚已经先到了。今晚是贺大老板做东，地点选得相当不错。因为姚琳琳家在内地，所以今天的聚餐在本市有名的观岛海鲜厅，面朝大海，春暖花开，称得上是享受人生的佳境。

祝自修注意到贺大刚身边的女人又换了。这是贺老板的个人风格。他在外面吃饭，从来不带家里那个女人，而随身女友却是花样翻新。如果不是亲自参加过贺大刚的第二次婚礼(他的第一任夫人因为无法忍受他的女友们而愤然离去)，祝自修甚至都不清楚自己的老同学是不是还有一位固定的妻子。这就是有钱男人的生活。祝自修想，这家伙不仅艳福齐天，而且胆量还这么大，公然把小蜜带到同学聚会上。

陶桦在酒店一楼大堂迎候。想象着十八年前姚琳琳的模样。那时的姚琳琳生得娇小柔媚，惹人怜爱，大家都叫她林妹妹。她们住在两个不同的宿舍，关系一般，说不上很亲近，但也没有什么不快的交往。陶桦感觉自己跟姚琳琳不是同一种类型的人。在学校时她并不知道祝自修对姚琳琳的暗恋，还是结婚之后，有一次祝自修喝多了，一不留神讲了出来，说自己曾经喜欢过林妹妹，其实宝姐姐才更适合自己。他说陶桦就是宝姐姐，所以才能修成正果。

远道而来的客人终于出现了。陶桦第一眼就发觉姚琳琳的变化，真是大得让人始料不及。姚琳琳不再是当年那个林妹妹了,模样倒是变成了薛宝钗,面如满月,体态丰盈;而说话那风风火火的劲头,又像是史大姑娘。

祝自修同样惊叹于林妹妹的变化。岁月不仅会让女人长出皱纹,还会让她们长出许多肥肉。对于女人来说,皱纹加肥肉,就等于资格。一个有了资格的女人,就可以对男人指手画脚了。他看到酒桌上,姚琳琳大声大气地说话,而她那老公一脸的谦和与沉默,就知道这个林妹妹绝没有看上去那么温柔。祝自修有些释然地想,看来,如果当初娶了她,自己现在兴许也好过不到哪儿去。

多年不见的老同学聚会,主题内容基本都差不多。先是怀旧,再谈现状。酒宴进行到一半,气氛看上去仍然热烈,但该叙的旧已基本叙完,对彼此生活现状的新奇与探究也大体完成。昔日春草般悄然萌动的爱情,在二十年后的相见时分惨遭粉碎,心底残存的最后一点火花也被一杯杯啤酒浇得再无声息。这就是老同学的相聚。青春永远抵不过岁月,就像理想总是让位于冷酷的现实。

话说得不少,酒也喝了很多,就会有人跳出来放开自己。贺大刚就是这种人。在大学时,他是那种并不惹眼的男生,身高不过关,长相也平常,像姚琳琳这样骄傲的小公主,几乎看都不看他一眼。但今天不同了。今天的贺大刚虽然身高仍然没有见长,甚至由于发福而显得更矮一些,然而已是财大气粗、呼风唤雨的人物,还有什么是他不敢做的?只见贺老板为林妹妹倒上酒,自己也满了杯,端起来,颇有几分认真地说,“老同学,你可是当年公认的班花,全班男生没有一个不喜欢你。你不选择我也就罢了,谁让我长得困难呢!可是,像祝班长这种风流倜傥的才子,你怎么也不考虑考虑呢?”又转向祝自修说,“就怪你当年胆子太小,结果,让班花旁落,肥水流了外人田,哈哈!”

贺老板这番话一下子惹得三个人不开心。陶桦的心里自然有一点不舒服；被称为外人田的姚琳琳的丈夫，只能无声地笑笑，毕竟人家是大学同学，而他是后来者；贺大刚带来的女随从，是这场酒宴上真正的局外人，也一直没有她说话的机会，偏偏这女孩儿是那种不甘寂寞的人，此时见贺大刚在跟昔日班花调情，就借着酒劲站起身，走到祝自修身边，没深没浅地说："贺总敬你们的班花，我就敬你这位英俊潇洒的班长，来，祝厂长，第一次见面，我跟你喝一杯！"

祝自修有一点犹豫。说实话，他有些看不惯贺大刚这种做法，认为他带外人来不合适，但他知道贺大刚就是喜欢这种显摆。当着老婆的面，还有昔日暗恋的女同学，跟这种女人喝酒，他很有顾虑，而且也是不大情愿的，所以他犹豫着，不想喝。谁知那女孩儿不依不饶地，探过身子替祝自修端过那杯酒，硬是往他手里塞。

女中学生祝小桦就是在这时感觉恶心的。

她在父亲的另一边站起身，捂着嘴，急促地跑进洗手间。因为豪华包间内设独立的卫生间，所以小桦在里面呕吐的声音传了出来，大家都听得很真切。

祝自修趁机对老婆说，你去看看小桦。陶桦起身走开了，场上秩序有一点零乱。年轻女孩儿的劝酒被冷在一旁。她仍不甘心，就问祝自修，你女儿多大了？祝自修说，十六。

"十六了？！"劝酒女一惊一乍地说，"那可得小心点儿！这么大的女孩儿呕吐，可别出了什么事儿！"

这句话被陶桦听到了。当时，她正在推开洗手间的门。

2

刚刚做完下午的咨询，吕青萍打开咨询日志，准备把刚才这个案例记录下来。她发现这个厚厚的本子快用到了尽头。这是今年的记录。近百例咨询个案,拿在手里沉甸甸的。

心理咨询师吕青萍从业将近六年,一直喜欢用手写的形式记录案例。她不太信任电脑;她觉得把那么多人私密的痛苦放在电脑里让人不太放心。电脑这种东西看上去沉默而严谨,但它与这个世界以一种奇特的方式连接着,而这种连接,往往超出个人的控制能力。

吕青萍还是喜欢富有质感的由纸张订成的笔记本。天!连笔记本这个专用名词现在也被电脑抢滩,数码时代无孔不入地挑战着我们的传统。所以,保护个人的生活隐私,尊重每个生命的自主权,就显得格外重要。因此,吕青萍坚定地使用纸张意义上的笔记本,这种用品她可以掌控它的开与合;当笔记本合上时,一切秘密都被有效保护了,不会有另外的知情者,除了她和求助者本人,只有天地众神。

吕青萍看了看表,下午四点半,今天预约的咨询都已结束。接下来的时间就完全属于她自己了。她很愿意享受这样的时光。在一个无人打扰的时空,听任自己的思绪随意飘游,可以让自己什么都不去想,或者什么都想;不用再关注与倾听别人的烦忧,只跟自己的心灵进行亲密的对话,这真是一种上天的赐予。吕青萍把这种时光描述为,跟自己在一起。

她打开电脑音箱。在音乐收藏夹里找到一支最近喜欢上的曲子。这是一位朋友推荐的。一位做过诗人的女人。

"神秘园之旅·潘笛戴娜第5首:Pan is Alive 情箫

大雨将至前的风声肆意混合着飘逸的女声。诉说!她正诉说着一个美丽的故事。"

这是女诗人在QQ里发给她的推荐语。后面还有一段这样的描述：

潘笛又称排箫。它是世界上最古老的乐器之一，在希腊神话中，它被称为：潘神的牧笛(panpipes)。在那个浪漫的神话故事里，山林水泽之神茜任克丝(Syrinx)为逃避牧神潘(Pan)的追求，将自己化身为水边的芦苇。牧神为之神伤削芦管制成乐器吹奏，用它迷人的声音来治愈失恋的痛苦。在南美的安第斯山地区也有类似这样的乐器。安第斯的山风穿过折断的芦苇或竹子，发出了令人惊异的奇妙声音，人们由此制成了名为“安塔拉”(amara)的乐器——排箫。

山风穿过折断的芦苇。吕青萍被这个意象所打动。排箫在急促地诉说着。一个失恋的故事，以及，用来疗伤的一种声音。

手机铃声伴着《情箫》响起来。吕青萍接听。一个女孩儿虚弱无力的声音。

“救救我！”女孩儿在电话中说，“我在你的楼下徘徊近一个小时了！如果我不去找你，我今晚可能会做出一件特别的事情！或者去杀他！或者杀死我自己！”

“你上来吧！我等你。”吕青萍对女孩儿说。

“你能帮帮我吗？”女孩儿的声音已很疲惫。

“只要你上来，你就会得到帮助！”吕青萍坚定地说。

《情箫》已播放到最后部分。无字的女音以“啊”的音节表达着最后的无奈与挣扎。

电话铃再次响起。

“我……不想上去了……”女孩儿的声音越来越小。

“我理解你的犹豫。但我知道，你在楼下徘徊一个小时了，就是为了上来见我，是不是？”

“嗯……好吧。我上去。”

吕青萍关掉了音响。《情箫》的余韵还在耳边缭绕着。一个失恋的故事。一个失恋的故事？

轻轻的脚步声在楼道里响起来。吕青萍提前打开了房门。

"难道，这就是奇妙的共时性？"她问着自己。

3

祝小桦第二次呕吐，发生在一天早上。

陶桦很早就醒了，发现床的另一边是空的。想起昨夜已经很晚时，祝自修打过一个电话，说是陪人打牌，可能回不来了。这种情形从前也曾有过，虽然次数不多，但陶桦并不想过多猜疑。男人嘛，总需要一些特殊场合的应酬，比如牌桌上。她知道，老公祝自修从去年起开始在厂里负责产品销售，有大量的客户群体需要维护，他这个主管销售的副厂长，在其位就得谋其政。

陶桦在卫生间洗漱时，发现镜子中的女人眼睛有点浮肿。看来还是没有睡好。她用冷水拍了拍脸，感觉有了些精神，就去做早饭。

这是一个星期天。但小桦比往日起来得还早些。她穿着睡袍在房子里转了一圈，最后跑到厨房，问妈妈，"我爸呢？一早就出去了？"陶桦一边往平底锅里打着鸡蛋，一边若无其事地说，"昨晚没在家。电话里告诉我，又陪人打牌了。"小桦不再说什么，默默地洗漱穿衣。

当母女俩坐到餐桌前准备吃饭时，祝自修一脸倦容地回来了。

"又输了吧？"陶桦不冷不热地问了一句。

"不是输赢的问题，"祝自修回道，"得江山者，不在乎一城一池。"

"听这口气，好像江山已经打下半壁了。"陶桦有些嘲讽地说，“我看你是不爱江山爱美人吧！”

平日里父母说话，小桦一般不太插嘴，这会儿，小桦埋下头喝了一口粥，让粥在喉咙间辗转片刻，又吐回了碗里。她感觉自己没来由地想发火，不知这火气是来自于粥，还是来自于做粥的人。

“妈妈，你这皮蛋粥怎么弄得腥乎乎的？”

陶桦尝了一口，说，“腥？我怎么没尝出来？跟平时的做法一样啊！”

“你自己做的，当然不承认！”

陶桦又喝了一口，有些疑惑地转向丈夫，“你来尝尝，有什么不对劲儿的吗？”

祝自修却说，他不想吃东西，只想去睡一会儿。

小桦就是这个时候冲进卫生间的。

其实她胃里没有什么东西。刚刚喝的那口粥，已经返回碗里了。

陶桦不安地望着丈夫，脸上写满了担忧。她不由得想起同学聚会那天晚上，贺大刚的小蜜说的那番话。她瞄了一眼卫生间，对丈夫说出了自己的担心。

“怎么可能呢？”祝自修不以为然地说，“那天吃饭时呕吐，可能是吃东西不对劲，胃里不舒服吧！”

“可是，一大早就吐，胃里还没有东西呢！”

“嗓子不舒服了吧！”祝自修说，“小桦有没有慢性咽炎？”

陶桦生气了。“你一点都不关心女儿！要真是出了什么事儿，你这个做父亲的就没有责任？”

祝自修耐着性子对陶桦说，“要相信自己的孩子。小桦虽然有些事情上不听话，但总不至于做出那么荒唐的行为！”陶桦说，“算了！用不着你操心！我哪天带她去医院，给她看看胃有没有毛病。”

4

其实昨晚祝自修确实在打牌。

他不会为了一个女人而彻夜不归。他有自己的原则。家庭与婚姻，都有着法律意义；而法律是神圣的，不可撼动。而且，到目前为止，还没有哪个女人有足够的力量把他从婚姻中拉出来，即便是她，那个藏在心底的女人，也没有动摇过他对家庭的责任。

但他还是说了一点谎，因为他不是跟客户打牌，而是跟贺大刚在一起。

贺大刚这几年靠房地产发达了。如今房价虽然像一个爱耍性子的女人，忽冷忽热，可是房地产开发商却早已赚得盆满钵满，卖出去的房子赚的是银子，而没有卖掉的房子捂在那里待价而沽，赚的将会是金子了。

祝自修前些年跟贺大刚联系不是太多，贺大刚也很少主动找他；两人都感觉，有一种微妙的东西横在他们之间。但这两年情况有些改变，可能是人过了四十，就容易怀旧吧；或者是对功名与金钱有了新的认识，那种得到了之后的淡漠，从前那些有关差异的衡量标准也就慢慢隐去了。

自姚琳琳匆匆来去之后，祝自修就想好好跟贺大刚喝一次酒。他感觉自己心里有一些话想说，可是又不知道真正想说的是什么。他发觉此时自己真的需要一个可以倾诉的人，但这人可以是谁？陶桦？完全不可能。那些欢场中偶遇的莺莺燕燕？她们又懂得什么！如果她在就好了，她，那个他永远失去了的女人。

只有贺大刚了。即使什么也不说，只是敞开来醉上一回，心里也会痛快许多。

贺大刚接到电话就乐了，说，“我正想找你呢！带你去一个神秘的地方，打牌。”

打牌本身并没有什么神秘可言，但是在哪里打，怎么个打法，或许还有一点悬念。不过，祝自修也算得上是见过世面的成功男人了，况且他找贺大刚的本意，并不是打牌，只是想跟老同学聊聊天。但他还是答应下来。

贺大刚带祝自修去的地方，是离市区三十公里开外的虎啸山庄。贺大刚说这是他的一个朋友的地盘。去年刚开的，虽然里面吃喝享乐一应俱全，却没有对外开放，只是一些熟人经常来玩，类似那种会员制的俱乐部。

山庄内果木扶疏，奇石林立，小桥流水，残阳斜照，令人顿生归隐之心。祝自修不由大加赞叹，说，老贺，你们这些有钱人真会享受人生啊！贺大刚脸上浮着一层笑意，说，“祝大厂长，所谓享受，也无非是吃喝玩乐，哪还有什么新花样！不过是大家一起凑凑而已。”

自然是先要吃喝。在吃什么已经不是问题的今天，有时，吃什么还真的成了问题。吃饱吃好的要求已经提不上台面了，吃营养吃健康的理念也只是一般百姓的饮食标准，而吃新奇吃刺激，才是他们这小部分精英人物的追求。

贺大刚领着祝自修参观了水族宫和野趣园。他告诉老同学，这里的各类动物，无论是海里游的，陆上走的，甚至曾在天上飞的，都可以拿来吃，都是等待给贵宾们享口福的。祝自修看着那些奇形怪状的鱼，很多都是没有见过的，长相有的凶狠，有和温良；一只鳄鱼正被捆住长嘴，大睁着绝望的小眼睛卧以待毙。祝自修见了，摇着头说，“人家活得好好的，怎么忍心吃掉？”

在野趣园，贺大刚指着那些鸟类，说，“这里有大雁，珍珠鸭，还有天鹅，”他坏坏地笑着，“如果你承认自己跟青蛙同族，就可以尝尝天鹅肉了！”祝自修说天鹅不是国家保护动物吗？真是造孽啊！

山珍海味弄了满满一桌，食客也足有八九个人，他们都是山庄的常客，贺大刚跟他们看上去也很熟。酒足饭饱之后，进入了今天的主题——打牌。

各自进入棋牌室，祝自修才明白贺大刚为什么会作出那种神神秘秘的样子。

装潢华丽的房间里，不仅为牌客们准备了高级麻将桌和骨质麻将牌，还为每个人准备了一个漂亮小姐。小姐们穿着豹纹的胸罩，浅浅地兜住美丽的胸脯，乳沟深露，被暖暖的灯光勾勒出迷人的阴影；她们下身穿着同样是豹纹的短裤，却是皮草的质地，毛茸茸地衬托着一段白腻丰美的小蛮腰，散发着野性的诱惑。

祝自修在心底暗叹，这牌可怎么打啊？

小姐们围上来，一人拉上一个把客人护送到座位上，并顺势粘在客人身边。

贺大刚坐下来，笑着看祝自修，说，"这可要考验你的定力了啊！如果情场得意，赌场就会失意，公平法则！"

祝自修很快发现，同桌的牌友们可能已经久经沙场了，个个都显示出坐怀不乱的功夫。纵使被这些性感女孩儿一会儿按按肩，一会儿用胸脯在背部轻轻摩挲，但眼睛都盯在麻将牌上。

祝自修却感觉自己有些守不住魂儿。站在他身边的那个女孩儿实在是太美了！她那洁白肥腻的乳房总是在他脸边蹭来蹭去，有好几次，他都想扳过来亲上一口。

做一个男人，真是有无尽的享受啊！

好不容易坚持打完四圈，大家被建议休息一下，可以喝茶或咖啡，吃点甜点。休息室设在牌室隔壁。不容祝自修多想，就被那个美艳的女孩儿拉起来走了出去。

进入休息室，祝自修看到，这是一个小小的房间，而且有床。

他有些明白是怎么回事了。于是有些把持不住,但他还是竭力控制着自己。虽然在老同学面前不必装成正人君子,况且,贺大刚能叫他来,就没把他当成外人,如果自己太装正经,也会扫人之兴。尽管如此,虽说可以逢场作戏,却不能显得太过性急,那样会给人看不起的,以为自己没见过世面,尤其在这堆有钱人面前,不能丢了自己的身份。于是祝自修很快就从小房间出来了。让小姐端着茶和一碟点心,回到棋牌室。

贺大刚正满脸笑意地坐在沙发上喝咖啡,服侍他的那个小姐,坐在他的腿上,一口一口喂贺大刚吃甜点。祝自修走过去,坐在一旁,也把自己的姑娘揽在怀里,并且动手动脚地去摸那诱人的胸部。入乡随俗嘛!

贺大刚笑着告诉祝自修,这里的女孩儿都很正点,而且,都是刚入学不久的大学生,年龄不超过二十岁。祝自修笑问你怎么知道她们多大的?贺大刚一脸认真地说,山庄老板告诉他的,她们来应聘时,都带着学生证和身份证。

那一刻,祝自修突然感觉有些不忍,伸出去乱捏的手也缩了回来。他想,如果是自己的女儿,考上大学到了外地,去做这种事情……那真是可怕得无法想象啊!

贺大刚说,这些女孩子你可以在这里消费,也可以带走,只是要跟老板打声招呼。祝自修突然没了那份心思,他不置可否地摇着头,不知道说什么才好。

再次坐到牌桌前时,祝自修手气大转,连连自摸。

这一夜,他确实赢了不少。但他心里有一种隐隐的不安。

5

这是一个白净高挑的女孩儿,身材有些偏瘦。吕青萍请她坐下来，给她倒了杯热水，里面放了三朵玫瑰花蕾，一朵粉色，两朵淡紫。

“女孩子都喜欢喝玫瑰花茶。”吕青萍说。

女孩儿捧着玻璃杯子，望着里面那三朵上下浮动的花蕾，看着它们在水中的舞蹈，两行泪水在脸上无声流下。

“我恨他！”女孩儿说，“我想毁掉他！”

女孩儿的故事是这样的。两年前，她孤身一人从另外一个城市来到这里，当时，她二十三岁，在新的工作单位遇到了他——年近四十的已婚男人，公司中层领导。他很关照她，她说，像父亲一样的关照。她善解人意，成了他的解语花(女孩儿的话)。他经常约她单独出去吃饭，她说，他们整整吃了一年的饭，也没有上过床。女孩儿说，她很依恋他，因为在这个城市中，她没有亲人，也没有知心的朋友。而他，在单独相处时，对她讲了许多自己家庭的问题，主要是对妻子的不满。女孩儿说，她渐渐萌生了替代之心。后来，终于有一天，那已经是他们相识一年之后了，她装作喝多了，让他送她回住处，一个租来的小小公寓房。她说那天晚上，她非常想把自己献给他。

一个中年男人，是很难抵挡住年轻女孩儿的身体诱惑的。她说，那是她的第一次。她说，她躺在那里，就那样静静地望着他，她想知道他发觉她是处女后是怎样的反应。他有些意外的样子，有一些不安，还有一些感动。女孩儿说，这就是她想要的。她要让他不安，并且感动。后来他们就经常以这种方式在一起了。女孩儿说，她对他身体的依恋远远比不上情感的依恋。

这种身体的关系持续了半年，终于东窗事发。他的妻子在一天晚上找到了她的居所，并且把两人堵在房间里。没有什么可说的，离婚。于是他们很快离了婚。

他的婚姻终结了。他们之间的亲密关系也随之终止。这让她始料不及。她说，是他开始疏远她。她说，最初的一个月，她还可以理解他的这种转变，因为，毕竟是她拆掉了他的家庭，她对此心存愧疚，就把他的疏远理解为他对她的责怪与怨恨。她想，没关系，我可以给他时间，让他的心情慢慢平静下来。她以为当他平静下来之后，他会再来跟她好，像从前一样，不，会比从前更好，因为，他们可以名正言顺地在一起了。她可以嫁给他，而且，她一定要嫁给他。

一个月过去了，两个月过去了，到了第三个月，他仍然在冷落她，甚至越来越冷，白天在公司里面对面遇上，他的眼神都会躲开。她受不住了，给他打电话。他开始推说没时间，不想多聊，后来又说，他在思考一些重大问题，等考虑好了会联系她。她心存幻想地认为，他可能正在思考的问题就是与她结婚。

又是两个月过去了。她终于等来了他的电话。那是一个双休的假日。他开车带上她，说到一个相邻的城市去玩。她开心极了，将近半年的忧思与折磨，终于换来了云开雾散。美好的生活就在眼前，不，它已经迫不及待地开始了！

双休日的第一个白天，他带她游山玩水，享受美食，还给她买了衣服和一个漂亮的包。当天晚上，他们开了一个房间。但他似乎在犹豫着是否要她的身体。她理解为他的陌生感，就主动脱光自己，并且热烈地吻他。他终于经受不住，于是变得很疯狂。她说，那天晚上，她才第一次知道什么是身体的极致快乐。她说，她终于感觉自己是他的女人，而不仅仅是女儿了。

第二天是个阴雨绵绵的日子。他的脸色也变得同样阴沉。她以为自己有什么地方不对了，以为做错了什么。她想，是不是昨夜自己的表现，像个荡妇？那种不要脸的坏女人？她不敢说话，直到坐进车里，才怯怯地问了一句：你怎么了？他阴沉着脸，说，我没怎么，但你得听我的。她说，好的，我听你的。

“你知道他带我去了哪里吗？”女孩儿的脸上泪水纵横。

他带她去了妇科整形美容医院！他想借助医疗的手段恢复她身体的处女状态。她已经感觉不对劲了，就说什么也不肯。他很生气，说，我都预约好了，而且交过费用，如果你不听我的，现在就分手吧！她怕了，她怕他不要她，就怀着极为复杂的心情，做了这个手术。

术后，回到现实生活，他仍不理她。她以为是他让她休息一段时间。直到传来那个消息，或者说，直到发生那件事情。

“他竟然很快结婚了！”女孩儿已经泣不成声，“……他竟然娶了另外一个女人……”

他的婚礼是在她出差的那个周末举行的。他提前把她派了出去，出了趟公差。

“他为什么不跟我结婚？为什么？！”

“我恨他！我从来没有这样恨过一个人！”

“我不甘心！我不明白！为什么他娶的人不是我？！”

……

女孩儿哭了好一阵，纸巾变成一个个小纸团，装满了小小的垃圾盒。

等女孩儿哭得差不多了，情绪平缓下来，吕青萍问她，“你是把他当成男人多些，还是当成父亲更多些？”

“差不多就是父亲那种感觉。只是最后那个晚上……”女孩儿的眼泪又开始流淌。

“那么他呢？”吕青萍接着问，“是把你当成个孩子，还是当成女人？”

“我感觉他从来没有把我当成女人！”

“是当成女儿那样的关爱和照顾，是吗？”

“我感觉是。”

“那么，一个男人的婚姻，是需要一个女人，还是一个女儿呢？”

女孩儿愣了一下，望着吕青萍。

“再想想，一个父亲一样的男人，你仅仅是想得到他的爱护，还是真的想跟他结婚呢？”

女孩儿一脸愕然，说不出话来。

吕青萍给了女孩儿一分钟时间默想。

“你说你恨他？”吕青萍继续问，“恨他什么呢？就因为他没有跟你结婚吗？”

“……是的。”女孩儿有些无力地说。

“是不是可以这样理解你们的关系：两年来的第一年，他在生活和工作中给你很多关照，让你感觉有一种温暖与呵护，而你对他心存感激……”

“是的。”

“你因为感激他，对他有一种女儿对父亲式的依恋，就想用身体回报他？”

“是的。”

“就是说，第一年里，他对你很好，你觉得应该对他心存感激？”

“是。”

“我们再看看第二年发生的事情。你回报了他，用你的身体和心灵。但他没有办法完全接受你这份回报，所以有些不安。”

“是这样的。”

“是不是可以这样说，你这种方式的回报，既是他想要的，也是他不敢要的，因为，他从此对你有了一份歉疚。后来，发生他婚姻的破裂，在某种程度上说，他的生活被你打乱了，或许他的那份歉疚就减少了，你们差不多可以说谁也不再欠谁。告诉我，那个时候,你是怎么想的?"

"是的,我感觉自己做错了,有些对不起他。后来那几个月他不理睬我,我一点儿也不恨他。要是他不再结婚,就是一直不理我,我也不会恨他。"

"就是说,在他结婚之前,发生的所有的事,你都不恨他,而且还很感谢他,对吗?"

"是的,我感谢他……这两年来他给了我很多,我从自己父亲身上都没有得到过这样的温暖……"女孩儿又哭了起来。

吕青萍任由她哭下去。或许,此时的泪水里怨恨的成分已经减少了许多。

"他把你当成一个需要照顾的小丫头,而你,也把他当成一个可以依恋的父兄,你们都有着各自的生活。告诉我,他有没有限制过你结交年轻男孩儿?"

"没有。他还鼓励我去交男朋友。可是,我心里根本不可能接受别人。"

"但他心里清楚。你需要一个年轻男孩儿,而他,需要一个女人,而不是女儿。"

女孩儿望着吕青萍,又不说话了。

"现在问一下自己,他结婚了,娶了别的女人,你还恨他吗?"

"……还是恨。"女孩儿坚定地说。

"这种恨里,是不是还包含着感激和爱?"

"……我还是恨他。但今天晚上不会去做伤害他的事情了。"女孩儿终于弱弱地说。

"我知道你不会去伤害他。现在,你不再那么恨他了,也就不会那么恨自己了。"

"……老师,我明白你的意思了。我今晚不会做傻事了。"

"花茶凉了,我给你加点热水吧!"吕青萍站起身。

"……老师,谢谢你……"

女孩儿离开的时候,天已经黑透了。吕青萍隔窗望着那个高挑瘦削的身影,消失在都市无边的夜色中,她感觉心里有一点痛。

一个身在异乡的年轻女孩儿,遇上了一个呵护与关爱她的年长男人。她依恋他,但这依恋是孩子式的,不是成年人之间的那种爱情。可是爱情,其本质又是什么呢?

在吕青萍的辞典中,已经不再有爱情这个词了。从前有过,在相当长的一段时间,她都相信爱情的存在。现在,身为心理咨询师的吕青萍,眼中的爱情已经不再是爱情,就像庖丁眼中的牛不再是牛。爱情这个词,是在人们不明真相的情况下,将男女之间各类相互吸引的复杂情感打成包,再裹上一层玫瑰色玻璃糖纸,最后系上一根鹅黄丝带,从此成为人间的一个美丽传说。而在心理诊疗室,爱情这个包裹一点点被打开,打开之后,人们才会看清它的真实面目。

每个包裹里面的东西都是不同的,就像发生在每一对男女之间的情感,都有着不同的模式。在吕青萍和她推崇的心理学理论看来,人们与异性的关系,可以归结为三种关系,即男孩子早年与母亲的关系,女孩儿与父亲的关系,以及与自身异性子人格的关系。通俗一点说,我们找爱人,其实是寻找心中的父亲或母亲,或者是寻找我们自己。所以,当你被某个异性爱上,你不必沾沾自喜,也不要得意非凡,因为,未必是你的魅力将他(或她)征服,事情的真相可能仅仅是因为你恰好满足他(或她)的某种需要,可以弥补他(或她)生命中的某种缺失。从这个意义上来讲,所有的爱情都是一种移情;而每一个被爱的人,被爱的原因并不是因为自己可爱。

吕青萍想,或许,下一次女孩儿来的时候,可以用传统心理学的方式,挖一挖女孩儿与父母的关系,尤其是看看父亲在她的成长过程中所扮演的角色。这是很多咨询师通常的做法。这样做或许有用,但这样做真的就那么有用吗?我们可以通过分析帮她领悟她对这个男人的依恋,是因为早年父爱的缺失,或者是父亲角色的缺席,但是,这一切都是无可更改的事实,而且,都是已经发生过的事情了。现在女孩儿需要的,是成长,是情感的独立与内心的强大。但成长的动力来自哪里?吕青萍的基本思路是,首先是生命本身的自我力量,而这种自我生长的力量,来源于她对自己生命源头的认同与肯定,即与父母的心理连接。

感谢父母,不管他们做了什么或者没有做成什么,至少他们给了我们生命。

当一个人学会感激而不是抱怨的时候, 他就会获得某种力量。

6

陶桦这两天心沉似水。她所在的学校开除了一名女生,因为早恋与怀孕。校长说,这样的学生给学校造成了极坏的影响,所以必须严肃处理。

才初三的孩子啊,不满十五岁。陶桦痛惜地想,比小桦还小一岁呢。

小桦就是从这所学校的初中部毕业的。去年考上了市重点中学。陶桦在这所学校从事财务工作,目前是学校财务部主任。小桦在这里就读的三年,给她争了很多面子。考试成绩的名次,奥数比赛,甚至还有一项小发明,是跟其他同学共同完成的。在陶桦心目中,小桦不是那种天才型孩子,只是算得上聪明,也比较听话，在班上是前十名，却从来没有拿过第一。说从来没有也不准确，小桦上小学时，按母亲的要求，经常双科百分，当过第一的尖子生。后来上了初中，陶桦最大的心愿是女儿的学习成绩名列前茅，但一直未能如愿，虽然小桦中考的成绩也还不错，但陶桦总感觉现在的孩子太不能吃苦，也没有尽到最大的努力。

小桦考上重点高中之后，她们母女不在一个学校了，这让陶桦有些不适应。女儿飞离了她的视线，至少白天的时候，她看不到女儿了，这让她感到不踏实。不仅如此。小桦上了高中后，青春期叛逆的倾向终于露出端倪。这孩子现在仅仅把她当成母亲，而不是学校的管理人员。她们之间会有言语的冲撞，虽然不是经常发生，而且也不算激烈，但这已经让陶桦感到很不舒服。

现在的孩子，谁知道他们会做出什么惊世骇俗的事情呢？

如果不是小桦再次呕吐，陶桦也不会下决心把她拉到医院做检查。

又是在早上。

早上发生的呕吐让陶桦产生许多可怕的联想。但她不知道，女儿在刚刚过去的这天夜里都经历了什么。

这天夜里，确切地说，是在凌晨时分，小桦从一个古怪的梦中被惊醒。

开始是在校园，她和几个要好的女同学沿着操场欢跑，跑着跑着，女同学一个个变得陌生，变成了奇形怪状的妖女。她跟随她们来到一座紫雾迷漫的大园子里。她迷路了。一个人在老藤缠绕的树林间小心前行，树枝上结满粉红色的蛛网，蛛网上缀着细小的露珠，一闪一闪，像节日里街头的彩灯。她开始很好奇，不知道她来到了哪里，后来，她发现整座园子再也看不到其他人影，她开始害怕起来。树木之间没有了路，蛛网也更加密集，树叶在灰暗中发出瑟瑟的声响,整片林子变得诡异。她慌了,大声呼喊着;她记得梦中呼喊的人是爸爸。爸爸!爸爸!没有回应。她开始发力狂奔。奇怪的是,有好几次,她都因躲闪不及,差点儿就与一棵树迎面相撞了,可是,她却能从树干的中间轻盈穿过,就像崂山道士轻松穿过厚厚的墙壁。梦中她感觉,那些黑黢黢的树干早已经风化了,就像棉花一样软。最后,她的奔跑停止在一座房子前。这是一座老得东倒西歪的房子,看不出是用什么材料建筑而成,门框黑黑的,一扇木门半吊在门框上。她不敢进入其中,只能站在门外偷偷往里看。里面一片昏暗,她好像什么也看不见,但她凭感觉,知道那里面坐着一个很老的女人,那老奶奶坐在一片黑暗中,却用亮亮的眼睛望着她,好像在对她说着什么。她费力地听着,却分辨不出听到的是什么。似乎,她听到的不是语言,不是从人的口腔发出的声音,她听到的声音有些熟悉,好像似曾相识,原来,是短短的一小节音乐,一连重复了两次……小桦就在这个时候醒了过来。

天光还不是很亮，半明未明。小桦躺在床上回忆刚才的梦境。她好像不是很怕,心也没有跳得很慌。留在她记忆中最为清晰的部分,是老奶奶亮亮的眼睛。其实她没有看到那眼睛,却是感觉到了。还有,最后那短短两声重复的声音依然残存,她努力回想着这段有些熟悉的声音……

小桦突然飞快地跳下床,拉开并没有关严的房门,只迈两小步,就来到了客厅墙边的衣帽架前。没错,是短信提示音。老爸的外套正挂在那里。小桦把手悄悄探进外套的口袋里，左边没有,右边……她摸到了祝自修的那只手机。这可不怪我,小桦想,是你太粗心了!

小桦把手机带回自己房间,跳到床上,在翻看短信之前,她还心存幻想:也可能是垃圾短信吧!她按下了确认键。

——这些天你在忙些什么？我有些想你了。琳琳。

琳琳？那个肥婆姚琳琳？

小桦对着手机屏幕愣了半天，然后，重重按下，删除。

她轻手轻脚来到客厅把手机放回父亲的衣袋里，当返回卧室路经卫生间的门口时，她感觉胃里非常不舒服。

她跑了进去。但吐不出来。她不知道自己这是怎么了，只是感觉委屈，想哭。她真的哭了，压抑的哭声进入了母亲的梦境。陶桦被女儿隐隐的啜泣声唤醒了。然而，当她起身来到卫生间看到女儿时，女孩儿已经停止了哭泣。

“你怎么了？”母亲吃惊地问。

“……没怎么。就是恶心。”女儿回答。

那一刻，陶桦下了决心，一定要带女儿去医院。无论发生什么，总得去面对吧！

7

周六晚上，市妇联组织了一场大龄青年交谊舞会，地点在本市一家四星级宾馆歌舞厅。

无论组织者还是参与者心里都清楚，舞会只是形式，并不是内容；内容是交友，说得再明白些，就是寻觅意中人。

男大当婚女大当嫁，曾经是人类发展进程中自然而简单的事情，然而如此自然而简单的事情却被当代的都市人弄得复杂起来。人们的心灵越是孤独，越是惧怕走入亲密关系；越是愿意听到承诺，越是不敢对别人做出承诺；越是渴望倾心真诚的爱，越是不敢付出自己的真情。

吕青萍作为今晚的嘉宾，在领导讲话之后，舞会开始之前，要带领大男大女们做两个心理游戏。

吕青萍很快发现了问题。四五十人的会场，或者说是舞场上，绝大多数是女性，且多为年轻漂亮的女孩儿；男人不过十来个的样子，年龄也参差不齐。她不得不在心里盘算着，要不要调整游戏的内容。因为那种一对一的游戏需要两种性别的合理搭配，现在女性严重过剩，这游戏可怎么玩？

吕青萍最后决定，做一个与性别不太相关的小游戏：亲密焦虑测试。

她把参加者分成两排，两人一组，在相距三四米的位置上面对面站立。要求每个人凝视对方的眼睛，然后慢慢走近，并在心里默念：我想靠近你，我想靠近你。在一步步走向对方的过程中，细心体会自己内心的感觉，并且尊重自己的感觉，在确实无法继续靠近的时候，可以自行停下来。

参与者的现场表现大不相同。有的在离对方两米的地方就停住了，有的两人拥抱在一起，多数人是在相距半米左右的地方停下来。吕青萍看到，有一个女孩子伏在另一个女性的肩头，在轻声啜泣。她走过去，问女孩儿的搭档："你们此前认识吗？"那女子说，"不认识。""此时你有什么感觉呢？"女子想了想，说，"我感觉她需要被保护。"吕青萍转向那个哭泣的女孩儿，"你在与她拥抱的时候，有什么感觉？"女孩儿说，"感觉很温暖，也很安全。""嗯，这样的感觉你以前什么时候有过呢？"女孩儿说，"在妈妈身边的时候。""你跟妈妈的关系怎样？"女孩儿突然哭得厉害起来。吕青萍轻轻拍了拍她的背，让她平静下来。半晌，女孩儿才说，"妈妈在我很小的时候就离开了我们。我是在单亲家庭中长大的。"

大家重新坐回原来位置后，吕青萍简单解释了一下刚才那个游戏。她说，我们每个生命都需要母亲温暖的怀抱，对亲密的渴望是最基本的人性。但有的人能够充分享受这种亲密带给我们的喜悦，而有的人却把亲密的渴望变成一种焦虑，于是对亲密关系既向往又排斥。当我们长大成人之后,这也会影响到我们对待异性的态度。有些人无法与异性建立长久的关系,有人不敢走近婚姻,或者婚后不能体验亲密带给我们的快乐,这些问题在某种程度上都与亲密焦虑相关。所以刚才这个小测试,是让大家学会自我觉察。在剔除了外部因素,比如来自游戏搭档的各种差异之外,想一想,我们现在的情感状况是否与我们自身有关?

接下来是十分钟分享时间。刚才那个哭泣的女孩子说,“我认为自己不想结婚是怕像父母那样分开,可是我也不明白,如果真的不想结婚,为什么每次还要参加这样的活动?”吕青萍没有直接回答女孩儿的问题, 而是问她,“你现在跟母亲还有联系吗?”女孩儿说,“有,只是很少。”吕青萍建议她经常去看一看妈妈,或者打打电话。“这对你的情感生活会有益处。”

心理游戏结束后,舞会开始了。但气氛并不热烈。因为男人太少,会跳舞的更不多,女人们只好自己组织起来,充当男伴,也晃动,也旋转,却是激情不足。

吕青萍的任务已经完成,对跳舞也没有多大兴趣,她跟妇联的负责人道过别,拿上自己的外套,准备离开。这时,一个身影挡在她面前。

“吕老师,不要急着走,我请你跳一曲,好吗?”

吕青萍抬眼望过去,一位衣着考究干净清爽的中年男士,面带温和的笑容,伸出一只手臂,向她发出邀请。

“我……已经很久没有跳舞了。”吕青萍犹豫地婉拒。男人没有理会她的拒绝,或者是当成了一种客套,竟一把拉过她的手,将她径直拉向了舞池。

男人的舞步平稳有力,花步间的起承转合也很果断;吕青萍虽然好久没有跳舞,也还跟得上舞伴的步子。她在心里暗想,这个男人是从哪里突然冒出来的?应该不是今晚的征婚者吧?否则，这么出众的男人，早就被众星捧月了，而且，刚才做游戏时，似乎也没有看到他。

男人舞得比较专注，并不太说话。只是到了后半曲，他才对自己的舞伴说，"你刚才组织的那个游戏很有意思，点评也很到位，尤其对待那个哭泣的女孩儿，你的表现既专业又温柔，让我见识了什么是心理咨询师。看来，以后我要向你多多请教了！"吕青萍问他，"刚才你参加了游戏吗？我好像没有看到你。"男人笑了笑，说，"我是旁观者。"

舞曲结束，男人很绅士地把他的舞伴护送回座位上。这时妇联的王主任满面春风地迎上来，说，"啊，林总的舞跳得真不错啊！"然后转向吕青萍，问，"是不是啊吕老师？"

林总？吕青萍并不知道他是谁。王主任大笑，"敢情跳了半天舞，你们还不认识啊？这是酒店的林总，从省城刚调过来的！今晚的场地就是林总出面支持的啊！人家可是没要咱一分钱！"

吕青萍坐了下来，陪王主任和林总聊了一会儿，再次起身道别。林总问要不要送她回去？吕青萍说自己开着车来的。林总留了她一张名片。

夜风很冷。酒店门前的灯光却制造出一些人为的暖意。华丽的舞曲已经退回到夜色深处，隐约成为冬夜的一部分。

吕青萍发觉自己内心有一种淡淡的失落。她一时无法分清这失落源起何处。是因为舞会吗？大学时代，她在舞场上遭遇了初恋的人，从此以后，每当舞曲悠然而起，她的心都会被搅得又酸又痛。

作为心理工作者，她曾经用专业的方法为自己处理过这段情感。初恋之痛归属于成长之痛，而成长之痛，是每个生命都必须经历的。

吕青萍步履从容地拉开车门，打着了火，音乐随之而起。

竟是《昨日重现》。刚刚跳过的那支曲子。

奇妙的共时性现象。

吕青萍在心里悄悄笑了一下。

8

星期天的早上,陶桦决定带女儿去医院,说是去看看胃。女儿坚决不配合。她说我的胃没有任何毛病。陶桦说,你平时爱吃生冷辛辣的东西,去查一查没有坏处。小桦就是不同意。母女二人差点儿又吵了起来。后来,还是祝自修出面好言劝说,表示亲自驾车陪同,甚至许以一套名牌运动装,小桦才勉强答应下来。

在父母的双双陪伴下,小桦到医院做了几项检查。陶桦还哄骗着给女儿做了尿检。

化验的结果不是怀孕,胃部也没有什么问题。但陶桦对医生反复述说女儿的呕吐症状,并且一再追问到底是怎么回事,最后医生只好不太确定地说,可能是神经性厌食症,并且建议他们带女儿去看心理医生。

不是怀孕,也没有胃病,总算很好。可是,陶桦的心又被厌食症这个词提拎了起来。有关厌食症的种种画面在她脑子里竞相浮现。面黄肌瘦,月经紊乱,发育停止,卧床不起……那种干枯得没了人形的女孩儿模样要多吓人有多吓人。如果小桦也变成那样,简直就是一场噩梦!

陶桦不顾丈夫和女儿的反对,直接就挂了医院的心理门诊。心理医生是位男性,看样子才三十多岁,简单问了小桦几句,小桦因为气不顺,也不好好回答。于是心理医生给她开了两种药。陶桦问这药是管什么的?医生说是抗抑郁的。小桦大声嚷着,"我可不是抑郁症!我又没想要自杀!"医生解释说,是调节情绪,没说你是抑郁症。

陶桦满心疑虑地走出医院。

她不太信任刚才那位心理医生。她认为他太年轻,而且态度不够认真。厌食与抑郁症有什么联系吗?她听人说,一些精神类的药物会刺激大脑,影响记忆力;这样的药怎么能给孩子吃呢?小桦还在读书,脑子比什么都重要。

陶桦决定不给小桦吃医生开的药。这个想法也得到了丈夫和女儿的赞同。在不吃药的问题上,一家三口终于达成共识。小桦开心起来,跟父母说,她想去吃肯德基。

自然不成问题!而且是好现象。

在肯德基餐厅,看着食指大动大快朵颐狂啃鸡翅的女儿,陶桦心里暗想,什么糊涂医生啊?我女儿这是厌食症吗?看她的吃相,说贪食症还差不多!

9

吕青萍的心理工作室最近增添了一个新的项目,常年私人心理顾问。服务群体是那类关注自身心理健康,希望探索内在自我,注重个人心灵成长的成功人士。换句话说,不是侧重解决心理问题,而是提高生命质量。这是一项比较高端的服务,客户需要一次性付清一年的费用,然后每月一次或两次接受咨询师的专业心理保健。

吕青萍想不到,林总竟会成为这项业务的第一位客人。

自那次妇联组织的交友舞会之后,吕青萍几乎没有再想起过这个男人。所以接听电话时,她开始并没有反应过来他是谁。还是他自报家门,提及那晚的活动,吕青萍才记起他们曾经共舞一曲,而且,她还记得那支被改编成慢四的经典老歌《昨日重现》。

林总说下午要来她工作室详细面谈。

这天下午，还有一个预约，求助者是一位外来的打工妹。

在此之前，吕青萍接待过两例打工人员的求助。一次是打工的父母带着孩子来咨询，因为他们的儿子刚刚转来本市的某小学，不到一个月就不想上学了；另外一次是一位建筑工地的小工，穿着满身泥点灰土的工作装来到了工作室，想让咨询师帮助他解决人际关系问题。这一次打电话预约的女孩儿，说是遇到了情感困惑。

打工妹的情感困惑。吕青萍在咨询日志中写下了这样的标题。

对于打工阶层的求助，吕青萍一般采用比较快速的调整方案。考虑到他们的经济能力，每小时二百元的咨询费会让他们心疼。但减免费用一是不符合行业规则，二来也不利于求助者的自我成长。所以，力求在短时间内解决部分问题，在认知层面给予一个比较大的扰动，然后，就让他们回去思考和自我调整，这是她对于低收入阶层客户的基本咨询思路。

但这个打工妹的问题，让吕青萍感到有些复杂。

如果不是她自我介绍说是邻省农村来本地的打工者，吕青萍还以为她是一个公司白领。这女孩儿生得文静娟秀，肤色白皙，说话细声细气，服饰休闲得体，无论如何也让人想不到她的职业是在一处建筑工地当帮厨。

打工妹自述，今年30岁，已婚，丈夫是村里的小学老师，他们有一个六岁的女儿。丈夫是独子，因此，公婆对她很不满，希望她能为家里生个孙子，但她说不想再生孩子了。两年前，因为跟公婆的一次激烈争吵，丈夫第一次出手打了她，她一气之下跑了出来，投奔了一个婚前的同村姐妹。那姐妹近几年一直在外地打工，春节期间回家见到她时，曾劝说她一道出来。于是，她来到了本市，找到了那位同村小姐妹，并且留了下来。

来到了新的环境，她突然感到无比的自由与舒畅。用她的话说，“我终于找到了自己”。刚来城市不久，她就喜欢上了一个男人，一个同样是打工身份，却做得很好的同乡小伙子。她说，他跟她同岁，是邻村的，还没成家，现在做经理助理，“就像城市人一模一样。”她说，他也很爱她，还说过要跟她结婚。

打工妹的困惑是：自己要不要离婚？现在的男友以后会不会一直对自己好？

吕青萍告诉她的求助者，这是两个问题，应该分开来讨论。心理咨询不是解决“要不要”的问题，也不能回答“会”还是“不会”。心理咨询师不可能代替求助者做出某种决策，只能帮助对方去思考自己的人生发展中需要的是什么。

“那你说说，我需要的是什么？”打工妹有点不满地问。

“你自己先说说看。”吕青萍微笑着引导对方。

“我需要爱情。”打工妹很快地说。

“你两年前从家乡负气出来，并不是出来寻找爱情，而是因为在那个家没有得到理解和尊重，可以这样说吗？”

“好像是这样。”

“能说说你跟你丈夫之间的感情状态吗？”

“他打了我，这是我不能容忍的。以前他从来没有打过我，应该说，他是个老实本分的人，但没有什么出息。”

“现在这个男友，你喜欢他哪些方面呢？”

“他很能干，而且，还懂得浪漫……”

“比如说？”

“比如说，他会在情人节给我送花，还请我吃饭。”

“你丈夫从来没有给你送过花？”

“从来没有。他哪里懂得这些啊！”

“你知道吗，”吕青萍笑着说，“我丈夫也从来没有给我送过花！”

“……真的吗？”打工妹有点吃惊，因为咨询师突然说起自己的事。

吕青萍心里清楚自己这是在干什么。她在引导她的求助者。虽然说咨询师不应该表现出明显的价值取向，而应保持中立，但这一次，她要灵活处理了。

“一个不懂得送花的男人，未必就不懂得爱。恋爱与生活是不同的两种状态。我感觉你现在的困惑与担忧，不是对你的婚姻本身，也不完全是对你现在的恋情，而是你内在的冲突，是两个你、两种需求的冲突。”

吕青萍知道对方没有完全听懂这番话，就继续解释说，“你是一个浪漫的女孩子，你人生需要的不仅仅是过日子，还想要一种浪漫的体验，其实，这也是很多女人甚至可以说是所有女人共同的特点，只是在你身上表现得更为突出。在农村的日子过得很平淡，丈夫孩子公公婆婆，这样的日子消磨着你的梦想，你已经很有怨言了，所以丈夫打了你那一下，给了你一个逃离的机会和理由。你离开家乡后，暂时脱去了身上的角色，不再是母亲、妻子和儿媳，但你是谁呢？你感觉找不到自己新的定位。在工地帮厨可能不是你理想中的自己，你看不到自己的价值。这时，你遇上了他，同样是老家出来的打工者，却做到经理助理的位置。他是你的理想自我，于是你爱上了他。所以，我认为，与其说你是在他身上寻找爱情，不如说是寻找理想中的自己。”

“……你是说，我并不爱他？那他呢？他爱我吗？”打工妹有些惶惑。

“我并不是在否定你们的感情，一个人喜欢另一个人，往往都与自己的需要有关。”

“你的意思是，他也不一定是爱我，而是爱一个从前的自己？”

吕青萍发觉这个打工妹悟性很高。或许，在这个城市，她终究会找到一个适合自己个性发展的位置，可能比待在农村要有作为，然而，自己应该鼓励她走出来吗？还是让她自己面对现实责任？

“我们这里不讨论他是怎么想的，只讨论你自己。其实，两种生活都是你想要的，也是每个女人都不能缺少的，那就是，既要拥有家庭和孩子，还要有自己独立的自我价值。问题是，你现在把这两者对立起来了，所以你才会有冲突。难道，寻求自我发展就一定要逃离家庭吗？或者说，在家里就不能发挥自己的价值吗？”

“在家里做饭，看孩子，喂猪？这有什么价值？”

“养育孩子，照管一个家庭，这是一个女人最基本的价值。就像城里流行的全职太太一样。”吕青萍继续着她的引导。果然，说到孩子，打工妹神色忧郁下来。

“你多长时间回去看一次孩子呢？”吕青萍不失时机地问。

“春节时回去过……我还是挺想女儿的。”打工妹从自己口袋里拿出一小包面巾纸，抽出一张去擦眼睛。

“看来，你又想做个好母亲，又想活出你自己。这两样都没有错，问题是你把两者对立起来。想一想，是不是真的要采取对立的方式？就没有办法整合吗？”吕青萍确信对方能够理解整合这个词语。

扰动到此为止。本次咨询也基本结束了。对于求助者的问题，她已经给出了一种解释，这种解释侧重于家庭角色与人生价值感，而淡化了女主人公的情感困惑。为什么自己要这样做？

送走打工妹后，吕青萍开始问自己。在她的咨询生涯中，还很少有类似的情况，一般来说，她不会过于明确地引导对方，而这一次，她的用意比较明显，就是想劝说对方回到自己的家乡，相夫教子。难道，她与那个男同乡之间的情感就应该被淡化吗？自己为什么要无视这一点？是担心打工妹受到伤害，还是自己内心存在对情感的不安与不信任？是在压抑自我人格的某一部分吗？

这是个问题，需要深入探索。但今天没有时间了，那个林总马上就到了。

四点。吕青萍看了看时间，还差五分钟。

10

或许那天晚上，吕青萍没有认真记住林总的长相，只记得他比较得体的服饰。这一次，当他站在她的面前时，吕青萍发觉，今天他的穿着很休闲，看上去也很年轻。

林总并不急于坐下，虽然吕青萍很职业地请他入座。他像一个参观者，先是观赏墙上的两幅油画，是临摹列宾的作品。吕青萍有个关系很好的女友，是个业余画家，临摹名作很是有模有样。然后，他又在长沙发上试坐了一下，问，“这就是传说中的催眠椅吧？”吕青萍笑笑，“你听过的传说是什么？”林总说，“弗洛伊德及其弟子们，让病人躺在沙发上，自己搬个小马扎坐在人家头顶，一边袖着手打瞌睡，一边说，嗯嗯，好好，继续继续。”

吕青萍笑了，“看来，林总对心理学很有研究啊！”“不敢不敢，我这是班门弄斧。”

在心理诊室看了一圈，最后，林总被挨墙放置的沙具和沙盘吸引。他把玩着木架上那些小人儿小房子和花草动物的模型，好奇地问,“这是给孩子做咨询时用的吗?”

“孩子和成年人,都可以用。”吕青萍看出林总不太了解沙盘,就给他简单解释了一下。她告诉他,沙盘游戏是由外国心理学家最先使用并且命名的一种心理疏导与心理治疗手段,是在一个相对安全、受保护的空间,在沙盘内用这些模型和玩具摆出自己心灵的故事。在这一过程中,我们的潜意识得以象征性地表达,不仅可以调节情绪,处理深层情结,具有治疗效果,而且还可以维护心灵健康,促进人格的发展与完善。

“就是哲人所说的,一沙一世界吧!”林总似有所悟地说。

“没错!可以这样理解。”

“我今天就玩这个吧!”林总有些兴奋地把手插进沙子里,左一下右一下地抚弄沙盘中那洁净的细沙。那些沙子来自北面的国际海水浴场,吕青萍用清水淘洗了十来遍,它们才被允许进入这间心理治疗室。

吕青萍坐在一旁观看林总制作沙盘。她发现这个男人好像变成了另外一个人;他浑身上下被一种奇妙的气场所笼罩,被一股来自久远的力量所把控。他落在那些千姿百态的沙具上的眼神是那样天真无邪,他在沙子上放置它们的动作又是那样极度专注,他不像是在玩一种游戏,而是在创建一个帝国。这样的神情只有在孩子身上才能看得见,或者说,刚才还在嘲讽弗氏弟子的风趣男人,现在变成了一个孩子。

不知道为什么,当一个成年人偶尔变回一个孩子时,吕青萍都会被感动。

林总的沙盘制作完毕。他的目光也从刚才那种迷离与无邪回到成人状态。

“你看看,我是不是有什么心理问题?”

吕青萍一般不对咨客的作品过多解释。其实,摆放沙盘的过程本身就是一种治疗，是一种自我表达和潜意识的意识化。只有在特别需要时，她才会点出一两句，以便帮助求助者对自我更多领悟与觉知。

吕青萍仔细地看着林总的沙盘，山川河流花草树木一派欣欣然，总体上比较正向，算得上阳光。只是一个略为封闭的院子显示出主人深锁的内心世界，尤其是院中埋着的一些石子，提示着或许存在一些未被处理的深层情结。

“你自己最欣赏这个作品的哪些部分？”

“我喜欢那些鹅卵石。”林总说，“我一直喜欢。在我们酒店的装饰上也用了这样的元素。……怎么？这里面有什么问题吗？”

看到男人那种紧张的样子，吕青萍笑了，说，“你好像很希望自己有问题。”

林总愣了一下，随即也笑了，说，“是啊。如果没有问题，你就会把我驱逐出你的工作室了。”

“那就说说石子的问题。其实，我也喜欢这种元素。一般来讲，它们或许象征着早年的某些情结。在成长过程中，谁还没有一些‘像石头一样的东西’留在心灵里呢？所以，石子是一种象征。但是，当我们能够把它当成一种审美元素来欣赏的时候，我们已经基本上走出了那些情结的困扰，换句话说，它们仍然在，但我们已经不再为之痛苦了，痛苦的记忆或经历，此时已变为成长的力量。所以我们经常会说，经历就是人生的财富。”

林总沉默着。吕青萍知道，此时的沉默意味着某种思考。

“我今天来就是想跟你谈谈，”林总终于说，“我可以聘你为我的心理顾问吗？”

“这是我最近的一个服务项目，”吕青萍拿来几份打印的协议书，“你可以看看，这种形式是否适合你？”

林总逐条浏览着，说，“哦，我选择这种一个月来两次的吧！

我感觉有好多问题想跟你探讨。比如,我经常做梦,梦中的情景总让我捉摸不透,但又很难忘,我很想跟你聊聊这方面的问题。”

林总在一份协议上签了字,吕青萍也签上了自己的名字。

“林子谦先生?”吕青萍笑着问。

“是的,林子谦。”

“你是常年心理顾问这一服务项目的第一位顾客。”吕青萍说。

“我感到非常荣幸!”林子谦认真地说,“我下次可以正式前来咨询了吗?”

“非常欢迎。而且,别忘了,带上你的梦。”

11

不知不觉间,祝自修发现自己已经把车开到了小石岛海边。

冬天的海看上去有些寂寞。海水的颜色比夏日深重,呈现出一种灰蓝。

祝自修把车停在离海水很近的堤坝上。天太冷,海边一片空旷。远远可见成排的浪涌在大海腹部生成,前赴后继奔腾而来,在与水泥堤坝相遇的那个瞬间,碰撞出烟雾般白色水花,如梦如幻,尔后悄然消退,甚至来不及留下一声叹息。——真他妈的像做爱!

祝自修每次来到小石岛海边,都会默默思念一个离他而去的女人;他永远也无法得到她了,因为她已经不在这座城市。他在心中默念着那个女人的名字,并且暗笑自己都这把年纪了,还有如此的痴心。可能正是因为她拒绝了他吧?她拒绝他的时候甚至也是那般的柔情万种,让他无法生气,也不忍心去恨她。她是喜欢他的,这一点她明确表达过,只是,她说,男女之间所有的爱都将结束在身体亲密接触的那一刻。为了说服与制止他对她身体的欲望,她把他领到小石岛岸边。那是前年的事情了,也是个冬天。那天的风浪比今天要大得多。她跟他一起观看浪花拍岸,一起目睹那绚烂的绽放和激情之后的灰飞烟灭。她说,如果你再难为我,还不如我们一起跳进海浪里,殉情。他当时不理解,一个可以跟他殉情的女人,却不肯跟他做爱。在后来相当长的一段时间里,他都无法理解她,无法理解她的出现和悄然离去。她离开他两年了,却在他心里牢牢占据了一个重要位置,忘也忘不掉。他感觉,他在她身上寻找到了某种东西,这东西是他一直渴望的,只是,他还没有来得及体会这是什么,她就消失了,连同他的渴望。他就像一个夜半被唤醒的人,醒来后想喝水,却没有水可以喝了。

天色已渐渐暗下来。冬日的黄昏,空寂的海滩,很容易让人迷惘无助。不久前,这里还发生过一起命案,当然不是第一现场,流浪的野狗在栈桥下的沙堆里发现了一具女尸。祝自修是在酒桌上听人讲起这个案子的,当时引起他注意的并不是女尸,而是小石岛这个地名。他知道,在这片海域,每年都有人命归大海,死人的事是经常发生的。

祝自修发觉自己当初犯了一个错,不应该跟从她来到这个地方。小石岛以礁岩险峻浪高风疾而著称,发生过游客半分钟前还站在礁石上兴冲冲拍照而半分钟后就被浪头卷入海里的突发事件,发生过婚外情人因为无缘相守而双双钻入汽车猛踩油门翻入海里的悲情故事,当然,也发生过以祝自修为男主角的劳燕分飞骊歌高奏的无奈……祝自修问自己,这一切是我的错?是她的错?还是小石岛这个地方出了问题?

今晚没有酒局,但祝自修不想回家。他发觉自己越来越不想回家了。家就像一个永远不变的布局,从推开家门的那一刻起,一切行动都是既定的,人就是一只棋子,被无形的手摆来摆去,没有任何生命力。

祝自修拧动钥匙踏下油门。让车子沿着海岸线慢慢前行。

这是一条依山傍海的观光公路,也是这座城市的骄傲。几天前他还带着老同学姚琳琳一家在这条路上转了一圈。

想起姚琳琳,祝自修心中长叹一声:婚姻到底是什么啊?怎么就把一个娇柔温婉的女孩子打磨成了一个唠唠叨叨的肥婆?看一看姚琳琳的丈夫,那个老实得不吭一声的男人,如果当年娶了她,自己是不是就成了那个男人?然而,自己的婚姻又好在哪里呢?

关于自己的婚姻,他不愿意去深想。仿佛看不出有什么问题。是的,陶桦好像挑不出什么大的毛病,甚至可以说,她经常是正确的,总是跟真理站在一边。她也算是大度的,并不像许多人的老婆那样,把老公看得过紧。她很少打电话查他的岗,只是在经济方面对他略有约束,这也难怪,因为她本人是财务工作者。

但是,他就是不太想回家。是不是婚姻这东西年头一久,就会出现这种情况呢?像失修的破石桥,或者是海湾废弃的旧渔船,让人熟视无睹,并且懒得再多看一眼?

天已经黑透了。祝自修还是没有想好今晚怎么过。回家,还是不回家?现在成了问题。他有点无聊地拿出手机,翻看着储存的电话号码,想从中找到一位红颜知己。有红颜,但没有知己。

要是她还在就好了。可是,他已经很久没有她的音讯了。

伊人远去,黯然失魂。祝自修叹了口气,手机却响了。他看了一眼。竟是沈媛。

怎么会是这个女人?

12

晚饭后，小桦去写作业了，陶桦有些无聊地倚在沙发上看电视。

祝自修没有回来。这很正常。她已经习惯了他不在家吃晚饭。

电视遥控器在陶桦的手上被按了两个来回了。上百个频道的节目，在被她截取的那个瞬间，差不多一半在播广告，其中药品广告居多，然后是化妆品，保健品，让人感觉电视观众是一个病恹恹的群体，而且生活中最重要的事情就是对抗疾病和衰老。这真令人灰心丧气。另外一类节目则完全相反，一些时尚前卫的年轻人在光怪陆离的舞台上欢蹦乱跳，唧唧喳喳，音乐和色彩都让人眼花缭乱，给人总体的感觉就是一个字——闹。这样的节目是小桦喜欢的，但她却看不进去。她认为那些心浮气躁的年轻孩子太浅薄，有点无知者无畏。

没什么可看的，只好勉强锁定一个电视剧，凑合着看。但现在好看一点儿的电视剧已经被广告切割得不成样子，一集四十分钟，从前被广告切成两段，现在被切成三段还不说，每集结束之前，还有一大串广告冗长得让人发疯，漫长的等待过后，以为故事可以继续，然而，这时你才发现上当了，你等来的不是情节，而是片尾曲和成排滚过的字幕。

陶桦眼睛盯着屏幕，脑子里却出现一些杂七杂八的念头。她有些隐隐的担忧，为女儿。

虽然自打从医院回来后，呕吐症状再没有发生，可是小桦的食欲却没有从前那么好了，人也有些打不起精神。再有一个月就要期中考试了，她担心女儿的成绩，尤其是物理课，上学期小桦物理成绩刚刚及格，换句话说，差点儿就不及格。这样下去，高二分科时，恐怕小桦只能学文科了，而文科考生的出路明显没有理科宽广。这一切都让陶桦头疼。可是怎么办？女儿目前这种精神状态，也不好逼得太紧。真是让她左右为难。

陶桦的心思已经完全不在电视剧上了。她削了一只苹果，把外面的果肉部分切成块，插上牙签，准备送到小桦房里。自己去啃剩下那不规则的果核部分。恰巧小桦出来了，去上厕所。陶桦有些紧张地倾听着卫生间里的响动。

真是要命。现在，陶桦的神经已被女儿弄得脆弱不堪。只要见小桦一进厕所，她的心就会提到咽喉部位，两只耳朵高高竖起来，屏息静气，时刻准备着。

还好。没有异常的声音。陶桦刚要松口气，突然，一阵玻璃破碎的声音，像一声炸雷从天而降。把陶桦母女都吓了一跳。

惊跳之后，二人都反应过来了。是楼上，芦珊两口子又打架了。

芦珊是学校的英文老师，教过小桦，跟陶桦关系不错，甚至可以说两人非常要好。祝小桦也很喜欢芦老师，她曾跟母亲说过，芦老师气质好，有女人魅力，说班上同学一致这样认为。但好女人未必就有好命。芦珊的丈夫性情有些古怪，在外人面前总是一脸谦逊的笑容，但回到家里就变得乖戾粗暴，两口子经常一言不合就动手，先是摔东西，继而就会拳脚相向。如果不是住在他们楼下，房子隔音效果不好，陶桦无论如何也想象不出那个看上去文质彬彬的国家公务员，会对自己娇柔的妻子动粗。

"芦老师家又打架了。"小桦从母亲手里接过果盘，神色忧戚地说。

"是啊，经常这样。日子这么个过法，还有什么意思啊？"

"你跟我爸过得有意思吗？"小桦盯着母亲的眼睛。

"你这孩子！说的什么啊？"陶桦感觉女儿的问话太突兀。

"你们会离婚吗？"

"……我们过得好好儿的，为什么要离婚啊！"陶桦感觉女儿的话没头没脑。

小桦不再说什么，放下果盘回自己房间了。陶桦喊她，"把苹果吃完！"小桦气哼哼地说，不吃了。

陶桦彻底看不进去电视了。她为楼上的芦珊担心。这次比较奇怪，只响了一下，就没有更多的声音，不像往日，总爆发之后还有持续的余震。这种反常让人格外放心不下。

日子过成这样，还有什么意思呢？陶桦感叹着，想起女儿刚才的话，心里有些不是滋味。犹豫了一下，她还是拿起电话，打给楼上的芳邻。芦珊的声音非常平静，她在电话中说，我考虑好了，决定离婚。

"下来坐坐吧！"陶桦说，"老祝不在家，就我跟小桦。"

芦珊却让她上去。"那个混蛋出去了！"芳邻说。

13

沈媛是总公司有名的美人儿，据说曾被集团高层某位显赫人物深度欣赏过。后来不知何故被发配到下属公司，主管人力资源。祝自修跟她不是很熟，因为是美女，又同在一个集团公司，有时在总公司某些会议上遇见。遇见了也就是打个招呼而已。对于这样的资深美女，祝自修并没有非分之想。当然，所谓资深，用在沈媛身上是这个词的本义，绝无戏噱之嫌。

对于沈媛的突然来电相邀，祝自修有些莫名的兴奋，但也心存疑虑。她约他喝茶，会是什么事情呢？

祝自修应邀来到碧峰茶楼时，美人已在静候了。

“承蒙沈小姐抬爱，祝某何其荣幸！”祝自修故作轻松地打着招呼。

“都说祝总是风流才子，果然出言不凡！”

“哪里哪里！本人无才，也谈不上风流，哪及沈小姐芳名远播，令天下人景仰！”

“算了算了！再这样说下去，牙都被你酸掉了！”沈媛笑了。

祝自修坐下来，坐在沈媛对面，敛息静气，这才有机会从容打量这位名声在外的大美人。

美人的确很美，尤其是眉目之间流转的风情，令男人无法不动心魂。只是，美人似乎不很年轻，三十？三十五？差不多就是这个年龄了。祝自修是场面上的人，见识过的美女不计其数，其中众多妙龄少女，靓丽佳人，他深知青春的味道是多么美妙，但是，尽管如此，面对这位成熟的美人，他还是有些心跳加速。不是因为她的美，而是因为她身上仿佛有那么一种说不出的魔力。那一刻，祝自修想到了一个词——危险。

“今天请你喝茶，是来下罚单的！”沈媛望着祝自修，不动声色地说。

“罚单？”祝自修随口说，“沈大小姐要出嫁了？你所说的罚单，该不是婚礼请柬吧！”

“祝总想哪儿去了！我今天请你喝茶，是罚你下次请我喝酒！酒总是要比茶贵的！”沈美人略带娇嗔地说，“同事这么久了，不知祝总为何对本人总是视而不见？”

祝自修立即兴奋起来，美人相邀吃酒，仿佛天上掉下来的一朵大桃花。

“我是该罚！今晚就罚我吧！”祝自修面带愧色地说，“在下仰慕沈小姐已久，但一直不敢直言相约，枉为男人啊！”

沈媛轻轻笑了一下，说“下个周末吧！我明天要去省城出差，三四天后回来。

“那好！沈小姐回来时，我给你接风！就这样说定了！

这天晚上祝自修开车回家时，感觉自己像喝了酒一样，浑身发飘。

铁观音应该不醉人啊！还有那些点心水果，都不会醉人。

只有人才会令人醉。美人如酒，峨眉似画，扰得君心乱。

想着沈媛的话，风流才子。祝自修暗想，自己算得上风流才子吗？

14

芦珊比陶桦小四五岁，看上去比实际年龄还要年轻，或许是因为从未生育，身材保持得极好，人也温柔明媚，在学校很有人缘，包括男人缘与女人缘。据陶桦所知，芦珊的丈夫经常跟她争吵，与她的人缘不无关系。有些男人就是这样无聊，自家老婆没有魅力他们会不满，如果老婆很有魅力呢，他们又小心眼儿发作。芦珊确实很有女人味儿，又是学外文出身，难免有些小情调与小浪漫，但同在一所中学工作，作为近邻与好友，陶桦感觉自己还是了解芦珊的，她不认为自己的芳邻会是被其丈夫误读的那种样子，如果说有什么地方做得不够好，那可能就是在她不生孩子这个问题上，非不能也，实不为也。芦珊一直不想要孩子，关于为什么，陶桦问过她，她只是含糊地说，想做丁克一族。

陶桦上楼的时候，还在为女友担忧。想象中，邻居家的地板上，玻璃碎片与茶叶渣子正浸泡在一片汪洋之中，而她的芳邻，正蜷缩在蓬松的沙发靠垫里，满脸泪痕，等待着她来安慰。然而推门走进去，她看到的情况与想象中完全不同。地板上干干净净，女主人神情从容平静，并没有梨花带雨。

“我已经决定了。我们需要彼此释放，而不是继续伤害。”

陶桦望着芦珊，感觉到她不是在赌气。“是他提出来的，还是你的意思？”

“是我。”芦珊平静地说。

“他同意了吗？”

“他发火了，又摔东西。但我不会再犹豫了。”

“你真的考虑好了？”陶桦不放心地说，“离婚可是一件很重大的事情，需要慎重对待。”

“这段时间，我一直在考虑这个问题，我甚至还去找过心理咨询师。”芦珊告诉陶桦，她最近一个月已经接受了三次心理调整。“我在了解自己的同时，也更加看清了我跟他的未来，应该说，我们没有未来，只能这样一直相互伤害，这是对生命的不负责。所以，到了该做出决定的时候了。”

“你是说，你是接受心理调整后才决定离婚的？”陶桦有些困惑地问。

“应该说是这样。”

“心理医生还帮人做出这样的决定？”陶桦想起曾经带女儿见过的那个心理医生，不问青红皂白就给人开药。

“不是你说的那样。”芦珊解释说，“心理医生不会帮你做决定，但可以帮你找出问题的原因。对于我跟他来说，他的性格中有我无法接受的东西，比如偏执，多疑，过分看重仕途却并不如意，心胸不够坦荡，而这一切他不想改变，我也改变不了他。无法改变，也无法接纳，导致我对他没有信心，甚至，也没有爱情了，所以我不想跟他生孩子。同样，他也改变不了我。我不会成为他希望的那种没有个性没有自我的女人，更不会成为一架生育机器，我不会盲目崇拜他，事实上，我不会崇拜任何一个男人。我最最无法忍受的,是他的暴力倾向。他脾气一上来就摔东西,有时还推搡我,这些行为让我鄙视。我怎么能够跟一个让我鄙视的男人生活在一起呢? 以前,我还认为,如果发生什么事情可以让他气顺了,比如说提了副处,涨了工资,或者别的一些事,能使他发生一个大的转变,可是现在我终于明白了,这不可能。我不能再抱有幻想了! 心理咨询师告诉我,我之所以留在这个婚姻里,一定有留下来的理由。现在我明白了,我不敢走出这一步,是内心缺乏安全感。婚姻是女人的家园,离婚首先意味着失去了能带给你安全的家,其次才是离开一个男人。可是,我的婚姻并不能让我感到安全,它只能给我带来危险,起码是伤害。看清这一切之后,我就不再抱怨命运,也不会更多地指责对方了。我平静地接受发生过的一切,我感觉自己现在有了足够的勇气和力量,我可以结束这段婚姻了。"

芦珊一口气讲下来,情绪平稳,人也显得很冷静。陶桦感受到女友的冷静,自己也不好再多说什么了。婚姻是鞋子这个比喻一点儿也没错。穿鞋是为了保护脚,让脚舒服,并且能行万里路。如果一双鞋子穿着伤脚,就失去了鞋的意义,那还留着它干什么?

"离婚之后,你要怎样生活呢?比如说,住在哪里?"陶桦突然想到好友可能要搬离这里,那样她们就离得远了。

"离婚后我会继续接受三到四次的心理调试,"芦珊说,"我会平稳着陆,开始新的生活。我可以先租个房子啊,也可以回到妈妈那边。住在哪里不是问题,先让自己内心宁静下来,然后再慢慢去寻找。"

"心理咨询真的对你有这么大的帮助吗?"陶桦有一丝不解。

"我觉得是这样。"

"我能帮你做些什么呢? "陶桦真诚地问。

“在我闷的时候，陪我喝喝茶吧！”芦珊笑着说。陶桦在女友的笑容中感到安慰。

一个即将离婚的女人，还可以笑出来。看来这个婚姻真没有存在的必要了。

15

林子谦带来的第一个梦，让吕青萍感到非常吃惊。

我不知道自己是怎么来到这里的，好像置身于群山之间。感觉像是古老蛮荒的年代。我的身旁是一些裸露的山岩，山间的风一股一股地吹过，我感到特别的孤独。后来，不知不觉间，我来到了一个山洞前。洞口很小，里面非常暗，我不太敢进去，但梦里好像有什么东西给我下了道指令，让我必须进去。我果然进去了，但感觉不是我自己的力量和意愿。山洞里几乎没有光线，我在里面待了好久才慢慢有些适应，勉强能够看见一些景物的轮廓。穹形的洞顶上，有许多条石笋一根根挂下来，湿淋淋的，下面就是一条暗河。河水的颜色很深很深，因为光线不好，看不出水的样子，只是凭感觉知道那是条河。我有些怕。不知水的深浅，不敢往前走。这时模模糊糊地出现一条路。路在河的中间一直向前延伸，我小心翼翼地踏上了那条小路。路面用高低不平的石头铺成，很窄很窄，还有些湿滑。我不知道自己要去哪里，好像那道指令告诉我前方会有一个洞口，会有光亮，我必须走到那个地方，然后，从那里出去。

我走了很久，很久，还是没有看到前方的出口，也看不到光亮。路越来越难走了，有好几次，我都快要跌倒，并且险些落进下面深不可测的河水中。我怕了。我很恐惧。我想退回去，但是不可能。好像我没有回去的路了，又好像回去的路比前方的还要漫长。不知过了多久,我突然发现,在我的头顶,好像出现一线微光。我抬头望上去,果然,在穹顶的上方有一个隐隐的开口。光线从那里透过来,是一种青紫色的光,很冷,但对我有一定的诱惑。我想从那里上去,但那开口处太高,我根本上不去。我希望从那上面垂下一条绳子,那样的话,我就可以抓住绳子攀爬上去了。我这样想的时候,那上面真的有东西垂下来,我只要跳一下,就能拉住它了。然而这时,我突然改变主意了。我内心有一个声音在告诫我,不要半途而废。我好像知道,如果我从那个天窗爬出去,那么一切都结束了,或者说,一切都无法开始。而我应该做的,就是一直向前走,直到找到那个光明的出口。于是,我不再想着天窗的事情,也不再理会绳子。心中只有一个信念:一直向前,走出山洞。

说来也怪,当我决心已定,心无旁骛地迈步向前时,我很快就看到了前方的光亮,没错,那里有一个出口。然而这时,我突然被绊了一跤。我趴在地上,全身疼痛。我的身体与地面贴在一起,我能感觉到石面的潮湿与温泽,我几乎不想起来了。但是不能。我知道不能。我坚持着站起来。我站起来的时候,手里多了一个小小的石片。好像是有人送我的礼物。我把它放进自己的上衣口袋,贴近胸口的那个位置。我很快就来到了有光亮的地方。我看到了出口,很大,比我进来时那个洞口要大许多。可是,当我走近那处明亮的洞口时,我突然看到一个身形庞大的东西挡在了面前。那是一个怪物。但我不知道它究竟是什么怪物。它的颜色,形状,还有种属,我都看不清。我感觉它会伤害我,至少是阻拦我,不让我顺利达到目的。我想,我需要跟它搏斗。是的,我需要战斗。但我没有任何武器。对了,我身上有一个石片,如果它也算是武器的话。我伸出手去掏那个石片,我的口袋变得很深很深,我好不容易摸到那个石片,我把它拿在手中,好像添了些胆量。

我走向那个怪物,怪物也向我扑来……

就在这时,我醒了。我不知道自己是被吓醒,还是到了就应该醒来的时候。

……

林子谦一气呵成讲完了他的梦。他的呼吸变得有些不平稳。吕青萍感觉自己也好像如梦初醒般,缓了缓神,问,“你现在有什么感觉?”

“有点想大喊一声。”

“你想喊的是什么?”

“没有内容,只是单纯的音阶,比如……啊——!”

在林子谦叙述的过程中,吕青萍一直用想象跟随着他的梦境。她感觉自己也像从那个山洞里走了一次。她体会着他的感受与情绪,甚至被梦中的一些细节所打动。当他想从那个洞顶爬上去的时候,她的心也跟着提拎起来;而当他终于决定继续前行时,她感觉自己眼睛有些湿润了。

她被整个梦境所感动。

无疑,这是一个堪称宏大的梦。一个与生命有关的梦。关于生命的起源,关于一个生命的诞生。梦者在山洞里经历了漫长的黑暗,就是一个生命为了迎接黎明前的曙光所必须承受的一切。

但问题是,梦者在梦中没有完成这个过程。

吕青萍让林子谦仰靠在沙发上。她要帮助他重新回到那个梦境。这个梦含有大量的信息,需要挖掘的资源非常丰富,但需要处理的情结同样很多。

吕青萍引导着林子谦闭上眼睛,做几次深呼吸,然后自上而下放松全身,并慢慢的,让自己在想象中回到那个梦境里。

开始一切都很顺利。他比较容易地进入了山洞,找到了河水中间伸展出来的那条小路,并且,很快看到了洞顶的亮光开口;

这次,他没有幻想从那上面爬出去,而是坚定地向前走。也被绊倒了,再度爬起来的时候,手里拿到了那个石片。

“好,我们先在这里停一下。”吕青萍轻声建议着,“不要急着把石片装进口袋,先看一看这个石片的样子。”

“有一寸左右宽,手掌那么长,厚度不到一公分。上面有水波样的花纹,石头特有的纹理。”

“细细地看着它,抚摸它,感觉着它的存在。问一下自己:这个石片让你联想到什么?”

“……最先联想到的,是那种古代的笏牌,大臣们上朝时别在腰间的那种。然后……想到的是我小时候,在外婆家看到的石桌,同样的纹理,感觉就像从那个桌面切下来的一块。”

“很好。关于外婆家的石桌,你还有什么别的记忆吗?”

“……几乎没有什么记忆了……我很小的时候,好像在那面桌子上爬来爬去,所以对那些花纹印象很深。”

“关于外婆,你有什么想说吗?”

“我没有更多的记忆。我很小的时候,父母就把我带离了老家,以后很多年都没有回去过,外婆在我很小的时候就去世了。”

“好,我们再回来,去看石片。你现在对它有什么样的感觉?”

“很温暖,也很有力量。”

“非常好。那么,就让我们继续向前走。”

他们在洞口处遇到了阻碍。那个怪物还没有出现,他却不敢往前迈步了。他说,我知道那里有个怪物,我打不过它,因为我完全不知道它是一个什么样的东西!”

“不要想着打它,不要想着跟它成为敌对。先去试试看着它,看清它的样子,看它想要说什么,做什么?”

“……不行,我看不清它的样子。它趴在阴影里,一动不动。我也不敢走近它。……我好像已经出来了,从那个明亮的洞口出来了。”

“洞口外面有些什么？”

“一片草地。一片阳光下的草地。”

“好，让自己享受一下这片草地和温暖的阳光。然后，我们就结束这次梦境之旅，回到现实，回到沙发上，回到我的工作室。”

重新坐下来后，吕青萍与林子谦开始探讨梦境以及刚才的意象引导。

吕青萍说，这个梦可以有两种解读的思路。一种是关于出生的过程。山洞在这里象征着子宫，而中间那条石路象征着产道，深暗的河水则是母亲的羊水。出口处的怪物或许提示着你出生时遇到了某些困难，你可以回去问一下母亲生产时的情形。另一种思路，则是心灵层面的象征。山洞在这里象征你的心灵，路是心径，河水是情感状态，或者是与女性之间的关系。那个怪物则是你自我不被接纳的一部分，是一种人格阴影。你总想着战胜它，跟它斗，其实就是在与自己斗。或许战斗不是一个好办法，面对它，认清它，并且能够接纳它，可能才是比较不错的出路。

吕青萍提醒林总，刚才意象引导的过程中，虽然你绕过了怪物，并且得以走出那个山洞，但并不说明怪物就不存在了。你的方式是隔离与逃避。所以，这个任务并没有完成，以后还要在适当的时候重新回到这个过程中，再次去面对这个问题。

林子谦感叹地说，“没想到一个梦竟会引出这么多东西！”

“所以我们要学会做梦。一个有梦的人，不一定是幸福的人，但一定是幸运的人。”

“看来我很幸运，不仅有梦，还有一位懂得释梦的心理顾问。”林子谦笑着说。

“其实，每个人都是自己的解梦师。”

“吕老师也给自己解梦吗？”

“如果没有特殊情况，我每天早上醒来后不会急于起来,要在床上再躺五分钟，利用这个时间把夜里的梦境回想一下。如果一旦起床,就会流失大量细节,甚至会忘掉整个梦境。”

“好办法！我回去也这样做,而且可以名正言顺地懒床了！”

两人都笑了。

16

祝自修带着鲜花去机场接沈媛。下车的时候，他犹豫了一下，最后还是决定把花留在车里。他认为一个大男人捧着一束五彩缤纷的花朵,去迎候一个女人,有些太过招摇。浪漫与情调他不是不懂,只是怕因此造成不必要的麻烦。

沈媛从省城起飞,一个小时就平安降落了。祝自修看到风情万种的沈美女迎面走来，对他展露世界上最甜美的笑容，那一刻，他真有些后悔没有把花拿在手上。美人与鲜花永远是人世间最值得欣赏的风景,而如果这道风景是为你而存在的,那么男人的虚荣心就会得到最大限度的满足。

来到车上,祝自修终于送出了那束花。他有些不好意思。四十岁的人,还从来没有给女人送过花。年轻那会儿不懂得这些套路,后来懂了,却又没有合适的机会与合适的人。

沈媛接过花,说声谢谢,还做了一个夸张的闻香动作,然后就把花扔到后座上了。这个动作让祝自修有些不快，感觉自己的心意被忽视了。或许是这个美女已经收到过太多男人的鲜花，只把它们当成一种礼节,像见面握手那样随意。

离机场不到二十公里,有一处远近知名的温泉浴场,近年来被进一步开发，已经打造成包括室外森林养生温泉以及室内泉水 SPA 馆。在山水环抱、雾气氤氲缭绕之间,把自己的身体浸泡在暖暖的、富含人体所需的各种矿物质的泉水中，眺望远山如黛，近观池中落花，打开每个汗毛孔，吸取自然之精妙，真是人生极大的享受；当然，如果还有女人陪伴左右，美目盼兮，巧笑倩兮，这种感觉比登上天堂还要快乐一百倍。

祝自修驱车，带着他的美女来到这处人间天堂。他有些讨好地对沈媛说，吃饭是接风，泡温泉才叫洗尘！像你这样的女人，应该享受全套服务！沈媛呵呵地笑了。

两人进去后换好泳装，来到了“幽林静泡区”。这里有好几处小池塘，分别散落在山石与树木之间，一团团水雾弥漫在林木与池水中，确是一片隐秘的佳境，容易让人联想到欲仙欲死这样的词语。

据说春季泡温泉，调精舒体。这会儿正值春日，身边又有这么一个身姿袅娜的女人，祝自修很快就开始想入非非。他想占有这个女人。她那玲珑饱满的身体激发着他的情欲。这种激发简直成了一种折磨。他想，他们要是两个野人就好了，就像上古时代的先民那样，男人和女人，甚至，仅仅是雄性与雌性。他突然领悟了这种温泉浴的魅力所在，让人回归天然，回归原始，其实质在于，让人回归动物本性。

但可悲的是，他们现在已经进化为人了，而且，还是社会的人，有着社会的角色。他是某集团公司下属企业的副总，而她，是另一个下属企业的人力资源部经理。他不能像一只雄猩猩那样扑过去，直接达到目的。何时扑，在何处扑，以及怎样扑，像一道复杂的多元方程式，每个变量都在影响运算结果。做人真累，做男人更累，做一个捕猎的男人，可谓累上加累。

祝自修能够感觉得到沈媛在对他释放一些暧昧的信息。她在水中的姿势，她与他忽远忽近的距离，她那闪烁万千的眼神……他突然发觉，自己可能也是她的猎物，或者说，这个女人才是真正的猎人。他们同是捕者与被捕者,这才是人类的游戏,男人与女人,永远在过招,永远在战争。

想到这些,祝自修感觉自己的体内不仅仅爆发着生物能量,还有精神层面的东西,比如说占有与控制,欣赏与自我欣赏。他在心里说,好吧美女,就让我好好陪你玩下去,咱们慢慢玩,看谁先把持不住最终投降。

一旦放下急于求成的姿态,祝自修就变回潇洒自如了。他不再盯着沈美人的身体,而是微微闭上双眼,把关注投向自己,让身心与温热多情的泉水融为一体。这种感觉很温暖,很亲切,甚至,也很安全。这种感觉仿佛来自久远的时光,来自生命的源头。像在母亲的子宫里,像在……妈妈的怀抱。如果可能,他愿意永远这样下去,直到死亡,或再度重生。

……不知过了多久,祝自修被沈媛唤醒。她告诉他,刚才接了个电话,家里有事,需要赶回市里,所以,不能再玩下去,晚饭也不能一起吃了。祝自修不知是真是假, 他虽然嘴上客气地坚持着还要接风,但语气不够强硬,一副顺其自然的姿态。

在回市里的路上, 两个人有些心照不宣地沉默着。祝自修想,这一次过招,他们打了个平手,甚至自己还略占上风。他猜测沈媛未必真的有什么事,而是想吊吊他的胃口,这种资深美人骄傲已经成为习惯,不会让男人轻易得逞的。

不管怎样,有了这样一个铺垫,他相信自己迟早会有机会一亲芳泽。

很快回到人车喧嚣的城市。即将与美人道别,祝自修突然感觉有些失落,他很后悔自己刚才的做法,干吗要端个男人的臭架子呢？如果对沈媛再热一些,今晚说不定就……至少,可以与佳人共进晚餐。

“真的不能一起吃个饭吗？”祝自修发自内心地恳求,“吃了饭你再回去,不行吗?”

但这次美女很坚决地说,“真的不行,改天吧!改天我请你!谢谢今天的温泉浴!”

沈媛让祝自修把她放在闹市区,说回家之前要先买点东西。纵有万般无奈,也只好作别美人。目送着沈媛窈窕的背影汇入城市的人流,这一刻祝自修感到自己真的很孤独。他拿出手机,打电话给老同学,然而贺大刚说他今晚有事,实在抽不出身。

也罢。看来,只好回家了。

17

吕青萍惊叫着,从一个可怕的梦中醒来。

已经有好几年不做噩梦了。自从学习心理学以及从事心理咨询工作以来,她感觉自己的内心已经很少有过那种强烈的冲突与激战。然而这个梦……

其实,梦中的场景回想起来,也未必有多么可怕。她在一条林中小路上行走,那条路不知从哪里开始,也不知通向何方。她走得有些犹豫,但还是努力前行着。路两旁的树木看不真切,但她能感觉到那是一些树。通过一处很窄的路口时,她被什么东西刮了一下,她以为是树的枝杈,回身望去,却是一个人。一个女人的身影,但看不清衣服的颜色,也看不到女人的脸。梦中她好像明白女人的意思,女人是想拦住她,不让她继续往前走了。她并不想就此止步,所以就挣脱女人的手臂。女人有些愤怒,猛然转过脸来……她被吓住了。那是一张模糊的脸,模糊得看不出五官,看不出这是一张人的面孔……

惊叫。她被自己的叫声吓醒了。醒来后第一个联想,竟是当天下午林子谦的梦。她梦中的女人脸,与林子谦梦中的怪兽,在这个夜晚发生了某种联结。

丈夫老刘被她的叫声惊扰了一下，半是醒来，另一半还在睡眠中。他就迷迷糊糊地嘀咕了一句，怎么回事？然后翻了一下身，把脸彻底转向床外。

吕青萍睁着眼睛，望着窗帘外面的天色。没有颜色，或者说，仍然是黑夜的颜色。一夜之中最深沉的时分。孤寂的时分。此刻，吕青萍感觉周边的一切都是陌生的。陌生的窗帘。陌生的床。陌生的身边人。甚至，陌生的她自己。

那个分不清五官的女人，是她自己的哪部分呢？不敢面对的自我？不肯接纳的阴影人格？还是，阻止她探索心灵深处的一种力量？如果是为自己释梦，那么，这个梦意味着什么呢？

吕青萍脑子更加清醒了。而夜半时分的清醒，绝对是一种痛苦的折磨。

很多年没有过被自己的梦吓醒这样的事了。但从前有过，并且经常发生。她听母亲说，自己从小受到过惊吓，一岁的时候去医院打针，被穿白大褂的医生吓到了。针也没有打成，回到家里哭闹了一夜，后来就经常发生梦中的尖叫与惊醒。后来上大学，同宿舍的姐妹跟她受了不少苦。再后来，受到牵连的就是枕边人，她的丈夫。结婚头些年，每当她以这种不正常的方式从梦中醒来，他就会把她搂在怀里，安抚好半天。渐渐地，这样的夜半惊魂越来越少了，但偶尔还是会发生，只是，老刘也有些熟视无睹般，不再那么当回事，就像方才那样，转过身去不了了之。

或许是因为，我现在已经足够强大到不再需要他的安抚了。吕青萍想。她记起有一次夫妻闲聊时，她对丈夫谈起一位心理学家的观点，说是一个心灵强大的人，其人格特质是雌雄同构，双性气质都发展完好。老刘冷哼一声说，你也要成为这样的人吗？那你自己一个人过日子就够了！

学习心理学的人，早年的情结一定要被同行或自己本人挖到相当的程度。比如说她一岁的惊吓。医生,打针。被同行们解读为对性的恐惧。她本人对这种解释并不认可。一岁的时候,性的意识根本没有萌芽,还处于对客体关系最为依恋的时期,所以解释为性,感觉太牵强。还有同行说,医生与白大褂,可能与疾病或死亡有关,死神有时披着白色的袍子,当然有时也披着黑色的袍子。这种解释她感觉有一定的道理。一岁的孩子未必懂得生与死,但孩子身上具有对死亡恐惧的集体无意识,而且,一岁的孩子还没有学会用人类的语言表达自己的感受，于是对于那些原始信息的接收与感应则分外敏感。也就是说,一岁时的她,恐惧的不是自己生命的死亡,而是负载着人类对死亡的焦虑。

那么,刚才这个梦是她自己的焦虑,还是被林子谦的梦所扰动?

为什么会产生这样的连接？如果是，连接的又是哪一部分呢?

18

女中学生祝小桦这几天状态很不好。她又开始吐了,这让陶桦感到惊慌失措。

其实，这两天陶桦心里也很难过，因为她的芳邻芦珊搬走了。芦珊到底离婚了。在学校附近租了一套单身公寓。作为少数几位知情者与密友，陶桦参与了芦珊的整个搬家过程。收拾东西,运到新居,再归整好,这个过程令人心碎,尤其是搬离那个曾经的家。芦珊抱着窗台上的一盆米兰,恋恋难舍,陶桦提议说把花抱走好了,芦珊叹口气说,算了,这花是他买回来的,还是留给他吧。陶桦看到，芦珊说这话时，眼中的泪一下子涌了出来。那个瞬间，陶桦特别想哭，想放声大哭一场；但她不能啊，她拼命压抑着自己的悲伤，她知道女友已经够难过了，自己不能再引着她哭。

一个家庭，就这样说散就散了！她想起一位离过婚的老师说过，婚姻像一棵生长多年的树，拔出的时候树坑有多深，人的心就有多痛！

无论生活中发生什么样的事情，我都永远不要离婚。陶桦暗暗对自己说。

然而心里还是很难过。晚上的时候，祝自修不在家，陶桦的心异常空落，就像楼上空空的房子。不是东西不在的空，而是人不在了。芦珊不在楼上了，再也听不到从楼上阳台飘出的英文歌曲，女友最喜欢的那一首，*Sailing*。

"芦老师搬走了！"陶桦实在难耐这份孤寂，就忍不住对女儿小桦说。

"啊?！"小桦一脸沉重地望着妈妈，并且，嘤嘤地哭了起来，女孩儿哭着说，"那我以后还怎么能见到芦老师啊？"

"你要把英语学好，假期我会请芦老师来家里看你！"

听妈妈又提到学习，小桦收起眼泪，转身回自己房间去了。

第二天早上，在吃皮蛋粥时，小桦又吐了。

是粥做得不好？陶桦想，不对啊！这些天家里的早餐又恢复了皮蛋粥，因为这曾经是小桦的最爱，而且，近些天来，孩子吃得好好的，再没有发生过呕吐的情况。

又怎么了啊！莫非，真如医生所说的，是神经性厌食症？

陶桦想，要不，也带小桦去看看心理医生？不，按芦珊的说法，是心理咨询师。自从上次听芦珊讲到心理咨询的益处，她就暗想，如果小桦再出问题，就不带她去医院了；不去看医生，而是去找心理咨询师。

陶桦原本打算从芦珊那里打听一下心理咨询师的联系方式，但转念一想，女友目前这个状态，还是不要拿这些事烦她吧！另外，还有一层意思，就是她不想让别人知道小桦存在心理问题，即使是自己最好的朋友，也尽量不知道才好。

陶桦给女儿找的第一个心理咨询师，是一位中年男性。她是在网站上经过多番比较，才筛选出来的。网上介绍说，他是本市资深心理咨询师，有着丰富的心理工作实践经验，尤其对于青少年成长问题，具有独到的见解和有效的治疗手段。

没想到，小桦对这位经验丰富的咨询师颇不认同。陶桦实在想不通这是为什么。事实上，陶桦本人对这位男咨询师印象还是不错的。他温文尔雅，态度亲切，看上去也很智慧，比较容易让人信任。可是，当他建议小桦用"我……"开头写下十条自我评价时，小桦开始不愿意，后来终于同意，并且一口气写完，呈上来之后，弄得陶桦非常无奈。

小桦写道：

"我不喜欢你这种自以为是的男人"

"我不喜欢你这种虚伪的男人"

"我没有任何心理问题"

"我根本就不想来这种鬼地方"

……

陶桦连声道歉说，对不起，这孩子不懂事。咨询师却不改温和表情，只是用很睿智的目光望着小桦，轻声地问，"能说说你跟你父亲的关系怎样吗？"

"我跟我爸，很好啊！"小桦滑着嗓子一副无所谓的样子，"如果他答应我的事都能兑现的话，比如说那套名牌运动服，那就是天底下最好的老爸了！”

陶桦有些摸不着边际。她不理解，难道小桦的厌食问题会跟祝自修有关？而且，他们父女二人之间的关系，应该没有什么问题啊！倒是自己平时对小桦管教过多，这一点在小桦出了状况后，她已经在开始醒悟，并且最近她也不那么严厉要求女儿的学习成绩了。

一个小时过去，似乎没有解决什么问题。陶桦有点失望，她也不是责怪咨询师，而是认为是小桦不够配合。虽然临来之前，她很意外地没有多费唇舌就说动了小桦，看来这孩子是表面服从，内心较着劲。

离开之前咨询师建议她们母女下次再来时，最好带着父亲一道同来。小桦很任性地说，“根本不可能！我爸是不会来这里的！”

陶桦尴尬地笑着，说着道歉的话，离开了心理诊所。

“你怎么这么不懂礼貌？”下楼之后，陶桦忍不住责怪女儿。

“我就是不喜欢这个人！”小桦把脸扭向了一边。

“那你喜欢谁？！”陶桦发火了，“刚才这位心理老师有什么不好？人家在帮你解决问题。你倒是说话啊！”

“你觉得他好，你去找他就是了！”小桦气哼哼地说，“反正，我的事情用不着他来管！”

19

祝自修斜靠在客厅的沙发上，手里端着一杯红酒。平时他并不喜欢红酒，他认为那是女人的饮品，男人喝着不够劲儿。但今晚，他还是附和了沈媛的提议。对美人言听计从，是男人的修养。

沈媛穿着一袭白色衣裙，在房间里四处走动；阵阵香风在客厅飘来荡去，弄得祝自修有些心猿意马。这是她的家，她当然有权利这样肆无忌惮地走来走去。问题是，自己怎么会跑到她家里来了？

祝自修凝视着杯中液体的颜色。波尔多红。这是沈媛刚刚对他说过的一个词。然而，另外一个词却伴随着这种液体浮现在他脑海里。饮鸩止渴。上大学时，他经常把“鸩”字读错，有一次还是陶桦帮他纠正过来的。她总是喜欢纠正别人，从一开始就如此。

饮鸩止渴。难道，沈媛就是这个经常被他读错的“鸩”？他不知道。他甚至不知道，自己今晚来沈媛的家是不是一个错误。

今天下班之前，她突然打来电话，说自己在家里等他。电话中，她用阴郁的声音对他说，“天气不好，我生病了。想让你来看看我。”

那样一个美女，如果果真生了病，想去看她的人还会少吗？祝自修想。

不过，那样一个美女，如果果真生了病，还会想到让我去看她，那也是一件荣幸的事情，应该把握住机会。祝自修又想。

于是，他出现在了她家的客厅。她告诉他，目前她一个人住。

沈媛穿着白色纱质睡裙，在房间里走来走去，怎么看，都不像生病的样子。祝自修在想，这个美妙的女人，会是一杯波尔多红酒，还是他的“鸩”呢？

当一盘盘果品点心终于齐齐在茶几上摆好，沈媛终于停止了走动，在沙发上安静下来。

他们坐得很近，她如兰的气息一缕缕飘过来，祝自修有些局促不安。凭直觉，祝自修清楚，这是一个能量巨大的女人，她不同于那些欢场女子，也不似那种温良顺从的小家碧玉；这样的女人是一座火山，无论爆发还是沉寂，造成的辐射都将是致命的。

祝自修有些后悔自己的冒失。有些花，虽然美丽，却是不能轻易摘取的,因为你摘了之后不知道如何处置,处置不妥就会给自己造成麻烦。

“祝总能来看我,我的病已经好了一半了!”沈媛轻轻用唇沾了一小口波尔多红酒,睫毛眯成一道弯月。

“你的房子很漂亮!”祝自修有点找不到合适的话题,只好顾左右而言他。

“房子是别人给我买的。”沈媛故意歪着头,观察祝自修的表情。看到祝自修毫无表情的样子, 沈媛轻轻笑了起来,“祝总放心,我是不会跟你要房子的!”

祝自修有些尴尬,为了掩饰,只好把酒杯放到嘴边。

“谢谢那天你给我洗尘。”沈媛说,“可能是温泉太暖和了,离开之后就让人受凉。我这几天感冒了。想来这病是与祝总有关的,所以今晚请你来看我。”

“我这几天一直想着再见到你。”祝自修关切地说,“你的身体还好吗?”

“我的身体……你觉得好不好呢?”沈媛咯咯地笑了。

祝自修感觉自己的体内有片金黄的火苗骤然腾起, 瞬间膨胀为烈焰。他 口干掉杯中的红酒,放下酒杯, 步跨到沈媛的面前。他看到了一双充满期待的眼睛。

那一晚,他缱绻在美人的香巢,不忍离去。

20

“你还记得我吗?一个月前我找过你。我说要杀死一个男人,或者杀死我自己。你想起来了吗?”

中午的时候,吕青萍接到女孩儿的电话。她记得那个身材高挑的女孩儿。被一个已婚男人拉去做了处女膜修复手术。

"你现在情况怎样？"吕青萍确实很想知道她的状态。

"我今天感觉非常不好，好像又有那种毁灭一切的冲动了。所以我还得找你,你下午有时间吗？"吕青萍说三点以后可以。

"现在不行吗？"女孩儿说,"我感觉马上就要崩溃了！"

"你不会的。一个月过去了,你已经做得很好,出现一些情绪的反复是正常的。"

"……那,好吧。"

"我三点等你。"吕青萍说。

让女孩儿三点来,因为下午一点半有个预约。

这是一个比较麻烦的求助者。

晓风。他的自称。半年前是她的咨客,职业学校平面设计教师,电脑高手。

晓风的问题表现出来的是人际关系冲突，尤其是与领导的关系很紧张。深入了解之后，吕青萍发现他早年跟父亲的关系很糟糕,于是帮他处理了一些情结,不仅在认知层面,而且在潜意识层面帮助他调整了与权威的关系。几次下来效果还不错。吕青萍觉得咨询可以结束了。可是晓风不肯结束,他说我还要来,如果见不到你,我还会出问题。看来问题确实出现了,这就是所谓的移情。晓风开始对她产生了依恋,不仅如此,还试图改变与她的关系。

吕青萍在给晓风的咨询中发觉，这个年轻男人不仅跟父亲的关系存在问题，而且与母亲的心理分离也没能完成。所以他才会对自己产生这样的情感。移情,这是每个咨询师都会遇到,而且都需要面对的问题。

记得在一次培训课上，一位国内知名的心理学专家对学员们说过,如果女心理师被某位男性咨客"爱"上,请你不要沾沾自喜于自己的女性魅力，其实，你只不过是更像一位母亲或知心姐姐罢了；而男性心理师如果引起某位女求助者的迷恋，那也不是因为你的男人风度，而是那位女子在心理上恰好需要一位父亲或兄长。所以，心理咨询师要正确理解异性求助者的爱恋，并且认真而恰当地处理好这种移情。

晓风让她很头疼。还在咨询期间，他就试图约她出去吃饭。她耐心地解释说，他们是咨访关系，所有的交流只能在心理诊室进行，不允许有超出治疗关系之外的交往。在结束咨询关系之后，他又开始了对她的纠缠。吕青萍觉得完全可以用得上纠缠这个词了。他在QQ上找她，用手机给她发短信，打电话。他在QQ上或短信中对她说，我想你了。我想请你吃饭。我想去看你，是一个男人去看望一个女人，而不是一个心理病人去看望一位咨询师。

吕青萍考虑过是否针对与母亲的心理联结，再次为晓风做一个疗程。但她最终还是决定放弃。她甚至有一种失败的感觉。因为前一段治疗，主要是处理他与权威（父亲）的关系，而身为咨询师的自己，同样代表着某种权威。晓风对她的诱惑，可能不仅仅反映着他与女性关系存在问题，而且还因为把她当成了权威的代表，所以，他改变了以往的方式，变对抗为纠缠，仍然是处理这种关系的能力有问题。

吕青萍决定将他介绍给其他同行。但他说自己没有问题，说自己已经完全好了。在接下去这几个月的时间里，晓风果真停止了纠缠，几乎销声匿迹，只发过一次短信，说他谈恋爱了。吕青萍回复他以祝福。但他昨天突然打电话来，说与女友的交往很不和谐，经常矛盾重重，两人都很受伤，再次向她求助。吕青萍考虑了一下，决定让他们两人一起过来。她想，或许解决晓风与母亲关系问题的时机已经成熟了。

但晓风是一个人来的。吕青萍感觉麻烦仍在，甚至可能更加麻烦了。

“不是说好两个人一起来吗？”吕青萍问，语气中有些责怪的成分，但她很快意识到了。

“她不肯来。她说是我的问题。”

“那么你怎么看呢？”

“可能是我的问题吧……我不喜欢跟我差不多年龄的女孩儿，她们太任性，不懂事，完全不理解我。”

“晓风，你今天来，我们的咨询目标是调整你与女友之间的关系，看看问题出在哪里。但现在她不在这里，我们没有办法进行下去了。”

“那……就解决我自己的问题好不好？”晓风试探着问。

吕青萍想了一下，问道，“你的女朋友是个什么样的人？能否用三个词汇来描述一下？”

晓风明显停顿了片刻，尔后慢吞吞地说，“她……任性，矫情……自我中心。”

“这都是比较负面的评价，能否用三个正面的词汇？”

晓风仿佛在搜刮肚肠，费了半天劲，才说，“实在想不出来。”

“这是你对她的评价，还是对自己的？”吕青萍加大目光交流的力度，认真地望着对方。终于，晓风苦笑了一下，说出了实情。他确实交过一个女友，但一个月前就分手了。

“吕老师，请原谅我欺骗了您。”他叫她吕老师时，口气变回客气，“我是怕您不让我来这里。”

“可是你以这种方式来……”吕青萍的口气明显带着责怪。

“萍姐！”晓风突然叫道，“萍姐，你知道我为什么不想交女朋友吗？因为她们都不如你！你身上有一种成熟女人的魅力，是我一直非常向往的。你让人感觉温暖、亲切，跟你在一起，我感到特别放松，特别开心……所以，我就是想见到你，但你不回我的短信，在电话中也不肯跟我多说一句，我实在没有办法，才出此下策……"

晓风边说边观察着吕青萍的反应。他发觉对方虽然静静地听着，但神情却是异常平静，就像一汪湖水，任你把石子一颗颗扔进水中，湖面却仍旧波澜不惊，直到你感觉再这样扔下去已经没有任何意义了。

晓风终于打住他的告白。

吕青萍问，你说完了？晓风点着头，不再说话。

"听我说，晓风。"吕青萍一副职业的姿态。"我认为，半年前的调整是针对你与权威的关系，你确实也有了很大的改变。我记得你说过，你很小的时候就离开了父母，十岁才回到他们身边。你不仅与父亲的关系存在问题，而且与母亲之间也有许多尚待处理的情结。这才是你与异性的交往中遇到各种问题的原因，并不是因为我。而且可以说，你对我的这种感觉，其实是对一个好妈妈的向往。这不是你的错，但你现在长大成人了，需要自己来承担成长的任务。本来我应该继续为你咨询，调整你与母亲之间的关系。但是现在，我认为由我来做这件事不太合适，如果你需要，我推荐另一位咨询师帮你完成这个成长。你看如何？"

晓风沉默着。

吕青萍看了看时间。快到三点了。

"今天就到这里吧，你回去考虑一下。可以打电话告诉我，是否需要我帮你介绍一位我的同行？"

晓风站起身，默默地掏出钱包。

"这次就不收费了。"吕青萍说，"也没有为你解决什么问题。"

送晓风到门口时，吕青萍心想，不知这个案例拿到咨询师成长小组会不会被同行批评？转介。一定要转介出去吗？还有收费问题。这次不收费，是不是破坏了某种设置？

晓风站在门口，犹豫着还想说什么。吕青萍望着这个三十来岁的大男孩儿，高大，帅气，人也聪明，或许，自己可以帮到他的。但为什么不肯帮下去了呢？如果换成其他咨询师，可能会处理好这个移情，甚至利用这种移情帮助对方成长。但自己为什么做不到这一点？

"吕老师，我能抱抱你吗？"晓风恳切地望着她。

吕青萍微笑着伸出双臂，从对方肋下绕过去，拍了拍他的背。这是母亲式的拥抱。如果把手臂从对方肩上搭下去，意思就完全不一样了。

望着晓风离去的身影，吕青萍开始在大脑中搜索着本市同行的名单，考虑着该把这个大男孩儿转介给谁。

三点已经过了，那个约好的女孩子还没有来。

这天下午，她一直没有等来那个女孩儿。甚至连一个电话也没有打过来。

21

隔了一周，陶桦想带女儿去见上次那位咨询师，小桦说什么也不肯去。

"我不想见到他。"小桦说。

"为什么啊？"母亲不解地问，"人家什么地方得罪你了？"

"我讨厌他那种装模作样，"小桦嘀咕着，"像我们初二时的语文老师。"

陶桦回想着女儿初二的语文老师是谁。想起来了，是那个高高瘦瘦、戴着无框眼镜的孙老师，总是用过量的湿发水把头发抹得又黏又亮。据学生们讲,他每堂课的第一句话永远一成不变:现在开始学习了,你们必须学好语文。

想到孙老师的样子,陶桦忍不住笑了,“怎么会呢?跟孙老师一点儿也不像啊!”

陶桦突然灵光一闪,好像明白了小桦为何不喜欢去见那个咨询师。他是男的!或许小桦处于青春期,抵触成年男性,那就换个女性心理咨询师试试吧!

陶桦又到网上细心搜寻,选定了一位看上去慈眉善目的女人,有着教育背景的心理咨询师。

“神经性厌食症?”咨询师听完陶桦的介绍,摇着头说,“不不,我们不会轻易给孩子贴上某种病症的标签。”

陶桦立即信任了面前的咨询师,觉得她是个认真负责的人。

接下来,咨询师解释女孩儿的呕吐症状,说是由学习压力引起的。然后开始询问小桦的学校生活,比如学业成绩,人际关系,甚至与异性同学的交往。

陶桦发现女儿还是一副心不在焉的样子。在回答咨询师提问的时候,显得漫不经心,甚至有些不以为然。

“你的呕吐一般发生在什么时候呢?”咨询师问。

“早上时候多。”母亲代替女儿回答。

“我的意思是,是不是生活中发生特别的事情,比如说考试之前?”

“可是我去年中考前心情特别紧张,也没有吐过啊!”小桦有些不耐烦地说。

“上了高中以后功课压力会更大,而且,都是新同学,存在人际适应问题。”咨询师解释说。

“是的,高一的课程突然增多,而且难度也加大,”母亲附和着说,“初中的时候,跟我在一个学校,各科老师对她总有些关照。现在,她上高中了,我也照顾不到她了。”

“这也是一个原因。另外,你有没有喜欢的男同学呢?”咨询师继续问。

女中学生终于到了忍耐的极限,她几乎要跳起来,大声嚷道,“拜托!我没有早恋,也没有任何男朋友!连网友都是女生!是不是再拉上我去医院查一查,看我是不是怀孕了啊?!”

陶桦一脸尴尬。原本以为上次带女儿去医院说是查胃,她会相信呢。看来现在的孩子聪明得都要成精了。

咨询师倒是不急不躁,笑眯眯地对女孩儿解释说,“并不是说呕吐就是怀孕,就一定与男孩子有关。但青春期的性能量是不容忽视的。如果排除生理上的原因,那么呕吐更多是受情绪影响。你看,刚才一说到异性同学,你的反应就这么激烈。这就是一种情绪表达。想想看,为什么我们一触及这个话题,你就出现这样的情绪呢?”

陶桦非常不安地看着咨询师,再望望自己的女儿。她真担心被咨询师说中。初中的时候,母女同校,她可以看护着女儿;但现在她不在自己眼皮底下了,如果真的陷入少男少女幼稚的情感里,影响了学习,那可真是麻烦。

陶桦满脸担忧地看着女儿。小桦却把目光投在空白的墙上。她不再说话,因为不想再说什么了。

出来的时候,陶桦简直对女儿怒不可遏了。

“你到底想不想把病治好?”陶桦问。

“我没病。”女儿冷冷地说。

“那我们这是来做什么?”

“鬼才知道!”

“你这孩子!如果你不吐,好好的,我干吗费这个劲!”陶桦有些伤心地说。

看到妈妈难过了，小桦的语气缓了下来。“我不喜欢这个咨询师，感觉她像我们学校的教导处主任。”

陶桦差点儿被女儿气乐了。“凡是你不喜欢的人，就说像你们学校的老师。那你说说看，我像谁呢？”

小桦煞有介事地想了一下，然后一本正经地说，“你呀，特别像我上初中时，学校的财务部主任。”女孩儿说完，自己先嘿嘿地笑了。

陶桦很快反应过来，也笑出了声。笑过了，又很无奈地对女儿说，“你要是有什么心事，一定告诉妈妈啊！”

小桦嘴上应承着，脸色却阴了下来。

22

在几年来的心理工作实践中，吕青萍发现了一种神秘的心灵现象，那就是，在相对集中的某一时间段前来咨询的求助者，往往都带有类似的心理问题；更加耐人寻味的是，当她自己面临某种情绪困扰时，有着同样困惑的求助者就会明显增多。比如两年前，当她与刚刚进入青春期的儿子之间出现一些问题时，她的来访者中，亲子问题便特别集中。在这种情形之下，与其说她是一位心理咨询师，人生指引者，不如说她就是这个问题团队的一员，是一个走在队伍前列的人；她一面艰难地识别着道路上的障碍，清理着自己心灵的背负，一面带领着她的同伴奋力前行，相互鼓励着，最终走出情绪的沼泽。好在，大多数情况下，她都能完成任务；并且，她在帮助别人的同时，自己的内在也变得强大起来。

那么，到底是谁帮助了谁？她比较信服一位心理专家的说法。是求助者用他们的问题在帮助咨询师成长。

吕青萍翻看着林子谦的梦,忽然想起这个话题。他是她的第一个心理顾问服务项目的客户,而手中这个新本子上,记录着他的第一个梦。第一个梦境往往与后面需要探讨的所有问题密切相关,甚至起着至关重要的作用。她还记得一次咨询师个人成长工作坊,团体督导老师来自北京。小组一位外地成员率先呈现了一个梦境。当时窗外阴雨绵绵,而小组的第一个梦也是凄风苦雨,并且被死亡的阴影所笼罩。结果,那次工作坊几乎是围绕着人格阴影展开的。两天后,工作坊结束,天气也转为晴朗。

究竟,是外界的万物呼应了我们的心灵?还是我们的心灵力量在创造着万物?

督导老师说,万物皆象征。我们看到的一切,都是我们心象的外显。

这是一种投射?还是一种认同?抑或,是心理世界的投射性认同?

如此说来,林子谦的第一个梦,是否将会成为整个咨询过程的基调、背景,甚至是主题?

吕青萍反复研究着林子谦的梦。同时联想到自己那个梦。面孔模糊的女人。怪兽。这两者之间有什么内在联系吗?

今天是为林子谦"心理服务"的日子。按约定,他每隔两周来一次,每次两小时。所以,吕青萍没有在下午安排其他咨询。今天,她将与他共同探讨一下咨询目标。而这个目标或许与他的第一个梦有关。

关于生命最初的体验。关于与母亲的关系。与异性的关系。自我人格的接纳。选择面对还是逃避的生活风格。如何获取心理力量以整合自我。

这个梦像一颗钻石,被打磨出许多闪光的面。每一个侧面都是一个主题。

吕青萍不知道她和她的客户将会沿着哪条路走下去，也不知道将会走到多远。一切都是未知。心灵之旅充满神秘和不确定性。但她相信，自我探索永远没有错，人类了解自己越多，心灵的力量就越强大。

与林子谦约好下午三点。现在两点还不到。吕青萍想利用这个时间看看书。她最近在读欧文·亚龙的作品。中国的心理咨询师恐怕都在读亚龙，就像当年中国的作家们言必称米兰·昆德拉。她自己当年也读过昆德拉，但有点像跟风，从众心理；现在她喜欢亚龙的书，或许仍然有些从众的意味，但她确实真的喜欢。她惊叹于身为心理治疗师的亚龙先生，能把心理学与文学、哲学整合到如此之精妙。她喜欢带有哲学思考的文学作品，当然，如果题材关乎心理治疗，就更加让人感兴趣了。

她刚刚翻开《叔本华的治疗》，还没有读上半页，手机响了。号码看上去不太陌生。难道是她？

真的是她。上次约好时间却没有来的那个女孩儿。

“吕老师，我就在你楼下，你这会儿有时间吗？”

吕青萍犹豫了一下，最后还是说，那你上来吧。

女孩儿坐下来后，解释那天没有来的原因。她说，那天是他的生日。她实在忍不住，还是给他打了个电话。她说她已经很长时间没有跟他电话联系了。平时在公司遇上，她总是像陌生人一样从他身边走过去。而他，对她也是一副公事公办的样子。她说她以为这一个月来可以忘掉一切，可是，当他的生日来临的这天，她还是忍不住了，想对他说点什么，想听听他的声音。

她说，她那天上午给他打了个电话，说祝他生日快乐。而他却说，在开会，不方便，就挂了。她感觉对方很冷，她的心也冷了，几乎是彻底的冷。她说，她感觉自己又快崩溃了，从前那种恨与怨再次萌生。她怕自己再次失控，所以打电话给咨询师，约好下午过来。可是，下午上班的时候，他忽然把电话打过来了。他在电话中对她说，谢谢，谢谢你还记得我的生日。不仅如此，他还试探性地问她，愿不愿意晚上一起吃个饭。

“我几乎没有犹豫就答应了。”女孩儿说，“我发觉自己还是渴望跟他在一起。”

“你们一起吃饭了？”

“是的。他请我吃饭的地方，是去年他过生日时，我们在一起的那个饭店。”

“你感觉他这个举动，是在怀念旧情？”

“我有过这种想法。只是，我不明白，他的生日怎么会不跟新婚的妻子在一起过。我就问了他。”

女孩儿说，他的回答让她很失落。他说，妻子出差去了外地。

“你怎么看待这次生日晚餐？”吕青萍问女孩儿。

“我不清楚。他并没有跟我重新合好的意思，也没有说这是最后的晚餐。我问他现在的婚姻幸福吗，他也不正面回答。他让我琢磨不透。”

女孩儿告诉吕青萍，她以为经过这次晚餐，他们的关系会有所变化。然而，第二天在公司的走廊迎面遇见，她主动对他展露笑容，可是他的目光躲闪开了。她不甘心，找借口跑了一趟他的办公室，他的反应一如从前那般冷漠，让她的心一凉到底了。

“今天上午，我又给他打了一次电话，”女孩儿说，“我让他直接一点告诉我，我们还可不可以继续交往了。他沉默了半晌，最后说，让一切都成为过去吧。”

女孩儿说到这里，哭了起来。“他说得多轻巧啊，让一切成为过去。”

“那么，你希望你们的关系继续下去吗？”吕青萍问女孩儿。

“……我有时想，有时也不希望那样了。”

“你希望你们的关系是什么样子？”

“我想让他像从前那样关心我，让我感觉有人护着，有所依靠。”

“像兄长那样？像朋友那样？还是情人那样？”

“这其中有什么区别吗？”

“你想一想，有没有区别？”吕青萍问女孩儿。

“……嗯，有一点区别。兄长或朋友，没有身体上的关系。这是与情人不同的。”

“有没有想过，他为什么要带你去做处女膜修复手术？”

“抹去他的所作所为。”女孩儿恨恨地说，“他以为这样就没事儿了？我身体完整了，可是我的心已经无法完整。”

“可不可以换个角度去想这件事。”吕青萍引导着女孩儿，“他这样做，是想对你负责，也是在限制他自己的行为，也就是，跟你不再保持身体关系，但并不意味着跟你成为路人。”

“那他为什么这两天又不理我了？”

“先说说看，为什么他会请你去生日晚餐？”

“我真的不知道，说不清楚。”

“因为你一个月来表现得很好，你跟他保持了距离，让他不再为难。当你不再要求亲密关系，而仅仅是同事，上下级时，他对你反而感觉亲切起来，所以才会找你共度生日。也就是说，如果你能把你们之间不再视为情人关系，那么他依然可以做你的兄长和朋友。在工作中他还会关照你。这不正是你需要的吗？”

“那你说我以后应该怎么办？”

“如果要得太多，反而会失去全部；而如果你放下一些东西，就会拥有另外一部分。”

“……嗯，我好像明白了。”

“况且，你以为自己舍不得丢掉的那部分，往往是你并不需要的。你放下与他的亲密关系，给自己的情感留下一些空间，才可能接纳新的情感。”

“那我以后应该怎样对他呢？”女孩儿认真地问。

“首先要心存感激，毕竟他照顾了你两年。然后，在单位里把他当成领导，而在心里，可以把他当成兄长，当成朋友。你可以继续关注他，偶尔也可以打个电话。但不要让他感觉你仍放不下，那样他就会用冷漠隔离你。当他清楚知道你的态度后，才会回到兄长与朋友的感觉中。如果你想要这种感觉的话。”

吕青萍发觉自己的引导过多，好在女孩儿的领悟能力不错，跟得上她的思路。她看了看表，马上就到三点了。女孩儿对她看表的动作很敏感，说是不是我的时间到了。吕青萍说，是的，今天我们就到这里，好吗？

“你相信我会从这段感情里走出来吗？”女孩儿站起身时，问吕青萍。

“你不觉得你已经走出来了吗？你这一个月坚持得就很好，当然，总会有些反复，但今天的你已经不是一个月前的你了，不是吗？”

女孩儿笑了一下。吕青萍由衷地说，看到你的笑容我很宽慰。

23

“今天我们还研究梦吗？”林子谦坐下来问。

“这半个月有什么特别的梦境？”

“我感觉有些奇怪。我以前做的梦只要记得清，多半情节都很丰富，甚至比较完整。可是最近我的梦非常零乱，像有一把闪光的利剑上下翻飞，把梦境削成了碎片。”

“那么,你现在想象一下,是谁在舞动这把利剑呢?”吕青萍问。

“这并不是我梦见的,而是我的一个比喻。”林子谦有些不解,“比喻也可以拿来展开联想?”吕青萍说可以试试。林子谦轻车熟路地闭上眼睛,少许,对咨询师说,他感觉是一个披着紫色披风的女侠。

“是哪部武侠小说中的人物吗?”吕青萍问。

“……好像是,却又不像。因为,我想不起来她是武侠小说中的哪个人物。”

“或者像你现实中认识的哪位女性?”

林子谦睁开了眼睛,看着吕青萍,忽然笑了一下。“我感觉有些……像你。”

“是因为我今天穿的衣服有紫色的元素?”吕青萍也笑了,“或许,是我扰动了你的梦。我们把你的梦拿出来分析,分而析之,就像把它们削成碎片。”

但为什么是用一把剑呢?吕青萍暗想,在精神分析理论中,剑可是男人的武器。性的象征。在这里,是不是提示我的分析有些尖锐,容易伤害到对方?

“哦?这个解释很有意思啊!”

“你上次带来的那个梦包含着丰富的信息,沿着任何一个片段,都可以深入走下去。所以,今天我们还是以这个梦为线索,你想谈点什么吗?”

“我想说说逃避这个话题。”林子谦说,对那个梦,他最有感触的部分,就是在后来的冥想过程中,他面对怪兽时,并没有迎战,而是莫名其妙地就让自己走出山洞了。

“你感觉现实生活中,有什么事情与这一情形类似呢?”

“这也是我最近在想的一个问题。我觉得我现在的生活就与此类似,我从省城到这里,就是在逃避。”

林子谦说,他现在所在的酒店上属一个省级集团公司。他原来在总公司任职,半年前才来到这里。他说他近一两年来状态一直不是太好,但也不知道问题出在了哪里。他的事业稳步发展,家庭也很和睦,妻子是医生,女儿读私立中学,都不让他操心。至于他本人,虽然几年前与一个外地女子在网上有过一些朦胧的情感,但也没有触及现实层面。

“我感觉自己很迷茫。都说四十而不惑,我现在却感觉自己一直在困惑中。就像走在一条被浓雾笼罩的小路上,我知道自己必须一直往前走,却不清楚这条路最终通向哪里,不清楚我究竟是要到哪里去!”

吕青萍差点儿走神了。因为对方提到路,这让她回想起自己前几天的梦境。也是路,还有面孔不清的女人。她有些心惊地想,这个林子谦究竟是谁呢?是我扰动了他,还是他来扰动我?

“说说你的逃避吧。”吕青萍努力让自己回过神来,“你认为从省城来到本市工作是一种逃避?”

“我以前并没有这样清晰地认识到。只是觉得省城人事繁杂,连空气都不好,想到这个海滨城市来静静心。可是上次通过分析那个梦,我才发觉,自己对怪兽的做法,没有迎战,也没有面对,就让自己稀里糊涂地出来了,这个样子非常像我目前的状态。”

“就是说,你没有面对怪兽,甚至都不清楚怪兽究竟是什么,就跑出来了?”

“我回去后,学着你的方式,在睡觉前让自己试着重回那个梦境。可是,每当就要与怪兽遭遇的时候,我都不敢去看。我很矛盾,一方面想看清那个家伙究竟是何物,一方面却又害怕看清它……”

“我们每个人的心中都有这样一个怪兽，”吕青萍说，“可能长的样子不同，但都是我们想要看清却又不敢面对的东西。在心理学上，可以叫做人格阴影。”

“可以问问，你的人格阴影是什么样子吗？”林子谦做好奇状。

“每个人的阴影人格不止一个，而且不同的状态下呈现的样子也不相同。比如前段时间，我参加一个咨询师个人成长工作坊，看到的阴影人格的样子，是一个穿着白袍的女子。因为那段时间我的心情比较郁闷，而且感觉能量不足。”

“所以是苍白的样子？”

“是这样。”

“那么，是不是看清阴影的样子，有助于我们了解自己的负面情绪和不良状态？”林子谦问。

“这是一种理想化的说法，真实的情况未必如此。因为，所谓阴影的样子以及它代表的含义，说到底是一种象征。就像白色象征抑郁和无力，但白色并不仅仅是这个意思，比如，它还可能代表纯洁，简单，充满不可知的变化，以及发展的空间。任何象征都不是单一的指向，所以不能做唯一性的解读。”

“如果这样的话，我们就陷入了不可知论。”林子谦有些灰心地说。

“承认万物不可知，反而是人类的智慧。越是研究人的心理内容，我们越是会感到自己的无知。宇宙中有多少谜团，人的心理世界就有多少不可知的东西。”吕青萍发觉自己好像说得太远了，就回到刚才的话题，“我前两天也做了个梦，梦中看见一个面孔不清的女人。我感觉她就是另一个我，我看不清她，是因为我对自己的某些面目也是没有了解的。但她出现在我所经过的路上，这样的梦提示着我，到了我去面对她的时候了。”

“就像我的怪兽一样？”林子谦问。

“是的，我梦中醒来后，回想这个女人的形象时，确实联想到你的怪兽。”吕青萍决定把她的想法进一步说出来。她最近在读欧文·亚龙的书时，对亚龙（或者说是他的主人公）的一个做法表示谨慎的欣赏。亚龙认为，咨询师可以跟求助者建立一种深层的沟通，比较充分地打开自己，真诚地、并且尽量较少隐瞒地交流，尤其重要的是把自己对求助者的真实感受表达出来。用国内某位心理专家的话来说，心理治疗不是靠理论与技术，而是用咨询师自己去治疗对方。

这肯定有些冒险。打开自己，充分表达自己对对方的感受，吕青萍觉得，这样做未必适合所有的咨客，但针对某些情况，或许可以适当采用。比如说林子谦。他不是普通意义上的“心理病人”，他不是为了处理某个具体心理问题，而是立足于更多了解自己，更好地整合自我。他的目标也是所有人的目标，包括咨询师在内，也包括她自己。所以，吕青萍觉得，可以在林子谦这里试用一下亚龙的风格。

“所以说，我的梦可能与你的梦具有某种共时性。”吕青萍解释说，“所谓共时性，比如你在某一时刻忽然想起一个很久没有联系的人，可能没过多久，你就接到这个人打来的电话。有人解释这种现象是心灵感应，另外的解释是，象征性表达。你心里想到这个人了，那么外部世界就会有相应的事件来呼应。有人乐观地解释为，这是心想事成的秘密。所以我梦中的女人是模糊的，而你梦中的怪兽也看不清轮廓。”

“那么我还要不要去看那个怪兽的模样？”林子谦不放心地问。

“或许现在还不到时候，如果你暂时还不能看清，就试着接纳它，告诉它，它是你自己的一部分。学会与它相处，试着与阴影共舞。你能想象一个没有影子的人走在阳光下吗？”

“那是一个薄片儿吧？”林子谦笑着说，“或者，是一个完全透明的东西。”

这次咨询结束后，林子谦邀请吕青萍，“我们一起吃晚饭吧！”

吕青萍婉拒了。

“是不是你们有规定，不能跟心理病人一起吃饭？”

吕青萍笑着解释说，“林总，别误会，你不是心理病人。但我们确实有行业规则，在咨访关系存续期间，最好不要有工作室以外的接触。”

“看来，你还是把我当成了一般的病人，哦对了，你们叫求助者。”林子谦有些不开心地说。

“说实话，我也不知道，对你这样的特殊客人，是不是也要按规定去做。因为你是我第一个常年心理顾问服务的客户，而且到目前为止，也是唯一一个。”吕青萍老老实实地说，她觉得自己正在走亚龙路线。

“就是说，我还有希望与你共进晚餐？”

“我得回头问一问我的督导老师。”吕青萍半开玩笑地说，“老师许可了，我才可以做。”

“你的老师是男的吧呵呵？”林子谦笑着问，但马上又说，“好吧，我不让你为难了。但改天你一定要给我这个机会。”

“总有机会的。”吕青萍含糊地说。

24

在一起生活多年的夫妻，凭一些微妙的细小反应，比如目光、语调或呼吸，陶桦就能感觉到老公祝自修在说谎。

他这次又声称去打牌了，打了个通宵，所以没有在家过夜。从前也有过这样的情形，但说不出究竟是为什么，陶桦这次就是感觉有什么地方不对劲儿。是他有些躲闪的眼神，还是他那不太确定的语气？

陶桦没有再深入地盘问下去。她一直觉得那种盯老公过紧的女人没出息，丢女人的面子，也透露着自己的不自信。

难道自己就自信吗？还是不自信呢？她有点不太确定。她知道自己不是那种漂亮女人，年轻时就不漂亮，大众化的脸，匀称而略显丰满的身材，放在人堆里不够显眼，也不会被当成最特别的挑出来，最好看与最难看都找不上她。她对自己的外表没有过多的关注，然而对自己的能力以及为人处世，还是有着比较满意的评价。身为长女，从童年时她就学会了照顾别人，帮助父母管理弟妹；上大学时，她在班上年龄虽然并不是最大，却经常像个知心姐姐，所以很有人缘，这种良好的人际关系让她充分感受到自我价值的存在。

那么现在呢？婚姻中她在扮演什么角色？妻子？母亲？姐姐？还是被祝自修说成的那样，一把手？有一次祝自修感叹地说，自己就是个天生副职的命，在单位是副总，上头有总经理；在家里也不能事事做主，需要听老婆的。她不明白老公为什么把在生活中对他的照顾理解为替他做主。难道她就该完全放手，让他自己胡乱穿着颜色不搭调的衣服去上班、去谈生意？难道她就应该由着他早上不吃饭，洗把脸就夹上包往外走？难道他不回家睡觉，快一把年纪了还整夜熬着，她就不该过问一下？

不，自己没有做错什么。陶桦坚定地认为，她所做的，都是一个妻子应该做到的最基本部分。他没有理由、也没有借口对她表示不满。然而，他还是做出了夜不归家这样的举动。而且，她凭直觉认为,他这次欺骗了她。他没有说实话。

男人夜不归宿,如果不是在牌场上,那么还能在哪里呢?

陶桦不敢深想。她是一个很单纯的女人。出了大学校门,就进入另外一个校门。她一直在学校从事财务工作,说到底,对当下一些享乐主义行为并不十分了解。有时,她也想象过丈夫在外面的情形。身为企业领导,尤其是近两年从事营销这一块,难免会有些逢场作戏。但她对逢场作戏这个词的具体含义也没有过深入的思考,她的理解仅仅停留在字面上,至于逢的什么场,又是如何做戏,她并没有具体的认识。表面的理解无非是在电视上看到的那些场景,比如在酒桌上跟服务员调调情,在夜总会跟舞小姐跳跳舞,或者在按摩房被年轻女子捏捏肩膀……除此之外,还能有什么呢?她相信老公不是那种风流情种,因为在她的印象中,祝自修甚至都不懂什么叫浪漫。她相信他不会做那种太出格的事。所以,她不允许自己的想象滑向那种色情的泥淖。

但这一次,她确实感觉有些不舒服了,是因为他的谎言,还是谎言背后藏匿着的更为可怕的东西?

她不敢多想。她竭力抑制着自己狂乱的思绪。事实上,也不容她在这件事情上耗费太多的心思,因为女儿小桦的状况更令她忧虑。跟女儿的问题相比,祝自修晚上去了哪里这件事已经显得不那么重要了。

小桦偶尔还会吐,然而更令人担忧的是,她最近的样子真像是厌食症患者了。因为她的食欲变得很差,对从前喜欢吃的东西也不感兴趣了。陶桦胆战心惊地想,厌食症,是不是就是厌恶食物?如果是,那么,当初医院的医生就没有说错,而上次找的那个心理咨询师,却说这是在给孩子贴标签。现在,到底应该听谁的?

陶桦暗暗下了决心,看来,一定要找芦珊了;一定要问问她,她的那位心理医生,哦,她叫心理咨询师,是不是会水平高一些?

陶桦了解自己的女友，芦珊是个心高气傲的女人，如果她能认可一个人，那么这个人多半不会大失水准。

为了女儿，也就不要顾及太多面子问题了。再说，自打芦珊离婚搬家以后，除了在学校经常打个照面，基本上各忙各的，还没有找时间坐下来好好聊聊。她甚至有点自责，认为自己近来对女友关怀不够。

陶桦打电话约芦珊周六下午出去喝茶。芦珊却神秘地说，我参加了一个时尚女子俱乐部，周六下午刚好有个活动，到时我带你去吧！

25

对于时尚云云，陶桦并不感兴趣，甚至有一点小抵触。按她的理解，所谓时尚女子俱乐部，不外乎是一些有钱有闲的富姐款婆们凑在一起，聊聊服饰美容保养的肤浅话题，顶多是再夸夸孩子骂骂老公之类，又有什么意思呢？但周六中午跟芦珊共进午餐时，女友向她大力推介，说那个俱乐部非常有品位，地处城西一间画廊，是女人的心灵之家，参加者多为知性女子。

心灵之家。难道那是一群无处安放心灵的女人吗？她问女友。

你以为有家有老公，女人的心灵就得到最好的安置了吗？女友反问。

陶桦一时无语。

芦珊向她介绍说，那个时尚女子俱乐部以艺术为表达方式，比如诗歌，音乐，舞蹈，摄影，绘画，但并不是要求每个成员都是艺术工作者，事实上，她们中绝大多数人从事着与艺术无关的职业。俱乐部有一个口号是，我们虽然不是艺术家，但我们可以艺术地生活。参加者也不是如你想象的那种有钱女人，而是“三中女性”，即中年，中产（国内标准），中等以上学历。这个组织存在有两年多了，两年下来，女性成员们都感觉自己的人生发生了不同程度的改变。比如，有的女人更自信了，对自己和别人也更加宽容；有的女人学会打扮自己，是那种从内向外的美丽，更具有女人味；有的女人从前盯住老公不放，现在有了自己的生活，更爱自己了，家庭矛盾也得以缓和。总之，每个参与者都有改变，心灵都在成长。

陶桦的好奇心被芦珊调动起来。她想看看，到底是个什么样的组织，会让女人的生活发生这些神奇变化？

芦珊告诉她，今天的活动主题是“追忆往昔时光：晒旧照秀旧衣念旧情”。要求每位参加者，把自己成长过程中的老照片用数码相机翻拍，存入U盘带来，或者带一两件至少十年以前的旧衣物，届时将“秀”给大家看。

陶桦她们到来时，已经有十多人等在那里了。芦珊把她介绍给艺术画廊的女主人，一位脸上洋溢着笑容的中年女人，她的笑很容易让人联想到温暖这个词。芦珊说，她是大家的“大姐大”。其他人果然身份各不相同，编辑，会计师，医生，作家，甚至还有警察——当然是女警察，很有一点百花齐放的味道。令陶桦感到意外的是，这里还有两位男士，芦珊悄悄告诉她，这可是万花丛中的两片绿叶，是懂得欣赏女人并具有献身精神的绅士。怕陶桦误解“献身”一词，芦珊指着其中一位正在忙着接投影仪的“眼镜男”告诉初来的女友说，所谓献身，就是愿意为她们鞍马相随，比如外出郊游替众女士背包；野炊时大家忘带开瓶器，他们就会豁出自己的牙齿；爬山时不是走在最前面开路，就是跳上很高的岩壁为浪漫的女士采一蓬山间野花。

“要知道，我们这些女人并不年轻，也不是多么的漂亮，但他们能够欣赏我们生命的美丽！他们才是真正的男人，所以，我们都非常感谢这两位绅士。”芦珊发自内心地说。

陶桦越来越觉得这个沙龙有点意思了。

活动开始之前，“大姐大”简单介绍了一下本次活动的主旨，她那招牌式的微笑很能感染人，陶桦心里有一种很亲切、很踏实的感觉。关于这位沙龙女“龙主”，芦珊还给陶桦讲了一个段子，说是这位龙主“大姐大”当年谈恋爱时，经人介绍认识了一位专科学校的政治老师，大姐大心想，政治老师一定深谙哲学，于是找来若干本哲学经典认真研读，等到两人见面时，大姐大对小伙子说，我们谈谈尼采吧！政治老师说，我在学校时没有学过尼采……

女龙主宣布完活动程序，灯光忽然暗下来。大屏幕上打出一行字：老照片——我的青春岁月。背景音乐是那首最为经典的《往日重现》。

屏幕上，一幅黑白小照映现出来：一个扎着两根小辫的小丫头，抿着小嘴浅浅地笑着，胸前还飘着红领巾。

“是谁啊？”

“啊，好可爱的样子！”

人们纷纷转头寻找着照片的主人。

瞬间，照片换了，是一所大学的门口，一个苗条姣美的大女孩儿，白上衣，深紫色裙子，手持一方毕业证书，对着所有人自信地微笑。

“大姐大”的声音在画外响起：那时，我们多么年轻，世界是属于我们的！还好，现在，我们也不算老，并且，我们属于这个世界！

那一刻，陶桦的眼睛湿润了，心头有种酸酸甜甜的感动。屏幕上回放着女友的青春岁月，而她的心里，二十年前的自己，却已经变得模糊了。

这时,陶桦发觉,坐在身边的芦珊掩面而泣。是的,屏幕上呈现的是芦珊最好的年华,刚刚大学毕业的青春女孩儿,心中的梦想像七彩的霞光,又像盛开的紫樱,绚丽而浪漫,充满着迷幻的憧憬。那是二十年前!那时我们多么年轻。我们每个人都年轻过的吧?

陶桦回想着二十年前的自己,也曾那么生动明媚吗?也曾那么可爱而充满自信吗?自己已经回不到从前的时光。而走过的这些漫长的岁月,她快乐吗?她幸福吗?现在的生活,是她二十年前的憧憬吗?

陆续又"放映"了几个人的老照片后,接下来的内容就更加有趣:旧衣表演秀开始了。

陶桦坐在一旁,看着芦珊她们从一间小屋里走出来,迈着模特的步子。此时音乐换成了英格玛。模特儿们身上的服装果然模样很复古,而且有些明显已不合身,主要是衣服偏瘦,或者说,衣服里面的人已经长胖了。但她们走台却极认真,迈着一字步,令人忍俊不禁。"大姐大"不知从哪儿弄了一身长长的黑裙套在身上,她身材偏小,整个人像是被装进了一个大口袋,却在这口袋里扭身,送胯,装成很冷很酷的眼神,实在让人捧腹。

闹腾了一阵, 气氛又有变化, 这是最后一个项目——晒旧情。由"眼镜男"宣读他自己从前写给某位女孩儿却一直没敢发出的情书。天!那已经是上个世纪八十年代的故事了。那个时代的男孩子是腼腆的,心中爱恋着一个人,却没有勇气说出来,只好把它倾诉到纸上,而那样的纸,写满了相思,一张又一张累积着,积蓄着青春的渴望。最后,它们被岁月风干了,成为回忆。

听着情书,女性朋友们都沉默了。是啊,谁还没有年轻过?哪个女孩儿没有在年轻的时候接到过几封情书呢?我们拥有过。我们在可以拥有的时候,已经拥有了,所以,我们还有遗憾吗?

陶桦也在回忆自己的爱情故事。在祝自修之前,有过几次的朦胧,但真正的恋爱还就是跟他,那个后来成为丈夫的男人。也罢!不要太计较什么了!至少,我们有过那样的相依与相恋,我们携手走过漫漫二十载,而且,我们还有了共同的生命之果,我们的女儿,自己还需要什么呢?

陶桦感觉自己的心口已不再堵得难受了。

这一晚,回去的时候,陶桦真诚地对芦珊说,谢谢你。

芦珊说,你谁也不用谢,要谢就谢自己吧。

陶桦发觉自己的女友离婚后,倒令人刮目相看了。

26

吕青萍深信这样一个观点:所有的心理问题,其实都是关系问题,与他人的关系,与自我的关系,与环境的关系,以及,与生命及宇宙的关系。

我们自从出生,甚至早在出生之前,就已经被置于一种复杂的关系之中。人是关系的产物。所以,如果可以认清某些关系,理顺这些关系,我们的心理困惑就会得以缓解。是缓解,而不是解决。因为关系无处不在,所以问题永远不可能得到彻底解决。

基于这样的认识,吕青萍在遇到关于孩子问题的求助时,她总是要坚持让家长跟孩子一起来,尤其是初访,最好一家三口都到场。她力图在家庭成员的互动中发现这个家庭系统的动力流向,继而探索孩子的问题在这个动力系统中存在的原因。因此,当她接到陶桦打来电话述说自己女儿的厌食症状时,她对求助者说,需要父母陪女儿同来。

正是这个要求让高一女生祝小桦感到这位心理咨询师的与众不同,至少与她见过的那几位有些不同。她很愿意让父母一同陪着她做一些事情,就像她小时候全家外出旅游,或者开开心心地到餐馆大吃一顿。现在她长大了,全家人一道外出的活动几乎绝迹,偶尔在外面吃顿饭,也没有从前那么开心。这到底是为什么啊?就因为自己长大了吗?如果长大是一种过错,那么她宁愿回到童年时代。

祝自修对于陶桦的提议也没有表示反对。一来,他确实关心女儿的状况,希望小桦能像从前那样心情好胃口也好;二来,他心中对这个家有一种隐隐的歉疚,越是在外面跟沈媛走得近,他内心的歉疚就越深。

陶桦很满意这父女二人的反应。她从芦珊那里打听到心理咨询师吕青萍的联系方式后,第二天就打电话预约咨询。听说要求全家人都要到场,陶桦开始还有些为难,她问咨询师,如果孩子父亲没有时间,可不可以她自己先陪着女儿来?咨询师温柔地坚持说,最好一起来,尤其是第一次。以后可以视情况而定。

没想到祝自修这么痛快就答应下来。尤其让她感到意外的是女儿小桦。看到爸爸答应了,小桦也非常爽快地应允。看女儿那样子,甚至有些兴奋,好像他们不是去带她看病,而是去看山水风景。

周日下午,吕青萍在工作室第一次见到祝小桦和她的爸爸妈妈。

母亲的手臂搂在女儿的背部,好像一路护送般,走进咨询室;而父亲在两三米开外跟随着。坐下来后,女儿却跟母亲离得稍远,更靠近父亲一些。

母亲坐下便开始叙述女儿的症状。这期间,父亲一直沉默不语。女儿也不说话,只是灵活地转动着目光,环顾着咨询室内的各种物品,墙上的画,沙具模型,还有沙盘。

吕青萍第一个反应是，这些问题虽然出在孩子身上，但孩子似乎并不在意，在意的是母亲。为什么孩子一点儿也不在意自己的症状？如果她症状的功能在于得到父母的关注与爱，那么，她会很认真地听母亲述说她的“问题”，并且时刻注意着父母的反应。

但情形并非如此。

吕青萍试着问女孩儿，“在家里爸爸妈妈怎样称呼你呢？”

“他们叫我小桦。”

“哪个化？文化的化？”

“不，是桦树的桦。”

“哦，小桦。我也可以这样称呼你吗？”吕青萍温和地问。

“随便啦。”小桦有些漫不经心。

“你的名字是一棵树。你很喜欢桦树吗？”吕青萍想测试一下女孩儿的自我认同。

“喜欢啊。妈妈说，桦树的样子很挺拔，树干又特别洁白，就像亭亭玉立的女孩儿。”

“因为我的名字里也有一个桦字。”母亲补充道。女儿有些不满地瞟了母亲一眼。

“让我们来做个小游戏好不好？”吕青萍对女孩儿说，“如果我们用树来代表人，你想一下，爸爸妈妈和你自己，分别像什么样的树呢？”

女孩儿不假思索地说，“我就是桦树好了；妈妈不是，妈妈像松树；爸爸呢……”女孩儿停顿了一下，好像有点犹豫，“爸爸……我认为他像柳树。”

“能告诉爸爸妈妈你这样说的理由吗？”吕青萍问。

“松树很坚强，但不柔软，一点儿也不可爱，”小桦瞄了瞄母亲。陶桦的表情很无奈，只好勉强地笑一下。

“柳树……我不知道。可能它经常垂向水面吧……反正，我觉得我爸就像这个样子。”

看得出小桦的父母对女儿给他们的安排都不满意。

“你不是说反了吧？”父亲忍不住问女儿。吕青萍看到女孩儿狡黠地笑了。

“说说你自己的树，小桦。”吕青萍想进一步了解一下女孩儿的自我评价。

一般说来，如果一个女孩儿有厌食倾向，很容易让人想到这样一些原因。比如，症状的功能性，即用这种方式换取父母的关爱，可能是无意识引发的行为；或者，属于青春期体征困惑，有人称之为“恐貌不美综合征”，盲目跟风减肥，这是意识层面的行为。

“我的树……我其实没有见过真正的桦树，只是小时候妈妈总是教我画这种树，雪白的树干，翠绿的叶子，秋天的时候，它们变成金黄色，很漂亮的。”

吕青萍转向父母，“听到女儿对你们的描述，有什么样的感觉？”

陶桦有些困惑地说，“很意外。没想到我在她眼中是不可爱的。”

祝自修有点不以为然，语气淡淡地说，“孩子嘛，想到哪儿就是哪儿，何必这样较真？”

父母的反应让小桦很不开心，她把小脸转向一边，不想说话的样子。陶桦有些心急，她不知道为什么咨询师总是拿这些树聊来聊去，就问，“这跟孩子的厌食症有什么关系吗？”

吕青萍说，“小桦不是厌食症，她只是有时胃口不好，那是因为她心里有事；而她的呕吐，也不是不想吃饭。呕吐是一种象征性的表达，就是要把心里的话一吐为快。说不出来，就吐出来。当然，这只是我的解释，小桦，你看看有没有些道理？”

吕青萍这番话显然很有力量。两位家长面面相觑，对咨询师的解释有些吃惊；而女孩儿则转过头望着咨询师，脸上的表情一时非常复杂。

其实，吕青萍说这番话的用意在于淡化孩子的问题。她深深了解一些求助者的思维方式，总是在求助之前先把自己跟某种病症对个号，再到咨询师这里来求证。一旦贴上某种标签，就把心理问题简单化、通约化了，接下来就是“对症下药”，而不是“对因治疗”，不用分析原因，不用自我探索与觉知，也就不用为心灵成长付出痛苦的努力。说到底，为自己贴标签是一种心理懒惰，是与心理咨询的目标相背离的。所以，她不会支持小桦母亲的求证。判断是厌食症或者不是，意义并不大，而分析孩子为什么会有这样的症状，探索症状存在的背后原因，才是对女孩儿有益的。

有时，解释本身就是一种治疗。比如有人梦见自己的父亲死了，然后就很担忧，很焦虑。这时梦的主人需要一个解释，如果你解释为他确实担心父亲的身体，他会认可，但他的焦虑仍在；如果你告诉他，梦中父亲的死其实是一种象征，即权威或约束的消失，象征着梦者渴望独立与成长，这样一来，他的焦虑就会减轻许多。

对于小桦来说，从她以树为喻对其父母的描述来看，她对父母存在不满情绪，也难怪，青春期的孩子在心理上反抗父母也很正常。但反抗的方式不一定是呕吐。吕青萍把呕吐解释为一种象征，不吐不快，她认为这个解释容易被女孩儿接受，并且，有助于打开孩子的心扉。

吕青萍准备沿着这个思路试一试，于是对女孩儿说，“小桦，如果你想分别给爸爸妈妈一点建议的话，现在可不可以试着告诉他们？”

吕青萍发现，两位家长神情有些紧张地望着自己的女儿。女孩儿显然比较喜欢父母的这种反应。她想了一下，对母亲说，“妈妈，我觉得你有些时候太自以为是！”陶桦问，“你的意思是我管你太多了吗？”“你……没有明白我的意思。我是说，你总认为自己是完全正确的。”母亲似乎仍然不懂女儿的话，就用求助的目光去看咨询师。吕青萍没有回应母亲，而是鼓励小桦继续。女孩儿转过脸去看父亲时，目光却有些躲闪。

“给爸爸的建议是什么？”吕青萍追了一句。

“希望他……多拿出点时间陪陪我们，我和妈妈。”

“不要说希望他，而是对着父亲说，希望你……”吕青萍指导着女孩儿。

小桦望了一眼父亲，再次移开了目光。

“算了，我说也没用。他就是那么忙。”小桦完全不看父亲了。

第一次咨询结束了。吕青萍建议下次孩子自己来。她朦胧地感觉到这个家庭存在一些问题，尤其是夫妻之间的关系。因为在过去的一个小时里，夫妻二人几乎没有什么交流。或许家长不在场，孩子会提供一些更加真实的信息。

吕青萍把小桦领到沙盘和沙具架前，指着那些小房子小花草和各种人物动物模型，问女孩儿，“这些玩具有趣吗？”

“嗯，看着挺好玩的。”

“下一次你自己来，咱们一起玩玩这个，好不好？”吕青萍笑着说。

小桦感觉很新奇。她想，心理咨询还有这样的内容，确实很有趣。

小桦同意下次再来。这让陶桦感觉很宽慰。但祝自修却没有什么表示。他有些心不在焉。刚才在咨询室，他收到一条短信，是沈媛的，约他晚上见面。

27

让祝自修感到左右为难的是，除了沈媛之约，贺大刚也邀他晚上出来聚聚，贺老板电话里还说，给他介绍几位重量级人物。他略作犹豫，还是答应了老同学。倒不是他宁愿舍弃与美女相伴的机会而去陪房地产商，只是当时的情境使然。贺大刚打来电话时，他刚刚离开心理咨询室，开着车送老婆孩子回家。沈媛的短信他虽然看到了，但因为不方便所以还没回复。而且，一家三口坐在一辆车里，尤其是刚刚接受了一场心理咨询，他如果这样明目张胆地去与沈媛私会，心里多少有些不安。而贺大刚就不同了，跟老同学聚一下是名正言顺的事情。这样既可以从家人身边逃脱出来，又不至于让自己内心不安。从这个意义上说，他倒有些感激贺老板了。

把妻女送至楼下，他没有上去，直接就开车走了。车子驶离了小区，他掏出手机，想着怎么给沈大美人打这个电话。他决定实话实说。他甚至有一个大胆的想法：带上美女共赴贺大刚之约。

祝自修把自己的意思跟沈媛说了。沈媛没说同意，也没说不同意，只是在电话那端咯咯地笑，笑得他心头的小草又开始随风摇曳。他有些放肆地说，我看这样吧，我先去你那儿，先办完咱们的事儿，然后再去见他们。见他当真了，沈媛赶忙制止，说不行不行，我不能跟你去。那我今晚另外安排吧。

祝自修想想，觉得也好，看来自己是有点发疯。不管怎么讲，贺大刚跟他和陶桦都是老同学，如果哪天贺大刚有意无意地说出点儿什么，自己不是自找麻烦吗？都说色胆包天，难道自己被这个女人弄得如此失去理性?

那就改天再约吧。他对沈媛说,改天我请你出去玩。

祝自修无论如何也想不到的是,当天晚上,他就见到了沈媛。在贺大老板的酒宴上。

贺大刚的客人经常是三教九流,五花八门,这一点祝自修深深领教过。在这位事业做得够大的老同学的酒桌上,他甚至遇见过一位据说是本市"黑社会"的老大,那人叫三哥。三哥的名声很响,传闻他专门替人讨债,效果卓著且不留后患。祝自修曾经对贺大刚说,你卖房子又没人会欠你的债,还用得上三哥这样的人吗?贺大刚不答,只高深莫测地笑着,一副不置可否的样子。

还好,今晚的客人比较让人安心,多为权贵阶层。国税的副局长。某银行支行的行长。政府某处处长。等等等等,不一而足。祝自修有的认识,有些不认识。但他根本没有用心去留意这些认识或不认识的人。因为他刚一迈进这个豪华包间,就看到了他的美人,沈小姐。

在他们眼神相遇的瞬间,沈媛立即躲闪开了,做出很陌生的样子。祝自修有些疑惑,但因为情况不明,只好隐忍不发。所以当贺大刚为他们两人做介绍时,祝自修也装成陌生人跟她握手。贺大刚对美女说,"今天我要隆重推出我的老同学,风流才子祝总。好像你们在一个集团公司吧?怎么会不认识?"沈媛说,"我一直听说过祝总的大名,但无缘相识,所以今天要感谢贺老板为我引见!祝总,请多多关照!"祝自修到这时才缓过神来,便客套着说,"哪里哪里!美女的芳名在集团上下无人不知无人不晓,以后还要请你多多提携才是!"

不知是不是贺大刚故意所为,祝自修的座位被安排在沈媛身边。酒宴的上半场,祝自修还装模作样跟她谈一些桌面话题,到了下半场,客人都有些酒酣耳热,心性迷乱,纷纷跟沈美女调情。祝自修发觉沈媛跟这些官员们好像个个都很熟,她的回应既不失风情,也不算过分,但很会撩拨人。祝自修看到满桌的男人都情欲昂扬,荷尔蒙的味道弥漫在酒桌上空。他不免有些不开心。雄性动物的独占欲与领地意识在心中作怪。他认为沈媛是他的,至少目前是他的。好在他不仅仅是一只雄性动物,还是一个人,一个社会上的人,一个在江湖上混的男人。所以纵然有诸多不快,他也尽量压抑着自己,不能发作。

还没等到酒宴结束,就有两位客人提前退场了,声称家里有事。其实在座的人都心知肚明。所谓家里有事,恐怕都不是元配家庭,"小三儿"甚至"小四儿"的情形已经司空见惯。

祝自修没有理由退场,但他感觉坐在那里很受煎熬。美人就在身边,却不得亲近,还得旁观着她跟别的男人逢场作戏。他甚至怀疑这个让他喜欢的女人跟在场的每个男人都有着不同寻常的关系,包括他的同学贺大刚。他也知道自己这样的想法很病态,但人喝了酒,脑子就乱,可能是脑神经太过兴奋吧,思维变得很不正常。祝自修感觉有些心浮气躁,就起身去洗手间。从洗手间出来,他故意在走廊里滞留一会儿,希望跟美女心有灵犀。果然有灵犀。沈媛也出来了,去了洗手间。他在走廊等她出来。为了避免引起别人的疑心,他不能跟她畅谈,只想问问她,晚上能不能去她那里,共度良宵。

沈媛跟祝自修在走廊里相遇。他问了她。她的回答是不行,很干脆地回答。她说刚才接到电话,自己母亲老毛病又犯了,她今晚得去陪。他知道此言不可信,但也没有办法。他猜想可能沈媛生他的气了,因为他放弃跟她相约,却跑来出席这种无聊的聚会。

接下来的酒喝得更不舒服了。祝自修差一点儿喝醉。离开酒店时贺大刚提议进行下面的节目,但他提不起半点精神,就向各位道了别,车也不敢开,叫了辆出租就回家了。

回到家里,他竟然扶着马桶吐了个翻江倒海。妻子和女儿都站在卫生间的门口发愣。她们极少见过他因醉而吐。他喝多的时候一般是不吐的,只是蒙头大睡而已。

这次吐过之后,他想上床大睡。但即使蒙住头,他也睡不着。脑袋在晕,但脑筋却转动得过于灵活,停不下来。

28

恐怕所有的心理咨询师都被人问过这样一个问题：你们帮助求助者解决心理困惑，那么你们自己就没有困惑的时候吗？如果你们心理有问题,会去找谁?

答案是标准化的,找督导。督导应该是资深心理专家,即咨询师的咨询师。吕青萍刚入行的时候，曾经跟从过一位督导老师。他也确实给过她很多帮助。但渐渐地,她发觉督导老师虽然功力深厚，也有着自身致命的弱点，一旦涉及情感方面的案例(督导的内容一般包括解决咨询师的困惑以及案例指导两方面),他就会变得很不中立,甚至不够公正,很明显地引导她把案主的情事了断,尤其是那些不被主流认可的情感,督导老师会很明确地告诉她,应该让求助者放弃这样的感情。吕青萍常常为此而困惑。心理咨询师不是道德评论员,更不是法律工作者,我们的任务不是界定当事人情感的性质是否符合伦常，而是帮助求助者缓解内心的冲突,并且找出冲突背后的原因。就拿婚外情来讲,为什么有些人左右逢源自得其乐,而有的人则深陷其中痛苦不堪？咨询师当然不会倡导大家都去自得其乐，对于那些痛苦者,需要帮助他们认清痛苦的根源,鼓励他们走出当下情感的困境。走出,并不一定是了断情缘,而是让自己成为情感与情绪的主人。在这一点上，她与督导老师往往意见不一。后来她就不怎么找他了。因为她发觉，督导老师自己正陷入一场迷乱的情感之中。

咨询师解决自身困惑和自我成长的另一条途径是参加成长小组，即由资历相近的几个同行组成的“互助组”，大家每月一次聚在一起，或者讨论手头比较困难的案例，或者将自身的问题拿出来求得同仁们的帮助。这是比较可行的方式，吕青萍因此而受益匪浅。只是后来，由于出现“门派之争”，有的咨询师倾心于精神分析，有的人却坚持认知理论与思维调整，有的小组成员刚刚花重金从外地学来一项新的治疗技术，却在小组分享中被他人反复质疑，弄得极为扫兴。这样下来，不到一年，成长小组的聚会就渐渐变了味道，大家维持着一团和气，却淡化了同行的色彩，甚至聚会地点也由某人的工作室改成了酒店。

大约半年前，吕青萍在网上遇到一个人。应该是位同行，因为她是在国内一家著名的心理咨询师网站遇到的，她可以确定那人一定也是心理咨询师，但她无法确定那人的性别。她不知道那个人是男还是女。后来她在QQ上加他/她为好友。她问他/她的性别，他/她却反问，是男是女重要吗？她只好说，不重要。他/她说，是的，这并不重要，重要的是，我是另一个你。他/她说，记住，我不是你的另一半，而是生活在这个世界上的另一个完整的你。你就是我，我就是你。我们是同一个人。

这种说法非常有趣，甚至奇妙。后来，当吕青萍夜深人静时分跟另一个她自己在网上聊天时，这种说法渐渐内化为她的感觉。是的，她真的找到了那种感觉，她几乎相信另一个自己的存在，在苍茫的大地上，在芸芸众生间，存在一个奇特的生命个体，这个个体可能外形并不与她相似，甚至连性别都未必一致，但她们在一个特定的时空相遇了，或者说，相互找到了；不是刻意去寻找,而是机缘注定。她愿意相信这样一个神话。为什么不呢?

吕青萍和另一个她联系并不很多,她们只是心有灵犀般在网上相遇。遇上了,也不多言,只是相互问候一声,你还好吗?或者说,我今天爬山了,站在山顶时,想到了你,另一个我。她感觉她们很亲密,比孪生姐妹还亲密,她相信另一个自己肯定也是个女人。但她有时更希望对方是位男性。那样的话,她就与自己的异性子人格完美地整合在一起了。是与自己的人格系统,在这里,与爱情无关。

吕青萍把这个有关心灵的秘密深藏着,小心地不让任何人知道。遥远的相遇与浅浅的问候是她人生的滋补;与自己在一起,与自己的心灵进行对话,如今外化为一个远方的声音。多么神奇的一种体验!

但今晚,她要向他/她求助。她把另一个自己当成督导,或许只有自己才更了解自己。

晚上十点,吕青萍在网上,对着遥远的夜空呼唤着那个自己。

——你在吗?能帮帮我吗?——吕青萍问。

——别忘了,我就是你,你就是我——他/她回答。

——是的,我们是同一个人。那么,告诉我,我为什么看不清自己?

——因为我不在。因为我不在自己的位置。

——你在哪里?我在哪里?我们的位置应该是在什么地方?

——我在西南。你也在。你远离了你的海。在丽江的夜色中。我们的背后是玉龙雪山。

——在那里你看到了什么?你想到了什么?

——我迷失了。所以你也陷于迷失中。四方街的篝火与歌舞让我感觉我们已游离于世外。

——我们的灵魂是飞升还是出逃？

——出逃。面对灵魂的迷茫我们有时会选择逃避。但是不要责怪自己。

——你回来了？我也会回来，是吗？

——是的。我们会回到自己的位置上。但我们应该允许自己暂时出逃。

——因为，终究会回来。

——是的，迟早会回来。

吕青萍让自己闭上眼睛。那个白衣长发的女子缓缓飘过她的身旁，给她的依旧是背影。白色的背影。她的人格系统中的一部分在背离她？但她不再责怪那个影子。她用目光关注着它，带着爱和宽容。她有足够的耐心等待那个白衣女子的回眸。

——谢谢你。就像谢谢我自己。——她对着远方的自己轻轻地说。

29

林子谦有些沮丧地来到工作室。比上次约定的时间提前了两天。

"急着过来，是因为昨晚的梦，"他对吕青萍解释说，"我担心后天来的话，就记不清梦见什么了。"

林子谦的梦充满了激烈的冲突。

梦中他被人追杀。被一大群人，有些人手里拿着枪。他跟另外一些人一起逃命，一路上跌跌撞撞。开始的时候，他感觉自己就是目前这个样子，成年人的样子；后来，跑着跑着，他发觉自己不是现在的自己了。是个少年，或者是个孩子。当他发觉自己是个孩子的时候，心里更加害怕了。他近乎绝望地奔跑。他看见身边不时有人倒下去,伤口处汩汩地涌出鲜血。他真的怕极了,两腿发软,马上就要跑不动了。终于,他和众人一道被逼到一面又长又高的土墙下,无路可逃。那些拿着武器的人开始向他们扫射,就像电影里面的大屠杀场景。他随着众人一起倒了下去,心里却明白自己并没有死,而且身上也没有疼痛,他告诉自己只是装死,只要装死就可以蒙混过去。但他知道躺在身边的那些人已经死了,他甚至能够嗅到血的咸腥。不知过了多久,他试着从满地血浆和尸体中间爬起来,他感觉那些杀人者已经离去,他应该安全了。可是,当他站起身,想迅速逃离时,才发觉那些人并没有走开,而是站在他的面前,得意扬扬地望着他,好像在说,你跑不掉的!他惊得一身冷汗,就醒了。

关于追与逃的梦,几乎每个人都做过。吕青萍在给人释梦时,一般会从两个层面做出解释。一是现实生活境遇,一是我们的集体无意识。现实中的一些压力和生活事件会让我们感到焦虑不安,那些给我们造成压力的人或事就是我们身后的追兵,而我们最初的反应往往是选择逃跑。但有些人的焦虑与不安并不是来自于现实生活,而是我们的潜意识,人类的祖先曾经面临极为严峻的生存环境,被野兽或敌人追杀的记忆已经成为我们的生命基因,是渗入血液中的记录,所以,会有一部分后人承载更多的集体记忆,他们也就比另一些人更具有深层的不安全感。

如果请求释梦的人是求助者,吕青萍会把这样的梦与对方的人格系统及其所处的心灵困境结合起来分析。梦中的追杀者与逃避者都是梦者本人的内部世界,分别代表着不同的人格侧面,是一部分自我对另一部分的不接纳与排斥,所以才会导致梦中的战争。梦中的杀戮越是激烈,则提示梦者本人内心的冲突越发强烈。

如果我们认可这种释梦理论,那么林子谦的梦则不难解释。

他的内心世界存在巨大的冲突，他选择逃避。但并不管用。于是他继而选择退行，退回少年时代。逃避加退行，可能是他面临心灵困境时的习惯做法。但这并不能解决问题。梦中逃跑的少年仍被追杀。当他无路可逃，被逼到高墙之下（墙是一种阻碍），不得不面对时，他又选择了装死（隔离痛苦，失去感知）。但结果怎样呢？人不可能永远装死，也就不可能永远将自己隔离于世外，他以为这样会逃过此劫，但当他活过来后，仍然需要他去面对。他从梦中惊醒，其实是另一种形式的逃避。从梦中逃出来，就可以不再面对自己的潜意识，不再面对心灵深处的困境。

如此说来，林子谦的这个梦，与他第一次带来的那个梦如出一辙。那个梦中，当怪兽出现的时候，他让自己醒了。

然而，我们一定要强迫自己去面对怪兽或者黑洞洞的枪口吗？

"面对灵魂的迷茫我们有时会选择逃避。但是不要责怪自己。"

"我们应该允许自己暂时出逃。"

——这是另一个远方的自己对她说的话。从玉龙雪山回来的"他/她"，或许参到了某种神启。

吕青萍觉得自己就是"追杀"林子谦的人。她解释了他的第一个梦；他的梦已经留在夜里，她却还要用催眠的方式重新带他进入梦境，让他去面对那个怪兽；她引导他把梦境与现实去对应，让他觉察到自己目前的生活是在逃避，就像告诉一个人他的生活全是不真实的梦境，于是这个人便对所有的一切都产生了不真实感……她用心灵成长的意愿逼迫着他，一直把他逼到墙下。这，难道真的是心灵成长与人格完善所必须经历的吗？或许是；或者说，应该是；然而，自己是不是有些操之过急？

吕青萍把这些想法以及对这个梦的理解向林子谦和盘托

出,包括她的犹豫与困惑:是时机不到,还是本来就无须面对?我们应该活得清醒一些,还是对自己糊涂一些呢?吕青萍决定让林子谦自己去选择。

林子谦说,这样解释昨夜的梦,他对自己的情绪状态有些理解了。

“有些人可以糊涂地生活着,并且很快乐。但总有一部分人想弄清自己,进而弄清整个人类,虽然这是几乎无法完成的心愿,但总会有人前赴后继。”林子谦说,“心理工作者就是这样的一类人。幸运的是,我也算这种人,所以,我不会选择放弃。”

“是幸运还是不幸,现在还说不好呢?”吕青萍用玩笑的口气说。

“只要有你陪着,就是幸运。”林子谦却是一脸的认真。

30

一周之后的星期天下午,中学女生祝小桦一个人来到了吕青萍的咨询室。

说 个人似乎并不准确,因为她是由爸爸开车送来的。妈妈没有跟着来,是她让妈妈留在了家里。

好像很久都没有过这样的机会跟老爸单独相处了。小桦坐在爸爸身边的副驾驶位置上,心里的感觉很复杂。她以为会有许多话可以跟爸爸说说,可事实上他们父女二人一路上也没怎么说话;父亲倒是跟她聊了几句在她看来无关痛痒的话题,无非都是问一些学校的事,她原本也想着好好回答父亲,可是话一出口,就变了味道,她的回答又冷又硬并且极为简约,很容易让问话者感到无趣。父亲肯定感到无趣了,所以不再问她什么。这样一来,小桦心情变得很烦躁,没来由地想发火。她甚至对父亲说,我今天不想去了！

其实这不是小桦真实的想法。她还是要去的。凭着一种孩子式的直觉，她朦朦胧胧地感到自己的生活可能面临某种危险；这危险到底是什么，她还看不清，并且，自己也无力去改变。上个周日，他们一家三口都去了心理咨询师的办公室，在那里，她萌生了一个想法，或许，这位咨询师可以帮助到她，可以告诉她应该怎么做才能够避免危险的真正降临。不知为什么，她突然发觉爸爸妈妈都坐在身边让她感到很有压力，尤其是三个人一起面对咨询师的时候，空气中似乎充满着张力。张力这个词是她刚刚从物理课上学来的，她的理解是，紧张的力量。是的，就是有些紧张的感觉，所以她才想自己一个人来找咨询师，而且，她不想让妈妈跟爸爸一起来送她。

“我今天不想去了！”她故意重复了一句，然后等待着父亲的反应。

“都快到地方了！既然约好了，还是去看看吧！”父亲耐心地说。

“你不跟我一起上去吗？”女孩儿继续试探着。

“我就不上去了！”祝自修说，“我还有点儿事要去处理。结束后你自己打车回家，可以吧？”

车子停下来，祝自修从皮夹里拿出今天的诊费，另外多加了一百元一并交给女儿：“这一百给你打车和零用。”

“你还答应过给我买运动服呢！”女孩儿有点撒娇地说。

祝自修想了下，又抽出一张百元票给女儿，哄着她说，“运动服下周跟你妈去买。你喜欢吃肯德基麦当劳什么的，可以跟同学一起去。听话，上去吧，我就不等你了！”

小桦从父亲手里接过钞票，嘴上说，“谁还稀罕那些垃圾食品啊！”心里还是有些高兴起来了。

吕青萍向小桦询问了近一周的情况。小桦说，还是有时会恶心，不太爱吃东西。然后女孩儿急切地问，我可以去玩那些沙子和玩具了吗？吕青萍把女孩儿领到沙盘和沙具架前。

心理治疗用的沙盘一般有两个，是长约七十公分、宽五十余公分的长方形，深度不到十公分，其中一个装着干沙，另一个是湿沙，可以用来做沙雕。沙子下面是蓝色的底部，一层层扒开细沙，会让人感觉下面是水，或是蓝天。沙具则是大千世界各种生命及物质的模型，动物与花草，人类的各种角色，包括神话与传说中的人物，以及人们日常生活所用物品。在沙盘上用这些沙具构建的小小世界，则是一个人内部心灵的呈现。

吕青萍指着沙具架上那些林林总总的模型对小桦说，你可以随意挑选这些玩具，在沙盘上摆出任何内容，可以是一个故事，或者是你想表达的东西。

女孩儿兴冲冲地跑到沙具架前，一样一样开始搬运和摆放。

吕青萍坐在一边，职业性地陪伴与观察着。

小桦首先用木栅栏围起一个院子。院子里面种上了花草，放置了一个小房子，她自言自语道，这是我们的家。然后又放上了一个女人站在花草间，她说，这是妈妈在给花浇水。很快地，她又拿起一个男人的模型，把他放置在了左下角栅栏边上。当她拿起一个小女孩儿的模型时，却没有把它放在院子里。吕青萍心里有一种隐隐的不安。

接下来，小桦在院子外面种上了一片树林，然后，把代表自己的那个小女孩儿放到树林里。吕青萍发现，女孩儿的位置在父亲的正前方，也就是父亲可以看到的方向。

似乎想了一下，小桦又拿起一个树皮做的小房子，放在了树林的深处，在离小女孩儿不远的地方。

做完这一切之后，小桦轻轻叹了口气，仿佛轻松下来了。

“好了，就这样吧。”小桦说。

“能给我讲一下你摆的是什么？如果是一个故事，那是一个什么样的故事呢？”吕青萍站在小桦身边问道。

“院子就是我们家，我们住在这个房子里。妈妈在给花浇水，爸爸在沉思。我跑到树林里玩，想去看看这个小木屋，”小桦指着林中的树皮房，“我想知道这个小房子里到底有什么。”

“你猜一下这个小房子里会有什么呢？”吕青萍问女孩儿。

“应该住着一个人。”

“想一想，是个什么样的人呢？”

“……好像是……一个老奶奶。”小桦忽然抬起头，似乎想起了什么。“啊，好像……这是我的一个梦！我梦见过这样一片树林，还有这样一个小木屋，里面住着一个很老的老太太。”

“是什么时候的梦呢？”

“很长时间以前了，”小桦说，“那个梦好像挺可怕。梦中我到处找，也找不见我爸爸，我就在树林中迷路了，然后，就看到了这个小木屋。”

“这个老奶奶是什么样子？”

“我看不清她的样子。我没有看见她，我只是知道她住在这里。”

“你觉得她像你生活中的哪个人呢？”吕青萍凭感觉认为，这个老奶奶十分重要。

“……我想不起来她像谁。”

“你的奶奶或外婆，你跟她们的关系怎样？”吕青萍进一步询问。

“外婆对我很好，只是离我们很远，跟我舅舅住在一起。至于奶奶……我从来没有见到过。爸爸说她很早就不在了。”

吕青萍察看着小桦摆出的沙盘。院子代表边界和完整,也说明这孩子有些封闭自己的内心;房子和母亲的位置比较重要,但父亲却站到了院子边儿上,而且,吕青萍发觉,那个男人模型站立的位置,正对着一处破损的栅栏。吕青萍指着那处残缺的院子问小桦,“这个地方的栅栏倒了,是你故意放成这样,还是不经意放倒了?”女孩儿有些无奈地说,我不是故意放的,我没有注意到它们倒了。

“能讲一讲这个小姑娘为什么要跑到树林中吗?”

“就是想去看看小木屋。”

小木屋,老奶奶,破损的栅栏,林中的女孩儿,呆立的父亲,父亲的目光……这是一个什么样的链条呢?吕青萍心中的不安越发加重了。

31

祝自修所在的电器集团公司下属有六七家分公司,产品结构、市场份额以及在总公司的重要程度各不相同。有最先进的数码产品和传感设备,也有比较传统的照明灯具。祝自修所在的节能照明分公司,在六七个分厂中是小老弟,传统产业不受重视,而且国内灯具市场竞争尤为激烈。在这样的企业里主管销售,压力确实很大。他自从上任以来,一直认为是他们的产品存在许多问题,与南方同行业相比,至少存在很大的差距。比如说,他们的产品设计思路还停留在如何改变节能灯“节能不节钱”的困扰上,一味在降低成本上下工夫,然而,现在人们的消费观已经发生了很大变化,人们在注重环保的同时,更讲求生活的品质与品位,所以,市场青睐的是重设计重创意的产品,而他们的灯具恰恰在创意上缺乏现代工业设计的思路,样子老套,功能单一。可是，他主管的是销售，而不是生产，对于产品设计他只能提些建议，况且，建议提多了也不大合适。然而，最近公司里发生一起突发事件，主管生产的副总出了车祸躺在医院里生死不明，有可能成为植物人。总公司一时抽不出人手，就暂命他生产销售一肩挑。祝自修感到肩上的担子更重了，压力当然也更大；但男人有时是很奇怪的生物，越是感到责任重大，越可能被激发出一种力量。

祝自修决定近日跑一趟珠三角区域，南下取经。他就不信人家能把灯具设计得那么精美，自己的企业为什么就不行？

祝自修带上产品开发部主任小林一起南飞。小林是个三十多岁的小伙子，去年刚从总公司工程部调过来，听说是集团高层某位领导的亲戚。祝自修从前单纯抓销售，跟小林没有直接工作关系，所以不是很熟，但他还是挺喜欢这个能言善道的小伙子。一路上，小林跑前跑后，对他照顾得挺周到。晚上住宾馆，总是给领导开一个好房间，自己只要普通标间。只是有一次因为太晚了，他们投宿的宾馆只剩一个标间，祝自修说那就两人住一间好了。

正是这天晚上，祝自修从小林口中听到一些关于沈媛的事情。他不知道应不应该叫做传闻。

小林当然不清楚祝自修跟沈媛的关系。所以，晚上两个人洗漱完毕，躺在床上闲聊，祝总以长辈的口气关心下属的个人生活，问小林，“你条件这么好，怎么三十好几了还不结婚？”小林说，都是让沈媛给害的。祝自修听到沈媛这个名字，耳朵立即竖了起来。

小林带着感动、有点讨好地告诉祝总，他从省城调入本集团，其实开始不在总公司，而是在沈媛所在的通讯技术公司。他自打进入公司的第一天，确切地说，是见到沈媛的第一次，就被她迷住了。

“你们两人谈上了没有？”祝总有点儿心急地问。

“我不知道那算不算谈上。”小林说，沈媛是个谜一样的女人，比自己大两岁，却有着极为宽泛的社交领域，经常跟不同身份的男人交往。

“那什么才叫谈上呢？”祝自修其实想问的是，他们有没有上过床。但这样的问题哪能问得出口？

“后来她告诉我，如果我要的是婚姻，那根本不可能。”小林沮丧地说，“我的舅舅听说了这件事后，竭力阻止我跟她继续交往。”祝自修暗想，小林所说的舅舅应该就是那位高管领导吧！

“我妈妈知道后也激烈反对。再说了，人家根本也没想跟我结婚。所以就这样不了了之。”

这一夜祝自修差点儿失眠了。直到夜里两点多，他还无法入睡，只好起身到阳台上去抽烟。南国的夜色是那样纷乱迷离，他站在二十几层楼上，站在半空中远眺这座半明半暗的城市，望着无数熄灭了灯光的窗口，抑制不住那些充满欲望的想象。这些窗口里的人们此时都在做什么？做爱？谁跟谁呢？男人跟女人的故事处处上演着。难道说，我们所有的生活意义，我们生存的最大快乐和最后的快乐，就仅仅在于此吗？男人和女人？

祝自修犹豫着，已经吸了两支烟，最后才终于下了决心。他打开手机，按了几个数字，又停下来，改为发短信。

“我明晚回。一起吃饭，如何？”

发完了短信，心头的波涌略有平复。他回到了床上。小林鼾声四起，令他羡慕不已。年轻就是好啊！他的头刚挨到枕边，回信就到了：好的，请来我家，等你！

短信提示音在深夜格外响亮，差点儿吓他一跳。好在，小林翻了个身，没有被惊醒。

“为什么越是这样的女人，我越是想要她呢？”祝自修两眼注视着虚无的黑夜，在心里问着自己。

32

这位中午匆忙赶来的男性求助者，竟是打工妹的情人，那位经理助理。

吕青萍还记得那个眉清目秀的打工妹，因为跟婆婆和丈夫吵架，一气之下离开了老家。她现在怎样了？对于只来过一两次的咨客，吕青萍一般不做电话回访。

面前的小伙子三十出头，个子不高，看上去老实忠厚，却不乏精明。小伙子告诉吕青萍，女友已经回老家了；他说，她来找过咨询师的第二天就走了，走的时候给他留了一封信，说如果他实在想不开，可以去找一位心理咨询师。她还说，她是听了咨询师的劝导，决定回归自己的家庭。

“你想从我这里得到什么样的帮助呢？”吕青萍问他。

“我不是想不开，相反，她走了我反而感到轻松了。”小伙子进一步解释说，“不是我不喜欢她，我只是不知道应该怎么办。她走了我也很难受，但每天忙起来就忘了，只是晚上躺在床上时，会想起她。”

“她回到了自己的家庭中，你也打算开始新的生活了，是这样吗？”

“如果是这样就好啦！”小伙子告诉吕青萍，女友回去以后，有将近半个月时间没跟他联系，好像真的想忘掉一切的样子。可是，过了一阵，她开始发短信，先是试探着问他最近好不好，工作忙不忙；然后诉说思念之情，问他想不想她；再后来，就告诉他说，自己还是不想要这样的生活，想回去跟他重归于好，问他还爱不爱她了?

“对此你有什么感觉呢?”吕青萍问。

“说实在的,我也很矛盾。我也没交别的女朋友,一个人也很寂寞,所以当她的短信接连发来,又打电话过来,我听到她的声音就坚持不住了。我答应让她来了。”

“你现在很困惑?”

“是的。我很困惑,也有一点儿后悔,不该让她出来。”

“你怎么看待你们之间的感情?”吕青萍问。

“我知道她对我好,我对她也是真心的。只是,她总是犹豫离不离婚,我自己这方面,也没有办法决定是不是要跟她结婚。你知道在我们农村人们是很保守的,像她这样结过婚、又有孩子的女人,我的父母是不会同意我跟她结婚的。而且,我们两个在一起的话,我也有些感觉对不住她的家人,毕竟是同乡,说起来不好听的。”

“这些话你都对她说过吗?”

“……应该是说过,只是没有说得这么清楚……我怕说得太清楚会伤害她。”

“如果她再次出来,你觉得就对她有了更多责任,甚至需要考虑结婚的问题,是吗?”

“这个,我也想过。我想她如果为我放弃家庭,我也就不管那么多了,那就结婚吧!可是问题还不是这么简单。”小伙子说,他最担心的是两人又回到从前的状态。

“从前的状态是指什么?”吕青萍追问。

“她不止一次问我,如果她离婚后跟我结婚,我能不能保证永远爱她?我说这个我说不好,她就很生气,说那样我干吗离婚?可是,你说说看,谁能保证爱一个人就一定是一辈子呢?如果让我哄她骗她,说可以保证,这样的事我又做不来!”小伙子非常无奈地说。

吕青萍笑着对小伙子说，“这不是她一个人的担忧，几乎是全天下女人的担忧。也不是你一个人的无奈，所有将要步入婚姻的人都不敢保证会永远相爱。”

“她打电话说，她现在就等我一句话，如果原谅她上次不辞而别，并且保证会对她好，她就再回来。你说我现在应该怎么办呢？”小伙子一脸恳切地望着咨询师。

“我认为，你应该让她学会为自己的行为承担责任。”吕青萍分析说，“她第一次从家里出来，把原因归为夫妻吵架；她从你身边离去的时候，又说因为听了咨询师的劝导；现在，她要你原谅她的不辞而别，并且要你保证永远爱她。如果你保证了，她就出来，可能离婚并跟你结婚。假如你们的生活没有她预想的那么幸福美满，她就会怪你没有履行承诺。总之，她不肯自己承担行为的结果，这可能正是她面临选择时的应对模式。而对于你来说，如果你不再跟她发生任何联系，你可以不去理会这些；但是，如果你们还要继续交往下去，你就有责任帮助她，而不是替她去承担。”

“我好像明白你的意思了。”小伙子说，“她如果决定留在家里，我就祝福她；如果她决定出来，我也会把我的想法对她说清楚。”

“至于你自己，我很欣赏你不轻言承诺，认真对待感情的做法。”吕青萍说，“只是需要提醒你的是，要清楚自己真正需要的是什么。是寂寞的填充，感情的抚慰，还是一个踏实的婚姻？这些需要每个人都存在，但你要想明白的是，在你跟她之间，你需要的是什么？有些时候，当一个人了解了自己的真实需要后，就知道怎样去做了。”

小伙子表示自己听懂了咨询师的话。

“原来心理咨询是这样的啊！”小伙子说。

“你认为是什么样子呢？”吕青萍饶有兴趣地问。

“……我也说不好。我以为心理医生都穿着白大褂，绷着脸教训人。”

吕青萍笑了。

求助者走后，吕青萍拿出咨询日志，翻到“打工妹的婚外情”那一页。打工妹真的是听了自己的“劝导”回到家乡的呢，还是像自己对小伙子分析的那样，她仅仅是寻求外在力量的支持？这个女人，是回到丈夫和孩子身边更安心，还是跟恋人生活在城市更幸福呢？她自己的人生，应该由她来选择。

吕青萍发觉自己内心存在某种不安。这不安来自哪里？是不是为求助者承担过多？他们的生活永远是他们自己的。而过度看重自己的“劝导”，过高估量自己对求助者生活的影响，其实是心理咨询师的通病，是一种自我膨胀。

天上云卷云舒，大地春华秋实，每个人的生命都有着他们各自遵循的轨迹，不是吗？

33

祝自修从南方返回的当晚，一直跟沈媛温情缱绻，整夜未归。

第二天中午时分，他打电话给妻子说，自己刚下飞机。虽然是说了谎，但此时陶桦还没有丝毫猜疑，直到发现了那张机票，陶桦才有些不妙的预感。

通常，每当祝自修出差回来，都要将衣服从里到外通通换洗。这是陶桦一贯坚持的做法，她说外面什么病菌都有，所以必须彻底换掉。以前她甚至还会把老公推进浴室，把他整个人都要清洗一遍;现在人家身为大厂领导,已经不习惯在家里这样简单洗浴,但人可以不交给她,衣服还是由她说了算的。就这样,她在祝自修的西装内侧口袋里发现了那张机票。

当然,机票是再正常不过的物品了,如果是在往常,陶桦都不会多看一下,顶多是替丈夫掏出来,放在一个显眼的地方,提醒对方别忘了拿去报销,然后把外衣送往干洗店,而内衣则扔进自家的洗衣机。可是这次,鬼使神差地,陶桦对那张机票多看了一眼,正是这多看的一眼,让她发现了问题。

是时间问题。而时间与空间往往有着密切关联,这个命题在物理学领域可能显得高深莫测,而具体体现在一些生活细节上,则更让人感到扑朔迷离,变成一题多解,或无解。

陶桦是个聪明的女人。虽然时间问题在她心里此时已转换为空间问题,并且,她的脑子里已经产生了很多疑问,但她没有让自己冒失地去寻求答案,尽管机票主人此时正坐在沙发上看一场遥远的球赛,拿着物证质问他为什么昨天的机票今天才飞回来,进一步质问他昨天夜里究竟是在哪里度过的,或许会得到一个答案。但是,真的需要这样做吗?这样做是正确的反应吗?会不会有什么不正确的后果出现?陶桦的大脑像一台高性能的电子计算机,运算的结果很快出来:最正确的做法是按兵不动。

陶桦把机票重新放回丈夫的西装口袋,并且,把西服上装重新挂回衣架上;她决定这件衣服暂不送往干洗店了。等那张机票消失后再说吧!

但是她能管得住嘴巴和双手,她可以让自己不问什么,不做什么,却管不住脑子里的胡思乱想,尤其是,她管不住自己的情绪。她感觉自己有些委屈,有些愤怒,特别是晚上夫妻二人躺在床上,机票的主人对她的某些暗示不加理会、漠然处之,这种委屈和愤怒的情绪就更加强烈了。

一个久不作为的丈夫，如果没有特别的毛病，那一定是在别的地方有所作为了。婚姻中的女人都明白这其中的道理，尤其是已经被老公审美审到疲劳的中年女人。

这一夜，陶桦没有睡好。

这一夜没有睡好的，还有另一个人，他们的女儿祝小桦。

小桦这孩子自从那个凌晨发现老爸的手机短信之后，开始关注老爸挂在客厅门口的外套或上衣；她经常趁大人不注意，把手伸进去探索一下，看看有没有什么有价值的发现。这个晚上，在父母回到他们自己的房间之后，小桦溜出来借如厕之机，顺便又探访了一下老爸的口袋。结果也发现了那张时间上有问题的机票。

小桦是把机票带入厕所，借着卫生间橘色的灯光，看清了那张机票的起始时间。机票没有任何问题，而父亲自报的返回时间有问题。他为什么要欺骗我们呢？当然，她心里清楚，爸爸欺骗的主要对象并不是她，而是妈妈。如果说他昨天傍晚就飞回来了，那么他昨夜是在哪里度过的呢？

厕所上完了，小桦走出卫生间。她采用了跟妈妈一样的做法：把机票原路送还。同样，她也不会去质问父亲。她是不敢。如果她问了，让妈妈知道这个谎言，那就会引发一场家庭大战。妈妈会原谅爸爸吗？他们会不会因此而离婚？

躺在床上，小桦都不敢闭眼睛。因为眼睛一闭上，就会浮现出班上那几位单亲同学的脸庞。虽然他们的样子并不是一律都很惨，但大家都很同情他们。她才不要这样的同情呢！尤其是，一想到如果父母分开，让她不得不在他们二人中间做出选择的话，她就心如刀割般疼痛。她不能忍受自己的生活中缺少他们其中的一个，更不能忍受他们把另一个陌生人带到她的面前。有时候，她偶尔会想到死这个词，她的一个网友对她说过，如果自己的父母离婚，自己就去死。她会去死吗？好像不会。但如果真的成了单亲家庭的孩子，可能比死还难受！

小桦迷迷糊糊过了一夜。早上起来，看见母亲又做了皮蛋粥，她二话没说，直接跑进卫生间，又呕吐了。

34

在欧文·亚龙的小说里，主人公都是心理治疗师，很容易让人联想到那就是作者本人的生活。其中一位主人公，决定跟他的心理病人一道做个实验，即最大限度地自我开放，开放自身的境遇与思想，开放对对方的印象与感受，在咨访双方的互动关系中，即时反馈交流信息。这是一场灵魂交融的盛宴，也是一次极富挑战性的冒险。暂且不谈心理治疗的效果与人物的命运走向，至少我们看到，这样的冒险本身闪烁着人性的光辉，因为它揭示着这样一个事实，即，人类的灵魂比人类个体的生命更为孤独。

吕青萍经常体味着这种孤独的存在。孤独是一种看不见的存在，它像一种气息，或是一种幻觉。它有时会附着于你的身体，与你同在；有时，它又会远远地离开你，飘浮在你的头顶，对着你居高临下地审视，或是悲悯。

心理咨询是一个帮助人类解决孤独困境的行业，但其从业者，即心理咨询师，往往首先体验着孤独。向内关怀的通道狭长而深邃，自我探索的过程充满困惑与挣扎。在心灵的世界里，如果你飞得太高，就会远离现实大地；如果你走得太远，身边则难觅同伴。

比较流行的一个说法是，心理咨询师最好找同行作为人生伴侣。婚姻中的两个人，如果一方率先成长，而另一方总是按兵不动，就不容易达成心灵的契合。所以，许多心理咨询师的家庭就出现了问题。

婚姻与家庭，是吕青萍有意无意在回避的话题。她也说不清自己为什么要这样。她的家庭看起来没有什么问题。丈夫老刘是位建筑设计师。她很欣赏他的才华，但他并不是她的初恋。初恋时太年轻，一旦爱上就容易把自己全部交付出去，让自己变成一架情感的空壳。她就是在自己变成空壳时遇上老刘的，当然，那时他还不是老刘，而是建筑工程学院的高才生，脑子里装满了世界各地的美丽建筑物。在那段让人空虚的日子里，他那一本本厚厚的国外建筑风光图册填补了吕青萍的寂寞，也渐渐地驱散了她内心的创痛。那个丢下她跑到国外的人，只不过会写几句轻飘飘的情诗，哪里赶得上那些雄伟的建筑有质感并且可靠呢？于是吕青萍大学毕业不久就跟老刘结婚了。

她的婚姻幸福吗？

已经成为心理咨询师的吕青萍，曾经多次问过自己。几年前，她的答案还是非此即彼的，幸福或不幸福，都是她有过的感受。她还记得在一次业务培训课上，一位国内知名的心理专家针对婚姻说过一句很耐人寻味的话，那位专家是位中年男人，他说，自己现在就是跟一只母羊在一起，也能生活得很幸福。如此看来，幸福不是别人给予的，而是从你自己内心生长出来的，是你自己的心灵体验。

如何品评一个人的生存质量呢？作为女人，有家庭，有老公，有孩子，还有自己热爱的事业，难道这一切还算不上幸福吗？每个早上，睁开眼睛，发现自己还在呼吸，而窗外阳光正暖暖地照射进来；发现身边躺着一个可以亲近的男人；发现闹钟还差两分钟就要响了，催促你起来为一个聪明的男孩儿做早餐；对镜梳洗时，发现镜中的女人虽然不够漂亮，但也并不丑，不够年轻也不算老，至少还可以让自己喜欢；打开电脑，发现众多QQ好友头像闪烁,他们中许多人都在期待你有时间在线上,为他们解答人生中的困惑;在你的工作室,会有前来求助的人们,带着他们深重的内心伤痛,希望你来帮助他们走出人生的迷境……被人需要着,同时也需要着别人,需要着别人对你的需要,难道这不是一种幸福吗?如果这一切还不够幸福,那么,幸福又是什么?

吕青萍竭力地确认着自己的生活是幸福的,人生是美满的。可是,为什么经常还会体验到某种缺失感?是生活中少了什么,还是生命本身的遗憾?她说不清。但有些时候,她必须强迫自己去看清这背后的东西。比如,当她面对求助者同样的困惑,她如何用自己的心灵经验引导对方走出类似的困境?

林子谦就是有着这种要求的一位特殊求助者。他的特殊在于,他不是"病人",他没有"病",没有通常意义上的心理问题;他的问题正是因为不知道有什么问题。

但这一次,不知道有什么问题的人,终于出现了问题。

"这半个月我很少做梦了,却开始失眠。"林子谦告诉他的咨询师,"梦没了,睡眠也快没了。"

是因为没有了梦,才不需要睡眠,还是如果没有了睡眠,就可以不做梦了?这是一种怎样的因果联系呢?

"你认为不做梦了与失眠之间,有什么关联吗?"

"还没有考虑过这个问题,"林子谦想了想,说,"是不是我的潜意识里有一种力量在阻止我,不希望我把梦拿出来跟你分析?所以就不让我做梦了。"

"其实我们每个人都会做梦,一个晚上大约要做三到四次梦,这是脑神经科学所证实的。有些人说自己很少做梦,或者说自己无梦,其实是他没有记住梦中的情形。所以,你也不会不做梦,只是你没有记住它们,或者是不想记住。"

"我想,是不是这段时间由梦展开的分析,触动了我内心深层的东西？说实话，我也不知道那是什么东西，而且，我感觉自己是愿意自我探索的，可是为什么会有这样的反应？睡眠不好对我有很大影响，白天打不起精神，情绪也变得不够稳定，现在，我感觉自己像个真正的心理病人了。所以，我今天来到你这里，已经顾不上什么心灵成长，而是需要解决心理问题。”

“你心中是不是有疑问，甚至有些不满的情绪，对前段时间的咨询，对我们所做的事情，甚至对我？”吕青萍仍然在学习亚龙的方式，真诚交流内心的感受。

“说实话，当我在床上翻来覆去睡不着的时候，我确实有过这样的疑问。但我没有对你不满。因为请你帮我进行自我的探索，是我自己要做的事情。我也反复回想着这段时间以来的咨询过程，我不认为是你做错了什么。你很专业，也很敬业，对我非常负责。所以我在想，这可能是一种必须经历的过程吧？就像体内有炎症，就需要动员全身的免疫系统来做对抗。我妻子是医生，她经常对我说，偶尔生病的人，反而是健康的人。像我这种总也没有生过病，包括身体和心理，好像一直都很健康的人，或许是真正危险的人。”

“你知道你说这些话，给我什么样的感觉吗？”吕青萍问对方。

“什么感觉？”

“你在顾及我的自信，也是在试图安慰我。”吕青萍说，“我很感谢你的善意，但是，如果你感觉我需要安慰，其实，你已经对我、对我们前一段的工作有所不满了。只是，你否认对我的不满，其实也是在否认对自己的不满。”

林子谦沉默了下来。好一会儿，他缓缓地说，“可能是这样吧。”

“说说这一次，你成为有失眠问题的人，现在坐在这里，有什么不同的感觉？”吕青萍问。

“要说不同，我今天来的时候就有感觉。”林子谦提高了声调，“以前每次在来你这里之前，我都会有些不安，不知道我们讨论的话题会指向哪里。但这一次，在开车来的路上，我发觉自己没有这种不安了，只是想着如何解决失眠的问题。这样的感觉我自己都有些奇怪。”

“如果给你的这种感觉找出一个最接近真相的解释，你认为会是什么呢？”

“……我希望自己成为你的病人！”林子谦说。

“成为病人，与不成为病人，有什么不同吗？”

“成为病人，才可以名正言顺地来找你。不然的话，我每次都不知道自己来你的工作室到底是在做什么？”

“你是说，以前来这里，你都感觉不够名正言顺？”吕青萍感到诧异。

“是的，至少理由不那么充分。心灵成长，自我完善，整合人格体系……这些也是我想要的，但我到你这里来的真正原因……是想经常见到你。我这样说，你会不会反感我？”

吕青萍脑子里有些乱。她感觉问题变得复杂了。只能继续求助于亚龙的实验。

“你说想经常见到我，你觉得在我这里，能满足你什么方面的需要呢？”

“……”林子谦一时语塞。

“是女人式的温情，母亲式的安全，朋友式的知遇，还是学术式的心灵探讨？或者，还有其他别的感觉？”吕青萍淡定地询问。

“可能……都有一些吧。”想了想，林子谦又补救似的说，“最主要的是朋友式的交流心灵。”

“那好，我们现在就讨论一下你的失眠吧！”吕青萍发觉自己和对方都在有意无意地回避着什么，小心翼翼地绕过某种感觉，绕过某种危险的存在。

“如果每天晚上入睡前，你给自己下一道指令，对自己承诺，无论做了什么梦，都不会拿出来分析。你试试效果如何？”

“好，我今晚就试试。”

“我也对你承诺，下一次来，我们不再讨论梦了，你在这半个月里，无论做了什么梦，都是你个人的秘密。它们都是安全的，不会被人翻动。”

“好，我记住了。只是，还有一个请求。”林子谦一脸笑意地望着他的心理顾问。

“是什么呢？”吕青萍其实已猜出八九分。

“我想请你吃饭。上次你说需要请示一下自己的老师。你请示过了吗？”

“还没有。”吕青萍答。

“那……你还会拒绝吗，像上次那样？”

“我答应你，但今天不行。”

“为什么今天不行？”

“我认为我们现在正在面临某种困境，而吃饭的行为，是一种逃避困境的做法。”

“那喝茶的行为呢，也是逃避？”林子谦有些无奈地问。

“喝茶也是。”吕青萍笑了，“不过，我答应你，在合适的时候，我会要你请我吃饭，还要喝茶。”

“这可是你说的，敢跟我拉钩吗？”林子谦孩子气地问。

“好，拉钩。”吕青萍喜欢这种孩子气，她伸出了手。两人手指接触时，四目相对。吕青萍从对方的眼神中感觉到一种柔软的热度。

眼神是一种电波，而电波经常是危险的。吕青萍避开了。她不允许自己用相应的频率去接收。

35

祝自修并不知道口袋里的那张机票已经成为魔鬼的咒符。

他的家庭表面上一如往日平静祥和，而发现机票问题的两个人却思虑重重，以为只有自己知道这个关于谎言的秘密。

能够确定这一切真的是谎言吗？

在女中学生祝小桦这里，答案是肯定的。因为她已经不止一次发现老爸的秘密了。他肯定在外面有女人。那个肥婆姚琳琳深夜给他发出那样肉麻恶心的短信；他经常夜不归宿；他在歌厅里无耻地搂着小姐；他利用出差返回的时间差欺骗妈妈，只是为了跟那个女人在一起。这一切都逃不过她的眼睛。然而，这一切是不是逃过了妈妈的眼睛呢？要知道，如果这一切成立，直接受到伤害的人就是妈妈。

小桦有时真的很生气，生妈妈的气。妈妈总是那么自以为是，总是自我感觉良好。她每天也不知道都忙些什么！这么多的事情在她那里好像完全一无所知。小桦充满矛盾地想，如果妈妈知道了，自己也就不用苦苦守着这些可怕的秘密了；可是，如果妈妈真的知道了，以她的脾气，她肯定会跟爸爸大吵大闹，这个家就没有安静日子了。更为糟糕的是，他们可能会离婚，就像楼上的芦老师那样。这是小桦最不愿意接受的事情。

如此说来，秘密只能是秘密，不可以告诉妈妈。那么，她可不可以去跟老爸谈谈呢？这个念头小桦也曾想过很多次，但她一直不敢去做，对于结果她实在无法确定。她在电视剧里看到过，家长中如果一方出了轨，特别不想让孩子知道，成年人会认为那样就在孩子们面前失去了尊严，而一旦事情被戳穿，所谓的尊严已经失去，他们就会不管不顾地按着自己的心意去行动了。有一个电视剧里的画家父亲就是这样，儿子痛斥父亲勾引女学生，结果却是父亲抛妻弃子，跟自己的女学生结了婚。

小桦整日心神不宁。心中藏着这样的秘密，而且关乎自己的家庭和命运，又有谁能够气定神闲呢？实在闷得难受，她想过找自己最要好的女同学说说，可是很快她又否定了这个想法。不能跟她们说，一来她们未必真的会有办法，她不相信她的同学会比她更聪明。二来呢，她感觉自己丢不起这个人。身为厂长的老爸曾经是她在同学中的骄傲，现在这个厂长大人父亲大人却成了一个坏男人，她自己无法接受，她的同学更不可能接受。

祝小桦上课时无法集中精力听讲，下了课则以最快的速度往家里飞奔；她不放心他们，不放心家里那两个成年人。她担心父亲的事情被母亲知道了，担心他们已经吵得不可开交，甚至已经在决定如何分割家产以及分割对她的抚养权……分割，这个词想一想就够血腥了。

当她回到家后，发现家中风平浪静，一切都在正常运转，她会先松口气，让自己平静下来，做着平常日子里做的那些平常事。可是，当她看到一脸无知无觉的母亲，还那么自以为是自作聪明时，她会先是可怜妈妈，继而，莫名地，一种愤怒就会出来，于是她会跟妈妈顶撞，挑剔她的饭菜不可口，或者，干脆不吃她做的东西。

一般来说，稍晚一些，父亲就回来了。看到父亲，她心情立即变为复杂。又恨又怨，又想亲昵又感觉恶心。她会故意不回答他的任何问题，无论问到学校，还是日常的事情。她恨父亲对她没有多少耐心，她以沉默回应了他两三句问话，他便不再理她了。这时，她就会暗暗地想，你对待外面那些野女人怎么那么热情？搂着她们唱歌，是不是还会给她们献花？装成一副老情圣的样子？

更加麻烦的是，小桦觉得自己变成了那种偷偷摸摸的地下侦探；她的关注点往往在父亲身上，重点区域就是他的外衣口袋。她发觉有两种力量在控制着她，一股力量告诫她远离可能出现的秘密，另一股力量却在悄悄唆使她向那些可怕的秘密靠近。她觉得自己在家中像个小偷，一个随时行窃的人。她的心思无法专注于课本与作业簿，这样一来，她更加焦虑，担心自己功课受影响，担心自己的考试排名。

心里闷得难受。真的很难受。小桦只好暂时逃到流行音乐中。戴上耳机，打开 MP4，跟自己喜欢的歌手们在一起待一会儿吧

"……

我们都是好孩子最最天真的孩子灿烂的孤单的变遥远的啊我们都是好孩子最最可爱的孩子在一起为幸福落泪啊我们都是好孩子异想天开的孩子相信爱可以永远啊……"

女中学生祝小桦一边听歌一边流泪。默默地流泪。

36

"机票事件"同样深深伤害了陶桦。

即使再迟钝的女人，也能猜出丈夫为什么隐瞒了一个晚上的行踪。如果是不必隐瞒的，就不会被隐瞒；而他刻意隐瞒的东西，一定不可告人。

夫妻之间，会是什么样的事情不可告人？即使用脚趾去思考，也不会想错。

"你会不会是弄错了？"这是好友芦珊在发问。

发现机票的第二天，陶桦跑去找芦珊。如果不找人说一说，

她感觉自己就会绷不住了。绷不住的结果就是去质问祝自修。但她不能这样做。她很奇怪自己当时的反应,怎么那么沉得住气?她当时确实怕自己弄错,比如说,机票确实是前一天的,但因为天气问题航班延误了,这种可能性也不是没有,而且概率很高。她不想让自己出错。她是搞财务工作的,深知每个数字每种变量的重要性,连一个小数点都不能出差错,所谓差之毫厘失之千里。如果自己冒失地吵闹起来,显得自己太没有修养,更重要的是,当时小桦也在家,不能让孩子看到这出闹剧。

然而,情感问题,夫妻之间的某些感觉,可以像数字或小数点那样精确衡量吗?这段时间以来,丈夫在外过夜频繁,每天即使回家也都很晚,而且,夫妻床上的课业荒废多时,对于这一点,每个妻子都会有所疑问或警觉。

"我弄错什么?"陶桦咬牙切齿地说,"我已经给他留足面子了!"

"猜疑是夫妻之间的大忌!"芦珊像情感专家般侃侃而谈,"婚姻关系出现问题,往往是从猜忌开始,总把事情往坏处想,结果呢,事态的发展就真的变成最担心的那个样子了。心理学上叫做'期待焦虑',就是越怕发生什么,就越会发生什么!"

"这是跟心理咨询师学来的吧!"陶桦没好气儿地说。

"没错。期待焦虑,这种现象不仅会出现在婚姻关系中,许多事情上都适用。"

"那你说我应该怎么办?是装糊涂任其在外为所欲为?还是旁敲侧击给他一点儿警示?或者干脆挑明,直接从机票问题入手质问他?"

"我的好姐姐啊,你有没有想过,你最终想达到什么目的?"芦珊有条不紊地说,"如果你不想要你的婚姻了,那么以上三种方法可以任选其一,只要你能出气,怎么做都不为过。可是,如果你并不想就此闹翻，你还想保住你的家庭，就不能这么简单行事！”

“那你说说看，我还能怎么办？”陶桦感觉自己此时非常无助。以往，都是芦珊有烦恼，她充当劝导者，现在怎么反过来了？难道说女人离了婚，就变得通透而强大？看来婚姻真的是让女人发昏的东西，离开这东西，女人就聪明起来了。

“除了对他采取某种措施，难道就没有别的选择？”芦珊耐心开导着陶桦。

“……你不会是引诱我去找个情人吧！”陶桦半嗔半笑地问。

“瞧你，想到哪儿去了？我能这么不负责任地乱说吗？”芦珊笑着说，“再说了，这个时候找情人，是最不理性的行为。对家庭，对自己，对情人都不负责。”

“难道你从心理咨询师那里还学到了什么妙计？”陶桦此时的感觉轻松多了。有个可以倾诉的朋友真不错，倾诉本身就是一种宣泄。

“这次与心理咨询师无关。还记得上次那个女子俱乐部吗？为什么不学学那里的女人？她们把对老公的关注收回来一部分，变得更多关怀自己，爱惜自己，自己变好了，变得自信了，就不那么在乎男人了。一个女人，只有懂得爱自己，别人才会爱你；如果连自己都不爱，还指望谁来爱你呢？”

“我感觉我挺爱自己的啊！”陶桦不很服气地说。

“举个例子。你每天做饭的时候，是在考虑自己的口味，还是更多顾及老公和孩子？你在商场每次为自己购买新衣服时，脑子里有没有闪过一丝歉疚，觉得没有给家里人买，有些不好意思？你每天花多少时间在自己身上，问问自己的生活还需要什么？”

“行了行了！我说不过你！”陶桦拍着女友的手臂，无奈地说，“我同意你的观点，女人要学会爱自己，再去爱家人。但说起来容易，中国女人千百年来都是这样过来的，在一个家庭里，她先是女儿，然后是妻子，后来成了母亲，老了以后是外婆或祖母，什么时候才能成为她自己？或许，只有一个人过的时候，像你现在这样，自由自在，无牵无挂！有时，我还真的很羡慕你呢！”

“我可不是这个意思啊！”芦珊申辩说，“我绝没有劝你离婚的意思，相反，我希望你们好好过。因为你们有小桦，这孩子我喜欢——我都想她了！”

“说起那个女子俱乐部，还真挺有意思的。”陶桦回想着那次活动的情形，想起芦珊秀旧衣服走台步的样子，直想笑。

“这个周末又有活动了，你也去吧！”芦珊说，“听高姐预告，是讨论女人与男人的话题，肯定挺火爆的。”高姐就是那位沙龙女主人，“大姐大”。

“女人与男人之间还能再有什么新鲜话题吗？”陶桦未置可否。

“对了，我想起来了，高姐说，是讨论这样一个问题：女人需要婚姻吗？女人要男人做什么？怎么样？有点儿意思吧？”

“听上去很女权啊！”陶桦说，“好，反正周末闲着没事儿，我跟你去！”

37

经历了上次“晒旧照”的煽情和“秀旧衣”的搞怪，陶桦对时尚女子俱乐部这次关于男人与女人的话题讨论会充满期待与猜测。

陶桦跟芦珊来得稍晚。一进入“会场”，陶桦立即感受到空气中弥漫着严肃与紧张的气息。室内的沙发面对面摆成两排，分别坐着男性公民与女性公民，一看就是两军对垒的阵势。由于两种性别在人数上无法势均力敌,男人那边只有五六个人,坐得比较松散,女人数量三倍于他们,显得声势浩大。会场出奇的安静,仿佛大战来临前的片刻沉寂,一场恶战在所难免。龙战于野,其血玄黄。

随着"大姐大"高女士一声令下,口水大战拉开了帷幕。高大姐宣布,今天两个性别的优秀代表都在场,让我们讨论这样一个问题:婚姻——男人和女人,谁更需要?

率先放马出阵的是一员女将,自由写作者(她讨厌别人称其为作家)薇薇。

——男人和女人都需要婚姻,但男人更需要。让我们看看婚姻中男女的不同角色,就会发现谁才是真正的受益人。据社会学家研究表明,家庭的功能主要有三个方面,一是经济功能,家庭是一个独立的经济共同体;二是情感功能,满足人们的情感需求;三是生育与抚养。早年间,我们女人需要婚姻,是因为没有独立的经济能力,只好在另外两个方面多付出努力,所谓相夫教子,服侍上下。男人呢,只要把猎物打回来,把粮食带回来,把银子交出来,就可以享受女人在生活上的全面服务了。可是今天的女性,可以自谋口粮,自己赚钱自己花,不用男人养着了。也就是说,在第一项家庭功能上,女人与男人扯平,不欠他们的!那么情感生活上呢?我认为是女人的细腻与周到让男人享受,而女人在这方面付出的多,得到的回馈太少,男人找女人,就是给自己找了个妈,或是老妈子,男人累了就回到老婆怀抱,养足了精神后又跑到外面撒野花心去了,他们可以做到有进有退,进退自如,我们女人呢?手里牵着风筝线在地上跑啊跑,远远望着半空中随风起舞的男人,时刻担心手中的线会不会断,累不累啊姐妹们!至于家庭的第三个功能,就不用多说了,一个家庭中是谁在服侍老人、照顾孩子?恐怕绝大多数是女人!所以,我们可以清楚地看到，婚姻究竟对谁更有益？

——对呀对呀！——女方阵营立即有人附和——男人还说自己有多么累，不想想我们女人比他们更累！

——男人总嫌婚姻是累赘，简直身在福中不知福！

……

“有点儿乱有点儿乱！”主持人高大姐笑眯眯地说，“从头捋捋！”众人大笑。

这时，男方终于有一人出来迎战。上次活动时陶桦见过的那位“眼镜男”。只见这位文质彬彬的男人以完全不同于女作家的风格，慢条斯理地发问：

——据我所知，在座的女士绝大多数都在婚姻中。请问，如果你们不需要婚姻，为什么还不离婚？

众女士面面相觑。陶桦也被问住了。这时报社女记者站了出来。

——我们不离婚，是因为我们可怜你们男人！男人离了婚往往急吼吼地想再次结婚，刚好说明男人离不开婚姻，就像狗一旦无家可归去流浪，很快就会死掉；女人则像猫，有一个家会活得很幸福，就算成为流浪猫，也会自得其乐。如此说来，女人比男人更具有承受离异之痛的能力，就像猫更能够适应流浪生活。

男队中一个年轻人冲着主持人举手。高大姐对他说，下面由你来发言！年轻人说，“我想坐到你们那边去！我投诚了，行不行啊？”女士那边一阵欢呼雀跃。大姐大看了看女人那边挤在一起没有空间了，就对年轻男人说，“我代表全体女性欢迎你，同时代表我党地下组织，委派你潜伏在敌人内部，随时听从我们调遣。”“好，保证完成任务！”年轻人站起来给“大姐大”行了一个酷酷的美式军礼。此时场上一片笑语欢声，完全没有了最初的肃杀与血腥。

有位五十来岁的男士还想挽回颓势。

——我认为这个讨论题目本身就有问题。存在就是合理的。婚姻是人类社会经过漫长的演化过程之后，被保留下来的最适合人类发展的两性关系模式。现在无论世界的任何一个地方，任何一个民族，都在延用这一形式，就算最开放的西方，也没有取消婚姻制度。所以，我提醒诸位女士，与其讨论我们男人是不是更需要婚姻，不如想想怎样留住自己的老公！

众女士哗然。气氛再度陷入紧张。这时，芦珊款款起身发言。

——我认为，人类确实需要婚姻，但并不意味着每个人都需要婚姻；或者是不是可以这样说，一个人在某个阶段需要婚姻，并不意味着这个人终身都应该待在婚姻里。我……不久前离婚了。我感觉现在的日子让我感到轻松自在，这就是我想要的生活，我甚至问自己，为什么不早一点这样做？我并不是劝姐妹们都从婚姻里出来，我没有这个意思。如果说人类是一个很大的基数，那么总有一个比例的特殊人群，比如我，可能就是那种不适合婚姻的女人。所以关于这个讨论题，关于男人与女人谁更需要婚姻，我认为不能一概而论，但是我可以说，我不需要婚姻，至少目前不需要。

——那你需要什么？——五十男人心有不甘地问。

——我现在需要自由空气。——芦珊笑盈盈地说。

“自由万岁！”高大姐振臂高呼，“辩论会到此结束！圆满成功！接下来大家 AA 制聚餐！”

陶桦很佩服芦珊的勇气。她自问，如果是自己离了婚，恐怕不会在众人面前宣布出来。虽然说，离婚不是什么不可告人的事情，但也不一定就可以告人。她发觉自己脑子有点儿乱，莫非也需要从头捋捋？想起高大姐模仿小品中范伟的口气要大家从头捋捋，陶桦就想笑。

无论如何,她还是喜欢这个俱乐部的氛围。

38

周日下午,吕青萍在工作室等着高一女生祝小桦前来咨询。她们上次约好的,还让女孩儿单独来。

吕青萍打开电脑。她有一个图片库,里面存放着求助者做过的沙盘照片。她找到小桦的那一组,不同角度拍摄的,从整体图形到局部细节,大约有五六幅。吕青萍一幅一幅翻看着,不知为什么,她感觉自己体内有一股寒气丝丝缕缕地蹿上来。

是什么让她感到如此不安?

关于厌食症,不同的学说存在不同的解释。容易让人想到的,比如学习压力过大,家庭教育过于严格,家长期待或自我期望太高,青春期体貌自我认同障碍,以及完美主义人格倾向等等。精神动力学派会追踪到女孩儿早年的经历以及与亲密客体的关系,这让吕青萍联系到沙盘中那个小木屋,里面住的那个老妇人,她会跟女孩儿有着什么样的联结呢?吕青萍的目光落在那个代表父亲的男人身上。他的面前是一段残破的栅栏,在女孩儿的心理世界里,这象征着什么呢?是父亲在思虑关于家园的边界,还是他想从这个缺口处跑出去?吕青萍突然想起德国的心灵大师伯特·海灵格,他有一段关于厌食症的病因分析。海灵格的理论认为,厌食症的家庭状况是父亲想要离开,而其隐藏的动力法则是"亲爱的父亲,我宁愿为你消失"。当孩子离去,父亲便可以留下来了。

再看看沙盘中的小女孩儿。她跑出了家的围栏,也就是逃离了家庭系统。这是一种自我放逐与放弃吗?她背朝父亲,跑向一个神秘的老妇人。这里面究竟是什么样的动力?

吕青萍感觉身上的寒气更重了。或许,这个家庭背后存在着某种极为隐秘的力量,这股力量是寒冷的,它把家庭系统中最弱小的成员,那个女孩儿,拉向一种可怕的境地。那片灰暗的树林。

小桦这次拒绝祝自修开车护送。自从"机票事件"以来,小桦几乎不跟父亲说话,也不愿多看他一眼。事实上,祝自修最近也很少在家里跟女儿碰面, 他自南方回来后, 一直忙着公司的事情,回家越来越晚。

小桦这次一坐下来就哭了。她哭着对吕青萍说,阿姨,你要帮帮我啊!吕青萍拉着女孩儿的手,用肢体语言传递着她的支持与温暖。"你能答应我,我说的话你不告诉任何人吗?"女孩儿不放心地问。

"我答应你,一定。"吕青萍温和有力地说。

"我知道许多关于我爸爸的秘密……可是, 我不能告诉妈妈……你也不要告诉我妈妈! "

于是, 这个十六岁的女孩儿终于把多日来藏在心中的秘密说了出来。关于夜总会,关于凌晨的暧昧短信,还有近期的机票时间问题。

吕青萍默默地倾听,并感受着小桦的情绪波动。她再一次想起海灵格的学说。果然是家庭中的父亲出现了问题,而孩子担心父亲离开这个家庭。可见,父亲的问题就是这个家庭的问题,甚至是更大范围内的家族系统问题。现在让孩子来承受了,她的厌食倾向(还不是典型的神经性厌食症)看来与此密切相关。因此,要缓解孩子内心的焦虑,首先需要淡化她内在的冲突。

"我们一个一个来分析,好吗?"吕青萍对女孩儿说,"先谈谈你几个月前在夜总会看见父亲的那件事。关于这个,你想到什么呢？”

“我没想到什么，就是感觉有些恶心！听说那些夜总会小姐都很脏，可是他还搂着她们又唱又笑的，真恶心！”

“你的感觉是恶心，于是就会用呕吐的行为表现出来？”吕青萍对女孩儿这样解释。

“啊？是这样啊？……我还没有想到这个。”小桦有些好奇地说，但脸上的表情放松了一些。吕青萍继续说，“你知道吗？在成年人的世界，就是所说的社会上，男人去夜总会消费娱乐是很正常的事情，女人也一样会去。你不是说，你们同学也去那里唱歌了吗？只是有时候，男人们一同去，没有女伴感觉没有意思，就叫了小姐作陪。对于夜总会小姐这个群体我们先不做评价，但至少这是一种很常见的现象。很多男人都可能像你父亲那样，搂着小姐唱唱歌，小姐就像手里的麦一样，并没有感情色彩。”

“我知道一个词，叫做逢场作戏，就是这个意思吧？”小桦问道。吕青萍没有正面回答女孩儿的问话，而是说，“你父亲去歌厅一定是工作需要。有些业务需要在酒桌上谈，是为了跟客户搞好关系，有时需要进一步搞好关系，就要去夜总会，或许你父亲本身并不愿意去那种地方呢，但工作需要就没有办法了，所谓人在职场身不由己。你爸爸平时很爱唱歌吗？”

“不会吧！……我从来没听过他在家唱歌。”小桦转着眼睛想了半天，说。

“如果他在家都不怎么唱歌，也一定不愿意跑歌厅唱歌。可见，去夜总会就是一种应酬而已。”

“好吧，就算像你说的那样，可是，那个短信是怎么回事呢？”

“你认为是怎么回事呢？”吕青萍反问。

“我也不知道！反正我不喜欢看到别的女人给他发那样的短信。”

“小桦，我想跟你说这样一句话，不知道你能不能理解和接受，”吕青萍试探着说，“你是孩子，才十六岁，你有自己的事情和人生任务，当然，我不是单纯指学习和功课，功课之外，你还要结交同伴，学习与同学相处，包括女同学与男同学，在家里力所能及帮家长做一点家务。我知道你很懂事，我也正是担心你太懂事了，把不应该你背负的东西担在了自己身上，你理解我的意思吗？”

“你的意思是说，我不要管我爸的事？他欺骗我妈，晚上经常不回家，如果有一天他们离婚了，我就成了单亲家庭的孩子。我不想这样！我不要不要！”

“所有的孩子都不想让自己的爸爸妈妈离婚。但婚姻是他们自己的事情，是成年人的事情。他们之间的关系好与不好跟孩子没有关系，孩子没有错。而且，你的父母并没有说要离婚啊，是你把事情想得太严重了。对于一个孩子来说，最不幸的事情不在于是否单亲，而是得不到父母的爱。你感觉你的父母是否爱你呢？”

“是的，他们都很爱我，”女孩儿比较肯定地说。

“而对于一个孩子来说，能够感受到父母的爱，并且学会表达自己对他们的爱，这就是幸福，也是一个孩子应该学会的功课。”

“可是，他为什么要欺骗我们呢？”女孩儿还是想不通。

“你认定那就是欺骗吗？能不能换一种思路去想？”

“你该不会说是飞机误了航班吧！”女孩儿不满地说，“我发觉你在为我爸辩护！”

吕青萍笑着问女孩儿，“是吗？你这样认为？那你说说，我为什么要为他辩护呢？”

女中学生想了一下，然后说，“我知道，心理咨询师就是这样，总是劝人把事情往好处去想，不让人胡思乱想。”

“你说得很对，但只说对了一半。我们不单单是要往好处想，也要想到最糟的情形。更重要的是，我们要有面对最糟情形的勇气和思想准备。而且一件事情的发展与结果，并不是只有最好与最糟两种情况，更多是中间地带，不太好也没那么坏，真正最好与最坏往往是不存在的。”吕青萍停顿了一下，想看看女孩儿是否能够理解。

“你是说，就算他们离婚了也没什么可怕的？”小桦歪着头看着咨询师。吕青萍笑着提醒女孩儿，“我们今天主要是讨论你自己的事情。如果你父亲不会离开你，你就不会再担心什么，也就不会再吐了，是这样吗？”吕青萍给她的小求助者在这里埋下了一个暗示：父亲不离开，她就不吐了，她也不用“离开”。

“你真的可以确定我爸爸不会离开我们？”女孩儿充满期待地望着咨询师。

“如果你的问题解决了，他们的问题我可以帮助他们。记住，这是大人的事情，你是个孩子，做好你自己的事情就可以了，能理解吗？”

“好的，我记住了。”

临走的时候，祝小桦问吕青萍，那我下周还需要来吗？

吕青萍想了想，说，我会在电话中告诉你们。

吕青萍看见小桦一路蹦跳着下了楼，心里略感宽慰。

多么可爱的孩子啊！只是承担着不该由她来承担的东西。她想到自己的儿子，男孩儿就没有这么懂事，每天放下书包先跑出去玩上一阵，或者写完了作业就要求上一会儿网。一般来说，只要他完成作业，她也不干涉他出去打球或在家上网。见过许多出了问题的孩子，吕青萍实在不想对自己的孩子管束太多，还是让他们拥有一个尽可能快乐的学生时代吧！

39

祝自修发觉自己不知不觉间落入了沈媛温柔的情网。是的，他有一种被网住的感觉。像一条扔在甲板上的鱼大睁着渴望的眼睛，像一只被粘住的昆虫奋力摆动着所有细软的手足。

这可是比较麻烦的事情。

凭着他对女人的了解，他知道，沈媛这种女人就像天空中的飞鸟，而不是男人手中的风筝，他是无法把控她的，任何一个男人都对她无法把控。

但他自己，却有些把握不住自己了。

对于娱乐场所的逢场作戏，他并不会责怪自己。但是像这种婚外情缘，他还是心存顾虑。他告诉自己不能做得太过分，因为家庭与婚姻不应该受到影响。

他问自己，究竟迷恋沈媛什么呢？漂亮，风情，还是善解人意？当然都会有。但别的女人也会有。他深信沈媛身上还有一些别的女人所不具备的东西，或许那是一种神秘的气息，就像她香水的味道，独特，煽情，充满魅惑。

祝自修开始担心自己。担心自己被那张网所缠绕，担心自己被吞没，被那种巨大的力量吸进一个深不见底的黑洞。当他与沈媛缠绵时，她会用柔软的肢体牢牢锁住他，然后吞噬他，而他不仅无力挣脱，也不想挣脱；或者说，他的灵魂想要挣脱，而他的身体，他的本能与欲望，却成了她的同谋，一齐用力把他拉下深深的黑谷，让他在绝望中无限坠落。

他惧怕这种感觉。

他想到过就此打住，但那是头脑中的想法；他的心，他的魂，他的身体都不应允。工作很忙，应酬很多，有大量的问题需要思考。但是，他越是忙碌就越会想起她；他渴望她那弥漫着香艳与温馨的爱巢，她那松软的大床，她那充满诱惑的身体……有关沈媛的一切信息，好像被合成了一股蚀人魂魄的雾气，在他的身体与灵魂周围飘来荡去，无法散开。于是，他被这雾气裹挟，就像把自己泡进了一池氤氲的温水中。

但最近沈媛好像故意在折磨他。她跟他捉起了迷藏。他打电话约她，她说在外地，或者说有应酬，追问得紧了，她就会说，在母亲家陪老人。她有意在躲自己吗？祝自修心神不安，不知道接下来应该怎么办。在这方面他承认自己的笨拙，根本不是什么情场高手。或许，应该请教一下真正的高手。祝自修想到了老同学贺大刚。他也是沈媛的熟人。说不定还能从贺大老板的嘴里套出一些关于沈媛的信息。

祝自修打电话给老同学问能否小聚一下，贺大刚却告诉他，自己在外地。这个家伙居然还让他细听电话中传来的嘈杂之声，告诉他自己现在正在省城一条著名的“美女一条街”上，他说这里的美女都是正牌大学生，一个个水灵得皮肤表层都能渗出水来。贺老板在说到水的时候，故意儿化这个音，“水儿”，他说，我喜欢水儿多的女人。祝自修说了两句恭喜对方艳福齐天之类的话，就闷闷不乐地挂断了手机。心里暗想这个老色鬼，一把年纪了口味却越来越刁。

祝自修回想起大学时代，贺大刚是那种又矮又小其貌不扬的男生，夏天的时候穿着一双脏兮兮的拖鞋，一条满是油点子的肥大短裤，敲着饭盆行走在食堂与宿舍之间的那条路上。这家伙功课一般，也没什么女生缘，就是脑子灵活，人际交往方面很有一套，整天在各个宿舍间窜来窜去，跟谁都是哥们儿的样子。祝自修当初真的没怎么把他放在眼里，可是现在，说实话，自己对他确实又羡慕又有些嫉妒了。

老同学不在，沈美女也声称有事。祝自修感觉心里没有着落。只好回家了。但他却不是很想直接奔往家的方向。开着车在城市里转来转去,说实话并没有任何乐趣可言。现在每个城市都存在交通拥堵,许多人甚至患上了驾驶焦虑症。原本可以每小时上百公里时速的坐骑，却让它不得不以十分之一的速度笨牛般前行,还要走走停停,像一头真正的笨牛,真是考验开车人的耐心。性子急的人可能存在两种方向的改变，要么修炼得淡泊宁静,要么被逼疯。但祝自修就是宁愿冒着疯掉的危险,也不想直接打道回府。

祝自修发觉他把车莫名其妙地开到了沈媛所住的小区门口。自己怎么会来这里?看来是手和脚都不听大脑的指挥了,而且大脑也不听从他的指挥。他在心里大骂自己没出息,可是一边骂,一边踩着油门继续往沈媛的楼下行进。他对自己说,在她楼下绕上一圈就走。自己总不至于像个情圣一样站在心爱的姑娘的窗前,为她弹奏一曲情歌吧?

祝自修让自己的车缓缓前行。在接近沈媛那幢18号楼时,他发现楼前空地上停着一辆黑色大奔,车号看上去相当眼熟。那应该是贺大刚的车。他不是说自己在省城吗?

有那么一瞬间，祝自修感觉自己的脑子被锈住、停止运行了。但接下来又突然发力般高速转动起来。对啊!这片小区正是他开发的楼盘,江天丽景,怎么自己从前没有想到过这个问题?还有那一次酒宴,为什么贺大刚约了他,而沈媛也在场?他们之间究竟是什么关系?而自己又算什么角色呢?

祝自修突然有一种被欺骗的感觉。他的老同学，和他的情人,正在联手欺骗他。他很愤怒,甚至有些受伤;他冲动地想跑到楼上指责他们,然而,自己有这个权利吗?她是你的什么人?而贺呢?是不是送她房子的那个男人?太有可能了!因为这正是他建的房子,他自己的房子,爱送谁送谁,关你祝自修什么事?

他努力让自己冷静下来。冷静下来之后,他为自己刚才那种冲动的想法感到惭愧。或许一切都是他的想象,或许事情原本不是这个样子。不管事情的真相到底是什么,他现在最正确的选择是悄悄离开这个是非之地。他应该回家,回他自己的家。

祝自修脑子里一片混沌地驶离了这片令人失魂的小区——江天丽景。

40

祝自修推开家门,一缕温热的香气扑面而来。是久违了的家常肉汤的香味。

"爸爸,你回来了?"父亲意外地这么早回家,让小桦感到兴奋。"我妈做了排骨汤,放了香菇和胡萝卜,你可真是有口福啊!"

"算了吧!人家天天在外面有海参鲍鱼,回家喝碗汤只能说是换一下口味儿!"陶桦嘴上这样说,心里还是很愉悦,毕竟一家三口围在餐桌边,喝她亲手煲的肉汤,是一件让人备感幸福的事情。

看得出,母女二人心情都很好,女儿的胃口也恢复了,精神状态不错,她甚至自告奋勇要给老爸老妈讲一个冷笑话。她解释说,所谓冷笑话,就是听了之后怎么也笑不出来,不得不想办法把自己弄热,才能勉强挤出一点儿笑。小桦说,喝汤时最适合讲冷笑话,如果我讲完了你们也不想笑,就喝一大口汤吧!结果,笑话还没开讲,两个大人就被女儿这一番关于冷笑话的解说逗笑了。

饭后,陶桦在厨房里收拾餐具,小桦没有立即去自己房间写作业,而是陪着父亲坐在沙发上看电视。祝自修询问女儿近来的学习情况，小桦有些怨气地说，“你还记得我的事啊！前几天开家长会，你都没去！”“家长会不是一直由你妈去参加吗？”“那是从前，在初中，就在我妈的工作单位！拜托你记得，现在我上高中了！总是让我妈去的话，人家以为我没有爸爸呢！”

“瞧你这孩子，在说些什么啊！”陶桦从厨房出来，端来一盘切好的水果。“吃点水果，然后去写作业！”

小桦慢吞吞地剥着一瓣橙子，眼睛盯着电视屏幕，磨磨蹭蹭地不想离开。陶桦拿来一个小碟，每样水果装了几块递给女儿，催促着说，“别看电视了，快回屋去写作业！”小桦满心不情愿地去了。

夫妻二人坐在沙发上，两人都沉默着，学着女儿的样子盯着电视屏幕，却是各怀心事。

很久没有这样闲适地坐在一起了，陶桦很想跟丈夫聊点儿什么，但她脑子里乱乱的，心思也塞得满满的，理不出一个清晰的头绪。这段时间以来，她不允许自己去胡思乱想。机票事件也罢，偶尔不回家也罢，毕竟他是她的老公，不论在外面怎样忙，不论他回来多么晚，他终归是要回来的。这是他的家。她是他的老婆。

“我们需要婚姻吗？”——陶桦想起那次沙龙活动的讨论话题。她也问过自己，是否需要婚姻？答案是肯定的。她需要婚姻，确切地说，她需要这个男人跟她共同撑起的这个屋檐。她需要他。他们在那么年轻的时候就相遇了，他们相爱过，一起生活近二十年，而且，有了他们共同的生命延续，他们的女儿。作为女人，她做不到芦珊那么洒脱，她需要婚姻和家庭。既然这样，就不要把事情往坏的方面去揣度和推动。

想到这些，陶桦深深地呼出一口气。她在努力把那些不快与不安的念头吐出去。她试着询问丈夫公司里的事情。

“那个出车祸的副总，真的变成植物人了吗？”

“没有，前几天醒过来了。”

“没事儿了吗？什么时候可以出院？”

“出院可早着呢！”祝自修说，“我前两天去医院看过，医生说他脑伤较重，还需要进一步治疗。”

“你最近又抓销售又兼着生产这一摊儿，长期这样下去可不行！”陶桦关切地说，“依我看，你还是跟总公司领导请示一下，让他们尽快安排人手。我看还是管生产比较省心，不像搞销售那样还要低声下气地求人，要不干脆趁这个机会放掉销售这一块儿算了！”

陶桦说的这些，祝自修不是没有考虑过；其实他也有这个打算。他发觉自己做了两年销售，已经进入职业倦怠期，没有了任何激情。但在刚接手不久的生产领域，他好像找到了一些动力，尤其是去南方参观学习了一趟，他感觉自己身上又焕发了活力，他不信自己就比不过那位躺在医院的前任。

虽然他自己心中已有主张，但他不想让陶桦插手，尤其不想让她感觉是她的主意。所以，现在陶桦把他心中的想法说了出来，让他感觉有些扫兴，甚至有点沮丧。怎么她永远都是对的？在什么事情上她都是那么正确？

祝自修心中的烦闷没法说出来，也不想说出来。对妻子的一丝歉疚也被她的自作主张与自以为是冲淡了许多。不管怎样，家还是让人感觉安稳的，可靠的，温暖的，至少，它不会拒绝你；只要你愿意，你随时可以回来，并且，有肉汤在等待。

这天晚上，祝自修带着些许感动与补偿的心情，跟妻子陶桦过了一次夫妻生活。但做爱的程序还是原来那一套；不是他不想尝试新花样，而是在刚刚接触妻子身体的瞬间，便失去了创新的欲望。人是旧的，招式再新又能怎样？新瓶装旧酒永远是自欺欺人。

在终极释放那一刻，祝自修闭上眼睛，无比痛苦地想起了沈媛。她的娇喘，她的呻吟，她那自由绽放的身体，她那恣意飞翔的灵魂……哦，那个女人！她是他的烈酒，他的毒品，他永远也无法抵达的深渊！

这一晚，祝自修毅然决定离开！离开那个妖魔般的女人！

饮鸩止渴，可以休矣！

就让自己抛开这杯毒酒吧！

41

早上醒来，吕青萍回想着自己夜里的梦。她梦见了林子谦。这有些不同寻常。她还从来没有这样清晰地梦见过自己的任何一位来访者；当然，这可以解释为林子谦跟其他咨客不同，因为她是他的心理顾问，并且，他们有着比较深层的心灵交流。

她允许自己在床上继续躺两分钟。马上要起来给儿子做早饭了，但她需要在起床之前把梦境回忆一遍，否则一旦起来，就可能丢失一些梦中的细节。

她梦见跟林子谦坐在一间茶室里。面前却放着一个坛子，于是他们便讨论坛子里的内容，到底是茶还是酒。服务小姐走过来问，谁付账？她认为应该由自己来付，可是梦中没有来得及做这件事，场景就转换了。他们来到了一片树林里。好像是秋天的景色，地上铺着厚厚的落叶，大片大片的，黄绿参半的那种。树上仍然密密实实地结满同样的叶子。他们在地上坐下来，梦中她甚至能听见叶子在身下发出的喳喳声。他们拥抱在一起。她能感觉到彼此间的渴望。但他们并没有进一步的行为。接下来，她发觉变成自己一个人躺在那片铺满落叶的林中。她身边围绕着许多树，她的面孔朝向天空。天空被树的枝叶划分出许多细小的区域。梦中她想，怎么地上已经落了这么多叶子，树上还有那么多叶子在停留？于是她就用脚去踢身边的树，想让树上的叶子落下来，她希望看到它们从高空飘落，砸在她的身上。她清楚地记得，梦中她想到的词是“砸”。但她不记得究竟有没有叶子被踢落，梦就消失了。梦消失在黑夜里。

如何解释这样一个梦？

梦中与异性亲密相拥，未必就是性的意味。在给别人解梦时，她也会特别强调这一点。在她自己的这个梦中，她认为林子谦这个男人是她的异性子人格。梦中对他的渴望，其实是她渴望与自己的男性子人格相融。伟大的荣格告诉我们，每个人的生命中都存在一个原始意义上的异性的灵魂，它表现为我们身上的异性特质。荣格将男人身上的女性特质命名为阿尼玛，女人身上的男性特质为阿尼姆斯。理想的人格体系是双性人格，但不幸的是，人类因为不被允许太过完美，于是被分为两半，因为从此不再完整，所以我们需要用终生来相互寻觅。男人寻找自身所缺失的女性特质，比如温柔、优雅、细致、柔软、感性、与人为善；女人则寻找着强大、理性、控制、凌厉、行动力。如果我们自身能够慢慢发育出先天所缺失的异性特质，那么我们就会成为趋于完美的人。但是这不是一件容易做到的事情。最为省事、最为直接的做法是，在茫茫人海中寻找一个异性个体，通过与他/她发展亲密关系从而在象征的意义上实现人格的完整。于是，男人寻找女人，女人寻找男人，他们肌肤相亲，他们心身相合，这是一种外在的行为，也是一种内在需要的表达。所以，与异性的亲密行为与其说是性本能的驱动，不如说是对自我生命完善的渴望。

用这样的理论来解释梦中与林子谦的拥抱，使得吕青萍在某种程度上缓解了一些焦虑情绪，而且她认为这样的解释更接近事实真相。现实中她曾拒绝了他的邀请,但那不是她真实的意愿,于是梦成为一种补偿,让他们坐到了茶馆中。而且梦作为原始人的来信,更加清晰地向她呈现了潜意识的需要,让他们拥抱在一起了。只是,为什么最后还是留下她自己?她与异性人格的整合没有完成(没有进一步的亲密举动),她拼命踢落那些留在树上的叶子,又在提示什么呢?

来到工作室不多时,吕青萍接到了林子谦的电话。他说,因为有事,他今天不能来了。

是的,本来今天是他的日子,她记得的,所以在前一个夜里会梦见他。

然而,他今天不来了。

梦中那片林地间,只剩下了她自己。

这是她的梦。仅仅是她的梦。却在现实中被呼应了。是他感应了她,还是她的梦在感应着这个世界?

这一天出奇的安静。没有任何一个咨询者上门,甚至没有咨询的电话打进来。整整一天,她都是一个人,跟自己在一起。

这天晚上,她到网上呼唤另一个自己,网络深处那个不知名称不知性别的人,遥远的自己。

她把描述梦境的文字贴在对话栏里。她等待着他/她的回应。

夜里十点了。她要下线之前,回应来了。只一句话:

——踢落树叶,重复的强制性的自我分离。

42

转眼又到了周末,陶桦惊喜地发现,女儿小桦整整一周都没有呕吐,并且,胃口也在变好,几乎恢复到正常状态了。

陶桦打电话给小桦的心理医生，汇报了女儿的情况，并询问是否还需要去接受心理治疗？吕青萍说这次要母亲带孩子同来。

对于小桦的情况，吕青萍并没有盲目乐观。经验告诉她，这个孩子的问题出在她的家庭关系与家庭系统，关于这方面她并没有着手深入了解与调整，也就是说，这个女孩儿的家庭环境没有发生改变，那么女孩儿症状的消失未必会是一个稳定的状态。或许在治疗过程中触动了小求助者内心的某个情结，将其提到意识的层面并逐步化解，就像搬开了堵塞河道的一个石块，生命能量得以疏通与流动。然而，如果大环境即家庭系统没有发生变化，女孩儿作为整个系统的弱小环节，仍然可能成为家庭问题的承载。比如说，女孩儿的父亲。

上次来的时候，女孩儿说出了藏在内心的关于父亲的秘密，以及她的担心。担心父亲离开这个家庭，便用自己的症状来留住父亲，可能正是女孩儿问题的动力机制；另外，呕吐作为一种象征，吐出那些内心不希望存在的想法，吐出让自己困惑和痛苦的秘密，不吐不快，吐而后快，这也是一种自我心灵的保护。而当这一切用另外一种形式得以表达，比如向咨询师说出了自己的担忧，倾吐了关于父亲的那些秘事之后，小求助者潜意识中的负性能量得到了一种释放，她不需要用呕吐的方式来维持内心的平衡，所以症状就消失了，至少是暂时的消失。但是，真的就会风平浪静了吗？

需要进一步对这个家庭系统进行调整。然而，这一定会触及夫妻关系的问题，触及这个家庭的隐私，因此，吕青萍决定让女孩儿的母亲也跟着过来，把自己的一些想法跟她交流一下。

吕青萍跟祝小桦单独交流了十几分钟。

女孩儿果然神清气爽，兴致很高地告诉吕青萍说，她父亲最近经常下班后就回家，减少了在外面的应酬，“我也没有在他口袋里发现什么新的可疑迹象。”

这是吕青萍没有考虑到的情况：女孩儿父亲的行为与以往有些不同。看来，这也是促成女孩儿症状好转的重要原因。

“是不是你已经在帮助了他们？”小桦充满感激地望着咨询师，“不然的话，我爸怎么会突然变了呢？”

“不是我在帮助他们，而是你的变化”，吕青萍笑着对女孩儿说，“你的问题好了，你做回你自己，家长的心情就放松了。”

“真的吗？”小桦显然还有些不相信。

“如果你保持这种良好状态，我相信一切都会往好的方向发展。他们之间的关系我会帮助调整，作为孩子，你一定要记住，不要过多参与进去。大人的事情由他们处理。而且，我要提醒你，再也不要去查看父亲的手机或者翻他的口袋了。想一想，如果别人对你这样做，你会有什么感觉？”

小桦有点儿撒娇地说，“唔，那好吧，我向你保证，再也不这样做了。其实，我才懒得去管他呢！”说完自己笑了起来。

吕青萍对女孩儿说，“我相信你会做得很好。接下来我要跟你妈妈谈一些事情。不过你放心，我也向你保证，你的秘密我一定严守。”

面对女孩儿的母亲时，吕青萍采取比较直接的方式告诉对方，孩子的问题现在看起来是好了，但是不能保证不会复发，或者出现另外的问题。她从孩子的沙盘分析入手，旁敲侧击地提示她，孩子的问题似乎与他们夫妻间的情感状态有关。

在这个话题面前，陶桦沉默了。许久，她才慢慢地说，“谢谢你治好了我女儿。至于我们夫妻之间，我感觉没有什么大问题。”

这种情形吕青萍屡见不鲜了。许多家长带着他们的孩子前来咨询，他们把关注点投放到孩子身上，而不愿意承认自身问题的存在，不想承担心灵成长所付出的代价。这让吕青萍感到无奈。但心理咨询的原则是不求不助,如果对方没有做好改变的准备,没有足够的成长动机,心理咨询师也无法施手相助。

"如果你感觉不需要继续来到这里,我也不会勉强你。咱们还是再看看孩子的沙盘作品,"吕青萍打开电脑,找出小桦的沙盘照片。"我能否了解一下你们的家族,你的父母以及孩子父亲的父母?"她继续解释道,"我感觉有一种力量,似乎跟这个小木屋里面的人有关,你女儿告诉我,这个小木屋里有一个老奶奶。我想知道她可能会是孩子的什么人?"

"这对于小桦的问题很重要吗?"陶桦不解地问。

"或许吧,但现在只是猜测。"

"我的父母退休前都是教师,他们年近七旬,身体还算可以,由我弟弟一家照顾着。我们每个春节都回去看望他们。"

"孩子的爷爷奶奶呢?"吕青萍问。

"她爷爷在农村,几年前已经过世了。活着的时候来过几次,每次都住不上几天就回乡下去了。奶奶早就不在了,听她爸说,他很小的时候就没有了母亲。"

"很小的时候,是几岁?"

"我也不太清楚。每次我问起他奶奶的事情,他都含含糊糊地,不想多说。后来我就不问了。"

"你丈夫家中还有兄弟姐妹吗?"

"有一个哥哥一个姐姐。他跟他们也很少联系。我就知道这么多,其他的就不了解了。"

吕青萍送走了陶桦母女。但她心里并不踏实。女孩儿在沙盘上呈现的意象充满令人疑惑的谜团。灰蒙蒙的树林。林间那座破败的木屋。木屋里面目不清的老妇人。这或许不是一个十六岁女孩儿的内部世界。这一切不应该属于这个女孩儿的心灵历程。那么它们从哪里来?家族的集体潜意识?

吕青萍打开咨询日志。今天的记录完成之后，或许就可以结束这个个案了。女孩儿的呕吐症状消失了，并且不再表现出厌食倾向，应该说她比较成功地完成了这个个案的咨询。她应该感到轻松，但是没有，她丝毫没有轻松的感觉。她仍然很不安，或者说越发不安了。

43

祝自修停止了与沈媛的来往。他强令自己不再去想她，也不去想她跟贺大刚之间会有什么样的事情。他们的事跟自己又有什么关系呢？这期间，沈媛给他打过一次电话，约他私会，被他硬着心肠回绝了。他不允许自己再次回到她的床上，因为那里还残留着贺大刚或其他男人的气息，他不喜欢这种感觉。

但他的精神并未因此而有所振奋，相反，他感觉自己陷入了少有的沮丧之中。他对自己说，这与沈媛无关，而是工作上不顺心。他的愿望——也是妻子陶桦为他提出的设想——放掉公司的销售工作而成为主管生产的副总，并没有落成。总公司最近又从另外一个分公司调过来一个人，正式接替了出车祸躺在医院那人的位置，而祝自修又回归了自己的岗位，去抓产品销售。他有些气不顺，心里很烦。他甚至把这件事归罪于陶桦。都是她乱掺和，好像什么她都懂，结果变得事与愿违。冷静下来时，他也知道自己这样想，对妻子来说不公平，她并没有什么错，但问题恰恰出在这里；如果她真的说错做错了什么，他还可以把一肚子邪火发在她的身上，可是现在他没有理由冲她发火，只能把满腔怨气闷在心里。

这天晚上贺大刚又电话约他打牌。他立即答应了。为什么不呢？男人之间的交往与女人无关，他不能因小失大。女人如衣服，兄弟如手足，这是古训。

今晚的牌局比较纯粹，只有麻将和赌注，没有女人。这也正合祝自修此时的心境。头四圈下来，祝自修手气特好，做成了几副大牌。贺大刚调侃他说，是不是最近跟老婆关系不好了？赌场这般得意，一定是情场上出了毛病。

跟老婆的关系那还叫情场吗？——在座的男人纷纷笑问。

“你们不知道，祝总和夫人差不多算青梅竹马了！人家那是大学同学！”贺大刚对另外两位牌友说。大家都说难得难得。祝自修说，“我这是没出息，哪像贺大老板身边常换常新！”

“不是我换别人，是别人换我！”贺大刚笑嘻嘻地说，“女人都是受不了我，自己先跑了！”于是男人们又转向贺大刚，问他为什么这么厉害，到底都用什么招数对付女人。

“不是我对付她们，是她们自己忍受不住。”贺大刚说着，打出去一张五万，祝自修刚好在单钓五万。和了。

大家边洗牌，边追问贺大刚，怎么就让女人忍受不住了。祝自修说，贺大老板天天当新郎，你们自己是女人的话，能够忍受得了？贺大刚依旧笑而不语。

祝自修突然发觉自己从来没有像现在这样讨厌贺大刚这张嘴脸。包括他那皮笑肉不笑的神情，显得那么无耻。他一边摸牌，一边想象着贺大刚跟沈媛在一起的样子。他们在一起到底怎么玩？他会把她怎么样呢？祝自修想象不出来，但他心里清楚，像贺大刚这种把女人都玩腻了的家伙，肯定干不出什么好事儿来。

祝自修控制不住地去想象贺大刚跟沈媛在床上的情形。这种想象令他痛苦万分。结果就是连出错牌，很快把庄家点着了。

接下来的情势越发糟糕，祝自修的牌技大失水准，成为全场命中率最高的炮手。于是又成为大家调笑的对象。贺大刚竟然火上浇油地说，“看来下次打牌得让大家带着女人来！要伸手就能摸得到才行。要是摸不到，只能心里想着，恐怕连牌也打不好了。”

祝自修突然有一种失控感。他腾地起身，差点儿就要出手打人了。好在在站起来的一瞬间他意识到了自己的失控，也就立即遏止了任何可能的行为，顺势装作迫于膀胱的压力，直奔卫生间而去。

面对着镜子洗手的时候，他看着自己的脸。自己的模样怎么看都比贺大刚强多了，他凭什么左拥右抱有着那么多女人，还不肯放过一个沈媛呢？没错，他有钱，他有那么多房子可以随意送人，沈媛的房子肯定就是他送的。难道这就是他霸占沈媛的理由吗？不行，我一定要把美人夺回来！你用房子和钱不是吗？或许女人喜欢的并不完全就是这些。不信吗？那就试一试！看谁笑到最后！

祝自修立即掏出手机，在洗手间里给他心爱的女人发了一条短信息：如果我给你另租一套房子，你会搬出来吗？

发完信息后，祝自修感觉心情舒畅多了，但同时又升起了隐隐的期待。此时已经午夜一点，沈媛应该早就进入梦乡。他不指望她立即回复；他只想表明自己的姿态，捍卫自己雄性动物的权利。

从洗手间回来后，轮到祝自修坐庄，他居然接连和牌。码牌的时候，短信提示音响了。他急切地翻看，只有三个字：我想你。

祝自修心里得意地笑了。

44

吕青萍这次真的生气了，几乎跟丈夫老刘吵了起来。

为了一个求助者跟丈夫动气，这在吕青萍还是头一次。

那个男人在面询之前打过三次电话，吕青萍没有察觉出有什么不对劲。或许是他一口标准的普通话，以及像受过专业训练一样深厚的发音,让她没有往那个方面多想。他在电话中说,自己是个警察,工作五六年了,工作压力太大,想来找人倾诉一下。吕青萍完全相信了。这也是老刘对她发火的原因之一。

“你太容易相信别人！”吵架时,老刘说,“分不清好人和坏人,你这个咨询师是怎么当的？”

“没有好人坏人!”吕青萍争辩道,“在我们眼中,只有健康与不健康的人！”

其实,那个人也真的不是坏人,只是个病人而已,而且,也没有骗她,他确实是个警察。

吕青萍回想着自己在接听电话过程中是否存在失察。他第一次打电话,只是询问了她的咨询范围,以及收费标准,这很正常,跟其他正常的求助者没什么不同;第二次,他上来就问她的工作地点,并表示立即就要过来,吕青萍记得当天她已有预约,没有时间安排给他了。他好像有些不满,但还是很客气地说,那我再找您。这,好像也没什么问题。然后就是第三次了,他反复说自己是个警察,工作压力太大了,吕青萍就为他安排了时间。

但见面不到五分钟,吕青萍就知道糟了,她遇上了麻烦。

来人是个三十出头的小伙子,长相挺斯文,上身穿深蓝色夹克衫,下身着牛仔裤,看上去干净利落。刚打照面时,吕青萍还想,是位便衣警察吧。

坐下后，小伙子先是四顾打量一番，然后掏出自己的警官证,黑色的小本儿,吕青萍从朋友那里见过这种样子。她并没有查看他的证件,只是问他,需要什么样的帮助,并用纸杯给他倒了一杯水。

“对不起,我不能喝!”警察开口了,还是那口标准的普通话,字正腔圆地说,“在来找您之前,我在网上查过您的资料。我知道您不仅是位心理咨询师,还是专栏作家,经常在报纸上写心理文章。所以,我找您,就是想告诉您,我遇到了特别可怕的事情!您能想象出来吗?”

吕青萍有点好奇,一位警察,遇上了特别可怕的事情,会是什么呢?是什么事情把年轻的警察都吓着了呢?

“您能够相信,在我车里有什么东西吗?”小伙子紧紧盯住吕青萍,他的目光有一种说不出来的执著。但这时吕青萍还没有往那个方面去想。她猜测,在警察车里,最可怕的东西会是什么……难道,会是残肢断臂,或者是报复者的炸弹?

“您也猜不出来吧?我就知道没有人会相信,我的车里,被他们安上了窃听器!而且,我的手机也被他们监听了!我每天做的任何一件事,包括我中午吃的什么饭,我喝什么牌子的矿泉水,都在他们的监视之下!”

吕青萍在心底长长叹了一口气。完了!被害妄想。精神分裂症患者。一个不正常的人。

精神类疾病患者,已经不是心理咨询服务的对象。因为这些人的问题单纯用心理学的模式已经力度不够,需要用医学模式去治疗,也就是说,他们应该去医院或精神卫生中心。但问题是,精神分裂症患者大多缺乏自知力,他们不承认自己有病,谁说他有病,他就会跟谁急。

吕青萍判断着面前这个人是否会给自己带来危险。已经有同行因为接诊了精神病患者而遭到伤害,甚至失去了生命,网络上早有披露。她清楚,心理咨询行业存在一定的风险,而这种风险其中一部分就是来自于精神疾病患者。

吕青萍想,首先应该让自己的情绪平静下来。因为哪怕一丝慌乱都可能会被病人接收并且放大,更可能把不安的情绪传递给病人。

她试着用平静的语气询问道，“在来我这里之前，你还找过别的心理工作者吗？”

“找过。一个男医生不相信我说的是真的，他让我找到证据。可是，现在科技这么发达，我个人的力量怎么可能找到证据呢？国家机器太强大了，谁也别想去碰，一碰就得头破血流！”

吕青萍明白，这样的病人，如果不想激惹他，就不能说他有病。精神分裂症病人应该交给精神科医生，但问题是，谁领他去？

“你的父母知道你的遭遇吗？”吕青萍试着问，“你介意与否把你家电话号码告诉我？让我跟他们商量一下怎样保护你？”

青年人立即神情紧张起来，“不行啊吕老师，我不能告诉您！”他一脸真诚地说，“如果你跟他们通了电话，您的手机也将被他们监听，我不能连累您！我家的电话我都不让我父母用了！”

吕青萍想用这种方式跟他的家人取得联系，建议他们带他去医院治疗。她遇到过对精神分裂症一无所知的家属。有一次，一位父亲带着他二十岁的女儿前来咨询，女孩儿说她的大脑里装有国防部的机密资料，而她的父亲居然也不确定地问，是不是我女儿有特异功能啊？

吕青萍不知道这位警察（他说自己现在在休假中，已经两个月没上班了）的父母是否清楚自己儿子的病情。可是，她又问不出他们的联系方式，她现在所能做的，就是想办法把他劝走。

在接下去的半个小时里，小伙子滔滔不绝地控诉着命运对他的不公。他说，我只不过是一个小小的基层警察，我招谁惹谁了？我现在连最基本的人身权利都已经丧失了。我像被人放置在一个透明玻璃罩里，然后被抬到山顶上。所有的人都能看到我，我的一举一动都在被人监视着，我吃饭，我穿衣服，我上厕所，我说的所有的话，他们都知道得一清二楚。我都三十多了，可是不敢交女朋友。我得为对方负责吧！如果我们在一起，连接吻都被人监视，你说对人家女孩儿会有多么大的伤害！

吕青萍很认真地听着。她不是故作的认真，对精神分裂症患者她一直心存同情。她知道，他们的病，是为了逃避现实的世界，从而生活在自己建构的理想国中，就像孩子躲进由冰糖搭建的童话小屋。当然，他们的理想国未必像童话那么美好，但是，那是他所需要的。就像这个年轻的警察，如果他被某种神秘的国家机构所监控，如果他的手机被安装了窃听器，他的一举一动都有人关注，则足以显示出他身份的重要。试想，一个普通的派出所民警，如果能像 007 一样被追捧，甚至是被追杀，不刚好可以满足他内心的英雄情结吗？如果现实生活不能实现他的英雄之梦，他就要自己找到一个梦境，钻进去，并且对梦中发生的一切深信不疑。

吕青萍确信，这样的人是不会伤害她的。她已经不再为自己的安全担心，而是为这个年轻人惋惜。但她确实帮不上他。

一个小时过去了，吕青萍故意做出看表的样子。小伙子果然很敏感，说，是不是我的时间已经到了？吕青萍说是的，很抱歉，你的问题不是我的能力所及，我真的帮不上你，所以，你不用交费了。

“你认为我的问题很严重吗？”小伙子直视着吕青萍，目光中带着偏执，“你也说我有病？”

空气中飘浮着某种不安。

吕青萍沉思了一下，然后肯定地说，“我同意你的说法，我也认为，命运对你不够公平。”

“谢谢你理解我！”小伙子站起身准备离开了。他坚持要付费，吕青萍再次表示不收费，她说，我真的没能为你做什么，我也很无奈。

年轻人走到门口时，跟她握手道别；他握手的动作充满力度与真诚，吕青萍感受到了这种真诚，决定再试一下。她说，“你真的不想告诉我你住在哪里吗？或者，告诉我你家的电话？”

小伙子干脆利落地回绝了。他说，不行，我不能连累您。如果有什么新情况出现，我会再来找您的！

送走了生病的警察，吕青萍在工作室静坐了一会儿，才慢慢缓过神。

回想刚才那一幕，似乎有惊无险，或者说，存在某种危险。其实，危险总是隐隐存在的，危险不仅仅来自于精神病人，还有另外一些情形。她记得有一次，一个男性求助者，在她的工作室突然跪了下来，在地板上爬来爬去，还请求她拿棍子抽打他。她当然不会由着他，也知道他的行为是由于性心理问题所致，但一个大男人突然像狗一样趴在你面前，还是会给人一种怪怪的感觉。但那件事情她一直没有跟丈夫说，她知道他会担心，所以不想告诉他。

但警察的故事她还是对老刘讲了。她觉得这是一个可以讲的故事。然而老刘的反应让她既失望，又愤怒。

吕青萍也知道老刘确实是担心她，关心她，但在担心与关心的背后，还有一些别的东西存在。

“你以为自己有多么伟大，多么了不起是吗？”老刘的语气带有不加掩饰的嘲讽，“别总把自己想象成救世主！心理咨询师凭三寸不烂之舌就能包打天下？如果精神病人你们都能治好，还要医院和医生干什么？”

“我什么时候说过可以治疗精神病人？这次只是一个意外而已！”吕青萍也很生气。

“你要不是摆出一副万能的样子，他会去找上门？”老刘继续冷嘲热讽地说，“你不是可以帮助所有的人解决所有的问题吗？

怎么这次失手了呢？”

吕青萍明白，所有的嘲讽最后都指向一点：她的职业。老刘不希望自己的老婆是一个心理咨询师。

45

与沈媛的关系仅仅中断了半个月，祝自修再次回到了美女的怀抱。

沈媛并没有让祝自修为她租房子，当然他们的幽会之所也不在贺大刚的楼盘江天丽景。沈媛把祝自修约到了另外一个地方，一个普通小区的两居室。沈媛告诉他，这是她自己的房子，是她十年前那场短暂的婚姻留下来的一段记忆。

祝自修不会愚蠢到去计较她十年前的婚姻。只要不在贺大刚的地盘上，他心里就舒服多了。

这一次，沈媛终于把祝自修一直想知道的真相说了出来。

原来，早在五年前贺大刚就认识了沈媛，并且凭着自己在本市房地产业的名气拥有了这个美人。他们的关系一直保持了两年，因为贺老板总是新欢不断，对沈媛渐渐地也不太上心，但沈媛也不同于一般的女人，她的关系网中有地位有名气的男性不在少数，贺大刚是个聪明的商人，知道不能得罪这个女人，于是在自己的新楼盘中选了一套房子送给了沈媛。但两人并未就此彻底两清，仍然偶有往来。大约一年前，沈媛偶尔从贺大刚那里得知，总公司旗下照明分公司的祝总跟贺是老同学。她说，她对祝总早有好感，每次总公司开会，她都会格外关注他。现在知道他跟贺大刚是大学时的同窗，就更想认识一下，于是找了个理由从贺那里要到了祝自修的电话号码。

得知沈美人对自己早有好感，祝自修内心有些得意扬扬。看吧，你贺大老板送房子也不能笼住女人的心，她钟情的还是我！得意的同时，祝自修也在想，难道这个女人真的只是欣赏我这个人？话说回来，作为男人，被一个女人这样欣赏了，总得给人家一些回报吧！除了在床上好好疼她，恐怕还需要一些物质的东西；即使不能跟贺大刚相比，总不能一点儿也不表示吧！可是，拿什么去表示呢？

祝自修有些犯难了。家里有个财务专业人员，所以家庭财政完全由陶桦一手把控，包括他的工资卡。他不是那种没有原则的人，一直坚守着一些基本的规则，所以在经济上没有出过什么问题。偶尔的一些灰色收入都是在空隙地带，与法规打着擦边球，这样的做法不会出什么问题，但也没有太多油水。应该说，他还是一个自律的人。

让我拿什么奉献给你，我的美人？祝自修此时才深深感到一个男人应该当更大的官儿，或者赚更多的钱。不为别的，就为了心爱的女人。

“你跟我在一起，需要我为你做些什么呢？”在激情的间歇，两人相拥而卧、耳鬓厮磨时，祝自修小心翼翼地触碰着这个话题。

“做爱！”沈媛无比妖媚地说，“我要的就是你这个人！”

46

吕青萍觉察到自己近来的状态不是很好，心理能量在流动过程中被卡在了什么地方。就是这样奇怪，当她自身状态不好的时候，她的求助者就会减少，仿佛是一种感应，她的心理世界通过一种神奇的介质与求助者发生联结。

她决定这个周日跟朋友们去爬山。

她有一帮爱好户外运动的朋友，大家经常利用假日到郊外活动，还成立了一个“走路者协会”，简称走协。走协成员多为中年女性，曾经在一个“三八节”举着倡导“慢生活”的小彩旗，沿着海岸线徒步行走二十公里，引得路人侧目观望。她喜欢走协的伙伴们，但因为假日里前来寻求心理帮助的人往往更多，所以她与“走协”的联系不太紧密，只是偶尔去参加一下。

吕青萍儿时生活在内陆平原地区，所以一直向往着山与海。后来才知道，山与海分别象征父亲与母亲。这座海滨城市满足了她的向往。她生活在海水的半包围间，并且，透过住宅的玻璃凭窗远眺，就可以看见山的轮廓。在天气晴朗的日子，空气变得非常透明，她经常站在窗前望着远方的山峦，连成一条曲线的山脊在蓝天下蜿蜒起伏，如墨如黛，庄严而神秘。这种时候她就想象自己是一个长腿巨人，正在远方的山岭间大步跨越，从一个山峰迈向另一个山峰。

自恋。自我中心。自我膨胀。每当把自己想象成巨人时，她就会这样暗暗自嘲。

但是，当她真的跟伙伴们沿着山脊脚踏实地的一步步前行时，她会感受到一种踏实与笃定，就像儿时骑在父亲的肩头，有一点点险峻，但内心却是安全的，开心的。她的父亲已经不在了，所以她更渴望与山的联结。每次走在山岩之间，她会给自己一点儿时间与父亲在一起。厚重的山石，山上的泥土，花草树木，林间的风，都是父亲的信息；父亲在这里，跟他的女儿在一起。

人间四月。山的绿意还不是那么凝重。山坳间偶尔会有一两株野生的樱花静静地开放，远远望去，像一抹淡粉色的云雾。林中的空气温润而清香，吕青萍让自己大张着嘴巴，尽可能多地吸入负氧离子，她觉得吸进去的不是氧气，而是生命的能量。

走协的伙伴们走累了，坐在山坡上野餐。超市的食品平日里让人没有胃口，现在坐在半山腰，伴着春日的和风，吃起来却格外香甜。大家吃喝完毕，舍不得山坡上的阳光，不想挪动身体，又在铺开的苏格兰风格的毯子上打起了扑克牌。吕青萍不想参加战斗，就一个人悄悄走开了。

这片山坡生长的是松林。清明刚过，又是一场春雨之后，松树的树干呈现着湿润的黑色，而松针正焕发着新绿，一个人走在静静的树林间，这种感觉又寂寞又美好。

吕青萍不知不觉走到了山的西南坡。透过树的缝隙，她看到不远处有一些缤纷的色彩在枝叶间闪烁。她怔了一下，马上明白过来前面是什么地方了。那应该是一片墓地，安息着一些宁静的故人。

她并不害怕。死亡总是与灵魂挨得很近。她崇敬所有的灵魂。

慢慢走近，看得更加清晰了。有十几处耸起的土堆。有石碑。以及石牌上的文字。那是亡灵的居所。想一想就令人温暖。他们躺在这片向阳的山坡，枕着温暖的山石，听着山间的松涛阵阵，有大把的时间追忆往昔的岁月……她再次体会着刚才的感觉，又寂寞又美好。难道，这是自己与亡灵的共情？还是一种神秘的联结？

走协的伙伴们在远处开心地享受着游戏，故去的陌生人在这里与泥土和山岩共眠。人间的喧嚣与灵魂世界的寂静同时呈现在她的世界。吕青萍闭上眼睛，靠着一棵树。她让自己细细体会当下的感觉。她看见了父亲，正站在她的身后，温和而有力的大手轻轻放在她的肩头。父亲对她说，女儿，好好地生活吧，我会给你力量。她发现父亲的背后站立着她的祖父祖母，他们通过父亲的肩膀在给她力量。然后，她的所有长辈，她的祖先，一层接一层，像一个渐渐扩大的扇面，在她背后打开，他们把来自远古的力量传递给她，她感觉到了轻松，感觉到了温暖，以及生命力的流动……她流泪了。她的泪水像一条温热的小溪，在面颊上欢快地流淌。她感觉体内的血脉就在那一刻被打通。她想行走，可以走得很远；她想飞翔，可以飞得很高。但她没有动。只是默默地立在那棵树下，让泪水落到树根部的沙土里。她轻轻地对着苍山说，谢谢你，我的父亲。

这天下山后，吕青萍接到了林子谦的电话。他说自己出差回来了，明天想去找她。

47

欧罗巴西餐厅位于这座城市的西部边缘，开在一条比较僻静的街边。据说这里的比萨很好吃，而且咖啡也比较醇正。陶桦是被芦珊带来的，她自己平时很少玩这种小资情调。芦珊最近心情很好，她仍然去参加那个时尚女子俱乐部，而且又开始学习瑜伽了。

因为没有太多的比较，陶桦也没有感觉这里的比萨到底好在哪里；至于咖啡，确实比在家里冲泡的那种速溶的要香浓许多，可是她的喝法还是又加奶又加方糖，结果被女友笑为老土。

芦珊告诉陶桦，女子沙龙又要搞活动了，这次特别有创意，是另类诗歌朗诵。“怎么个另类法？你猜猜看！”芦珊卖了个关子。陶桦说肯定是朗诵那些比较奇怪的诗，八十年代叫朦胧诗，现在倒是不朦胧了，却又变成了特别白的大白话。芦珊说，行啊，连这种文坛最新动向你都了解。陶桦说哪里啊，她也是听小桦说的。她说，就是那种“某某某，你妈喊你回家吃饭！”或者“床前明月光，我爸是李刚。”芦珊笑得快岔了气，说，这是哪儿跟哪儿啊！

笑够了，芦珊告诉陶桦，另类诗歌朗诵，另类的不是诗歌，而是朗诵。要求每个参与者届时要穿着奇怪的衣服或配饰，这还不算，还要根据每人所选诗歌的不同内容而选择不同的朗读姿势，比如，可以站着朗读，可以坐着朗读，甚至躺着朗读；还可能需要有人蹲着，或钻到桌子底下朗读。“如果确实需要的话，”芦珊笑嘻嘻地说，“可能还会出现裸体读诗。”

陶桦一脸惊讶地望着女友，她无法想象一群中年女人光着身子，以各种姿势分布在灯光朦胧的房间，她们是在开诗会，还是要干什么啊！

“怎么样？你去不去参加？”芦珊兴致勃勃地问陶桦。

“我看，我还是算了吧！我的身材不行，不敢裸。”陶桦说，“如果有你这样的身材我还可以考虑一下。对了，你准备的是什么诗啊？打算用什么姿势去另类一下？”

“我想选一首海子的诗，”担心女友不太了解，芦珊解释说，“就是二十五岁就自杀的那个诗人海子。他是卧轨自杀的，所以我的创意是放两条平行的纱巾象征铁轨，然后自己趴在上面朗读他的面朝大海，春暖花开。”

陶桦听得头皮发麻，她说你不能换一个活着的诗人吗？

“活着的诗人，他的诗就死去了。”芦珊一脸庄严地说，“海子没有死，他的灵魂是鲜活的。两条铁轨永远不会相交，才可能一直延伸。就像男人和女人，一旦相交，便成为纠结了。”

“那么你的意思是，你不想进入下一次婚姻了？”陶桦有点担忧地问。

“不知道以后会怎么想。但现在我不需要。”

“就这样一个人过？也不找个陪伴？”

“如果有另一条铁轨，跟我平行，这也是一种陪伴。”

陶桦一时无语，便起身去洗手间。

她们的座位靠近门口，通往洗手间的路就显得比较漫长。在相隔七八个半隔离式卡座的位置上,坐着她的丈夫祝自修,以及他的情人沈媛。

祝自修和沈媛比她们早来了这里,两人此时已用完牛排,正在喝甜品。他们的身边萦绕着淡淡的烟草香，是沈媛制造出来的。当陶桦经过他们的时候,沈媛的姿势是左手小臂支放在餐桌上,指间优雅地夹着一支细长的韩国女士烟,右手放在桌面,确切地说,放在桌面男人的手掌中。两人公然在桌面手搭着手,双目对视，温情款款地细语着，仿佛整个世界只为他们二人而存在。

这是陶桦不经意间看到的场景。她差点儿错过了,只是凭一种直觉,一种熟悉的气息,令她偶然侧目一瞥;只这一瞥,她就愣在那里了,半天回不过神。

同样发愣的还有祝自修。与美女在一起的日子让他陡生英雄胆,早已忘记了危险的存在。他以为平时的周末午后,老婆总是待在家里的,怎么可能跑到餐厅来,而且还是西餐厅?

危险的突然来临,让两人都有些不知所措。一触即发的战事最终因陶桦的转身离去而得以平息。当然,是暂时的平息。

陶桦忘记了洗手间的事,调头回到自己的座位,拿起随身的手袋,急促地对女友说,“咱们走吧!”然后头也不回地离开了欧罗巴西餐厅。

她再也不想到这里来了。

这天晚上,祝自修没有回家过夜,甚至连一个电话也没有打来。难道他什么都不想解释吗?不做任何解释,本身就是一种解释。陶桦心沉似水,胸口闷得生疼。但她也不想打给他,她不想开口说话。

她把这种情绪带回了家,女儿小桦感受到了。她什么也不想说,女儿也什么都不问。母女二人默默地吃了晚饭,小桦就回自己房间了。

陶桦在床上静静地躺着,绝望地等待着睡眠的来临。

48

相隔近一个月后再次见到林子谦,吕青萍感觉有一种说不出来的亲切,甚至亲近。只是,她发觉林子谦的精神状态看上去不是很好。

“我最近失眠的症状有所缓解,躺在床上一般不会超过一个小时就能入睡。但是,让我苦恼的是,我几乎没有梦了!也不是完全没有,只是梦境变得支离破碎,还不仅如此,甚至每个碎片也是模糊的,我无法讲出任何一个梦中的情景,因为醒来之后它们就消失了。”林子谦停顿了一下,望着吕青萍,换成轻松的语气说,“泰戈尔的诗不是说,天空中没有留下鸟的痕迹,但我已飞过——大概是这个意思吧?我改编一下啊,睡眠中没有留下梦的痕迹,但我已梦过。”

“记得住或记不住梦境,对你来说有什么不同吗?”吕青萍问。

“这个问题我事先思考过的,我说一下你看看对不对啊。”林子谦很有兴致地说,“我以前的梦经常是清晰的,早上醒来可以在大脑中重新播放一遍,有些梦甚至过去了很久还记得住。记得住的梦就可以拿出来讲给你听,让你帮我分析。可是,有些梦的分析触动了我的潜意识,用你的话说,扰动了我。扰动这个词太贴切了!让我想起讲给你的第一个梦,那个关于山洞的梦,那里面的怪兽就是被扰动了。所以,潜意识告诉我,把梦讲出来是有一定风险的,这风险就是直面自我的阴影,你们叫做人格阴影对吧?于是我出现了失眠症状,后来你告诉我,可以安心做梦,答应我不再把它们拿出来分析了，于是，我相信你，所以睡眠出现了改善，可是我的潜意识并没有完全相信你，应该说是半信半疑，所以我可以进入睡眠，但梦却变得零乱，是它们故意零乱的，就是为了不让我记住它们，你看我分析得有没有道理？”

“我认为，你可以成为半个心理学家了！而且，还是多半个！”吕青萍由衷地赞叹说，“无论是自我觉知的能力，还是有关心理学理论，包括你的直感和悟性，你都可以成为出色的心理工作者。”

“因为是你的学生嘛！”林子谦意气焕然地说，“说不定有一天，我也去考个咨询师证，然后给你打工啊！”

“可是我感觉你的状态，好像不仅仅因为做不成完整的梦，”吕青萍采用一致性的表达方式，“今天见到你，我感觉你或许还存在其他的困惑，要比梦的问题重要得多。不知道是不是我感觉错了。”

林子谦沉默了，脸色也变得阴沉下来。

吕青萍想起前不久自己的那个梦。她跟面前的男人在一片落叶飘零的树林里相拥，他却忽然间不见了。难道这样的梦预示着，在这个相互间的心灵成长过程中，他会因为某种原因而提前撤离？

“你不想说出来的原因，是不是怕伤害到我，伤及我的职业自尊心？”吕青萍试着询问道，“或者，你感觉我们几个月来的工作对你帮助并不大？我希望听到你内心的想法，然后我们一起来面对。”

“不是！不是你想的这样。”林子谦看着吕青萍，“而是我自己的问题。我一直担心的问题终于出现了。”

“可以告诉我，是什么样的问题吗？”吕青萍小心地问。

“我上个周末回家，跟她在一起时，发现我那方面……好像不行了……”林子谦低着头，小声地回答。

……

49

香烟的气味成为一种巫术，整天萦绕着陶桦。

白天，只要静下来时，她的脑子里就会浮现出欧罗巴西餐厅的那一幕，那个女人长成什么样子她并没有看清，但她的手臂支在桌上、夹着香烟的动作却是那么清晰。所以，烟与女人，在陶桦的大脑中形成一种可怕的链接。烟味无所不在。在单位，她看见校长在吸烟，立即感觉整个校园的上空都被烟雾弥漫住；在街头，只要看见吸烟的人，甚至看见禁止吸烟的标识牌，她也会联想到烟，并且接下去联想到那个女人。回到家中，应该是安全的了，因为祝自修并不吸烟，家中没有烟民，也没有烟这种东西，但是陶桦仍然会感觉到烟的气味，像不散的阴魂，悄悄地隐藏在任何一个角落，客厅，卧室，卫生间，甚至，女儿小桦的房间……她甚至问过女儿，你是不是偷偷去过什么地方？比如网吧，或那种乌七八糟的电影放映厅？是不是把那里面的烟味带回家来了？这样的问话让小桦沉默以对；女孩儿冷冷地望着母亲，眼中流露出不满，恨意，以及怜悯。问得急了，小桦就不耐烦地回一句，神经病！

我不会真的成了神经病吧？陶桦对自己说，这是不是一种妄想狂啊？

欧罗巴巧遇的第二天，祝自修还是回家了，他不想做得太过分。他当时有些慌乱，如果陶桦当场发难，他说不定现场就招供了。但由于事发突然，他还没有做出任何反应，陶桦就先跑了。这样最好，他想，可以有时间想好对策。但对策不那么容易想出来，他在沈媛的香巢想了一夜，也没想好应该怎么说。他不是那种说起谎来脸不红心不跳的人，他认为自己在本质上是个诚实的人，如果他把一切都推得干干净净，会感觉自己对不住所有的人，对不住老婆，对不起自己，更对不住沈媛对他的一片情意。可是，他能够实话实说吗？当然不能，也不妥当。所以他对陶桦一直保持沉默。

沉默是一种隐瞒，但不构成欺骗。但沉默有时会成为明显的回避，更让人蹿火。这天晚上，回到家中，面对陶桦的质问，他的沉默之术就不管用了。

"你难道不需要解释一下吗？"陶桦坐在客厅的沙发上，双臂抱在胸前，盯着自己的老公，压着火问道。

"你想听到什么样的解释？"祝自修暗暗告诫自己一定要冷静。

"我只想知道事实。"

"事实就是你看到的那样，我跟一个女同事在吃饭，"说到女同事几个字，祝自修轻轻瞄了一眼女儿的房间，还好，门是关上的。

"你们是什么关系？你就不想多说几句吗？"

"我说了你会相信吗？或许你早已经形成了自己的想法，早给我们的关系下了定论，只等着我去应和你。"祝自修感觉自己这几句话说得很有水平。

"那你说说看，我的定论是什么？"陶桦不依不饶。

"你不觉得很无聊吗？"祝自修决定平息战事，对他有利的是，对方并没有过硬的证据，所以闹不出太大的动静。这都什么年月了，跟一个女人吃顿饭有什么大不了的？

"如果你能回答出两个问题，那就算我无聊。一、你们吃饭，为什么会在桌子上手拉着手？二、你昨天晚上睡在了哪里？"

祝自修忘记了，或者说根本不知道陶桦看见了他们的一个可疑行为：两个人的手在桌面上的重叠。这确实不太好解释。至于昨天晚上的行踪，也不是那么容易解释，如果想做一个诚实的人的话。祝自修暗中盘算了一下，决定高悬免战牌。他再次动用了杀手锏，老套路，保持沉默。

祝自修真的很想逃离这个空间，但他同时也清楚，如果自己在这种时候选择离家，后果会相当严重。他还不想承受这严重的后果，不想就此让这个家分崩离析。于是他选择了书房。他躲了进去，并关上了房门。

留下陶桦一个人在客厅里。所有的房门都对着客厅，但它们一扇一扇都处于关闭状态。女儿的房间，书房，餐厅……只有夫妻主卧的门敞开着，从客厅沙发的位置可以望见里面的双人大床；在这张两个人的大床上，昨夜，她一个人空守，今晚，还将是这种格局……难道说，这就是她下半辈子的境况？

陶桦似乎又嗅到了烟草呛人的气味。

50

下午这个求助的男人迟到了半个小时。这在吕青萍的意料之中。因为昨天电话预约时，他就吞吞吐吐地不肯讲自己是什么方面的问题，而是反复询问心理诊所会不会有很多人。吕青萍跟他解释说个体心理咨询是一对一的方式，而且有保密原则，重复了两三次，他才说好今天下午过来。

迟到的行为有着心理学含义。不愿面对自己的问题，不敢暴露自身的隐私，对于成长之痛的逃避，对咨询师不够信任，或对自己不信任，等等。这是很常见的现象。

今天这个迟到的男性求助者自称三十六岁，自己经营一个小企业，结婚八年，有一个六岁的儿子。他支支吾吾了半天，才说出了自己的问题。他问咨询师，我是不是心理变态？

他说这是最近两年的事情。他们的夫妻生活必须借助于想象才能完成，而且是想象老婆跟别的男人在一起，这样的画面可以给他刺激，并产生冲动；如果不这样做，不去想象，他就无法提起兴致。

吕青萍询问他们的婚姻生活中是否发生过什么特别的事情？求助的男人说，他与他老婆都有过出轨的行为，先前是他，跟手下的一个小姑娘有过关系，被老婆发现后，把小姑娘赶出了公司，后来他又跟一个哥们儿的妹妹好上了，两人纠缠过一段时间，还差点儿因此而离婚。他说老婆是那种很能干的女人，在他的小公司里掌管财务，他有些离不开她，所以就跟哥们儿的妹妹藕断丝连。他说他老婆的出轨完全是为了报复他。她也在公司里找了一个长相很帅的年轻小伙子，甚至不怕被他知道。有一次，他把他们堵在了宾馆里。他说，就是那一次，他突然发现，自己对老婆产生了久违的欲望。他当时让那个小伙子跪在宾馆的床边，而他的老婆正衣着不整地半躺在床上。他逼迫这两个偷情的男女讲述他们在一起的经过，那小伙子不肯讲，而女人却开始了生动而细腻的描述。他说，他老婆讲到一半时，他就控制不住冲动，想跟老婆做爱。他感觉自己很奇怪，听到自家女人与别的男人偷情的故事，他的反应不是愤怒，而是性冲动，他说，他自己想不明白这是为什么。

"就是从那时起，我就感觉自己有些变态了。"他说，"因为我老婆就是这样骂我的，说我神经病，变态狂。"

男人说，从那以后，他主动结束了跟哥们儿妹妹的关系，给了她一点钱打发了。他重新对老婆开始感兴趣，只是，每次夫妻生活之前，他都要缠着老婆给他讲偷情的故事，开始是逼着她讲自己的故事,后来,老婆自己的事情讲完了(类似宾馆的事情一共也没发生几次),他就逼着老婆去想象跟其他男人在一起,比如想象跟哪个男明星。他说,开始的时候他老婆还不肯配合,后来被他纠缠不过,为了应付他,就为他描述性幻想的场面。他说,他老婆是个幻想的天才,他明明知道自己的女人根本不可能跟电视里的那些大明星发生那种风流故事,可是,他会完全被她带进情境之中,几乎就要相信这是真的了!他说他老婆没去当作家真是可惜了!

“如果这是你们两人都能接受的性爱模式,或者说是一种情趣,就不构成什么问题。”吕青萍对男人说。

“可是,我担心这样下去不好。”男人说。

“这样下去是指什么?可以说得具体一些吗?”

“我担心我老婆……她不会同意。”

“她不是一直在迎和你吗?”吕青萍有些不明白,“你说她不会同意,是说担心她以后不再讲这样的故事给你听?”

“也不是。”男人垂着头,一副有口难言的样子。

“那是什么呢?是其他别的事情吗?”

过了好一会儿,男人才下了决心似的说,“我担心的是,她不肯听我的,不肯按我说的做!”

“你想让她做什么呢?”

“我……我想让她……真的跟别的男人去做……”男人吞吞吐吐地说。

吕青萍心里有些吃惊。

“我感觉只是听她讲故事,已经没有最初那么刺激了。而且,电视上那些男明星也被她轮流玩过一遍,没有什么新鲜的了。我就回想起当初在宾馆里,正是看到他们乱七八糟的床铺和被子,我才感觉特别刺激的。我想,如果他们正在一起做的时候被我看见，应该更刺激吧！所以，我就请求我老婆，把那个小伙子约到家里来，再做一次。我自己悄悄躲在衣柜里，可以透过柜门的缝观看他们，然后再让小伙子走，我自己再上床……我这样想，是不是很变态？”

“性爱是两个人的事，如果违背对方的意愿，造成内心的冲突，这肯定是不可取的。”吕青萍说。

“是啊，我老婆死活不同意。她还说，儿子已经不小了，如果这样的事情被孩子看到，那成什么事儿了啊？可是，我现在满脑子都是这种念头，我甚至想亲自去邀请那个小伙子，或者帮老婆找别的男人。有时，我也知道自己很无聊，可是我就是摆脱不掉这样的念头！你说我应该怎么办？”

“不是由我来告诉你应该怎么办，而是你自己想解决什么问题？”吕青萍进一步解释说，“是想放下心理冲突来看待自己的性爱方式，还是在行为上想调整自己？”

求助的男人满脸困惑的样子望着吕青萍。

“我的意思是，你今天到我这里来，是想让我帮你解决什么问题？”吕青萍只好再问一遍。

“我就是想知道，我这样是不是心理变态？”男人说。

“是或者不是，对你来说会有什么不同呢？”

“如果真的是变态，是有病，那我就治呗！如果不是……唉，如果不是，我也没有办法了。”

有过一些精神分析基础的人都会想到，这个男人的问题，最接近真相的解释就是俄狄浦斯情结，早年在与父亲争夺母亲的心理过程中受挫，而且没有得到处理，现在，与另一个男人争夺妻子的性游戏让他重拾童年的乐趣，并且，以他取胜而告结束。在成年后的性爱中，他以拥有者与竞争者双重身份出现，两者相互转换，有时是那个坚守者，父亲的角色，有时又是争夺者，却是战胜的儿子。比如，那些想象中的男明星，有着父亲般的权威或地位，此时，他自己扮演了儿子的角色；而在那个小伙子面前，他又成为了父亲，他让小伙子跪下来，估计就是他自己儿时的经验。

然而，可以用这样的解释跟求助者说吗？以他的教育背景与感悟能力，他能够理解什么是精神分析、什么是俄狄浦斯吗？恐怕不行。

但是，这个求助者确实需要得到一个解释。虽然他自己说不清此番前来求助的目的，吕青萍也清楚，他内心是有冲突的，需要在认知层面以及行为层面得到调整，而且，同样需要在心灵层面得以领悟。

"任何问题都是由最初量的积累，到最后发生质的变化。就你的事情来说，如果你只是跟妻子借助想象而寻求夫妻生活的乐趣，并没有在实质上涉及第三者，我可以告诉你，这不是问题，也不是变态，而只是你们夫妻之间的小秘密或小乐趣。然而，如果你想真的引入一个男人，这就涉及了他人，很有可能伤害了别人，也违反了你妻子的意愿。同样，也触动了你内心的道德底线，所以你才会焦虑不安。试想，如果你没有后来这样的想法，只是跟妻子在一起性幻想，你是否会想到找心理医生求助？"

"我明白了，你是告诉我，我们以前那样，是正常的，不是变态。如果我真的找别人加入了，就成了3P，就是变态了。"

"区分变态与否，固然很重要，对于求助者来说，更为重要的是体察一下你的行为是否会引起内心的冲突，你自己是否接受。同时还要考虑相关的人有什么样的感受。"

"其实我也知道这样不好，但我就是管不住自己的念头。我老婆不是最担心让儿子看到吗？跟你说实话，我有的时候甚至还想过，如果让儿子看到，可能会更刺激。你说我这样想是不是太不是人了？”

看来，求助者身上的俄狄浦斯情结非常明显，而且需要处理。于是吕青萍问，“能说一下你跟父母之间的关系吗？以及他们之间的关系？”

男人告诉咨询师，他是家里唯一的男孩儿，还有一姐一妹。他跟母亲比较亲，父亲对他很严厉，父母之间的关系还不错。

“如果我们从你的童年成长经历中寻找一下原因，或许可以解释你现在的一些行为，通过这种解释，你可能会有所改变，你愿意接受这样的心理调整吗？”

“童年经历？”男人有些担心地说，“我这人记性不太好，童年的事情我都忘得差不多了。”

“我们可以运用一些心理技术，帮你回忆起来。”

“什么技术？催眠吗？”男人好奇地问。

“如果你同意，可以用催眠的方式。”吕青萍说。

“好啊，我很想体验一下催眠是怎么回事。反正我把什么都告诉你了，也不怕暴露隐私了！”求助者很有兴致地问，“什么时候？现在吗？”

“一周以后。”吕青萍说。

51

林子谦那天是突然离开的。离开的原因，是他接到了酒店打来的一个紧急电话：宾馆客房起火了。作为酒店总经理，林子谦当然需要立即赶到现场。

那天的咨询只进行到一半。当时林子谦正说到一个比较隐秘的话题，这个时候的电话以及发生的火灾，在现实世界里看起来是偶然，但在林总的心理世界中，或许有着某种内在的联系。

吕青萍相信这一点。火灾是一种象征，与分离和欲望有关。当他说到自己与妻子的关系时，他的客房部起火了。

起火的原因，吕青萍后来才知道，是一位客人留下了没有燃尽的烟蒂。这同样可以用精神分析的方法给出一番解释。但吕青萍对此有些倦怠，不想把所有的事情都与人的欲望联系起来。她甚至有点感谢那场小小的火灾，在适当的时候把她的客人调开了。

是自己不太敢于面对人类的欲望，还是仅仅不想面对这个男人的相关话题？

吕青萍审视着自己的内心。她并不贬斥人类的欲望，相反，她认为那是生命最强悍的动力，人类天性中越是接近原始的部分才越真实。作为心理咨询师，她能够接纳最真实的人性，哪怕是那些见不得阳光的部分，她认为，正是由于人格中存在阴影，生命才变得立体而丰厚。因此，在与求助者谈论关于欲望，关于性及性爱的话题时，她已经能够做到自然而从容，带着对生命尊重的态度，帮助对方分析他们自身的困惑。几年的职业经历，这在她已经不是什么问题了。

然而，为什么当林子谦说到自己与妻子的关系，尤其说到自己的性能力问题时，她会有一种想逃避的倾向？

她可以为自己做出这样的解释。她把对方当成了自己的异性子人格，即自己生命中的男性气质部分。所以当她得知这个男人存在某种能力上的问题时，则预示着自己的人格体系出现了问题，异性气质受挫或受损，这是她不愿承认和面对的。

这样的解释有什么问题吗？这是伟大的荣格留给她的理论；在她看来，荣格与弗洛伊德同样伟大，如果说，弗洛伊德的伟大在于，他告诉人们人的欲望究竟是什么；那么，荣格的伟大则在于，他告诉人们，人的欲望可以不是什么，或者是另外一些什么。

吕青萍决定下次与林子谦见面时，要跟他认真讨论一下荣格关于异性子人格的理论。

下次,是半个月以后吗?还是在近日把上次未用完的时间补上?

正当吕青萍犹豫着是不是给林子谦打个电话时，他的电话先打来了。

他不是要来工作室,而是说请她吃饭。

“你答应过我的,而且,我们还拉过钩。”林子谦提醒着说。

“可是……我的意思是,当我们结束这种咨访关系之后……”吕青萍犹豫了。

“但你跟我并没有这样说！”林子谦有些固执地说,“你答应过我,就要说话算数。”

吕青萍想了想,觉得自己再一味坚持也不太妥当,只好同意了。

“今晚七点,天山雪饭庄,我去接你。”

“不用了,我自己开车去。”吕青萍坚守着自己的职业原则。

天山雪饭庄在这座城市的西北部。吕青萍知道这个地方,但从未进去吃过饭。在她的想象中,这里的老板可能是新疆人,或者这里的饭菜是西部风味。

林子谦已经先到了。在一个四座小包间里等她。吕青萍一路走进来,直到落座,也没有发现这里存在与西部有关的风格。她在猜为什么林子谦会选择这个地方。天山之雪,象征着什么呢?

“请你吃顿饭,竟然这么难啊！”林子谦把一杯茶递给吕青萍。

“不难啊。只是我们的关系比较特殊……”吕青萍解释着。

“我一直希望找到这样一个机会,远离你的工作室,我和你也不再是心理求助者与咨询师的关系。我们就像朋友一样聊天，那有多好！”

天山雪，象征着高远，这就是他说的远离吧？

“其实，我一直把你当成朋友的，因为你不同于其他的求助者。”吕青萍发自内心地说。

“因为我不是出于有病才找你？而是让你做我的心理顾问？”

“也不完全如此。”

“那还有些什么，让你感觉我与别的求助者不同？”

吕青萍发觉，林子谦的话锋比在工作室里更具有主动性。

“因为我感觉你可能是我的一部分。”吕青萍说，“在你身上我有时会看到自己的某些东西。”

吕青萍发觉自己在把握主动，为了不让对方说出什么而选择了先发制人。果然，林子谦的反应是一脸意外，他没想到吕青萍会这样说。

“你生命中的问题，或许也是我需要面对的问题。”吕青萍补充道。

“你指的是什么问题呢？”林子谦跟随了吕青萍的思路，这正是她想要的。

“张爱玲说过，生命是一袭华美的袍子，爬满了跳蚤。我们可以无视跳蚤的存在，继续华美；也可以去一只一只捕捉它们，使袍子更加华美，或者，我们承认跳蚤的存在，接纳它们，甚至认为它们是袍子的一部分，生命因它们的存在才变得生动，这时，华美与否，已经变得不重要了。”

“那么你认为哪种方式更好？是捕捉，还是无视？”林子谦直视着对方的眼睛。吕青萍在这样的目光直视下，有一点心跳加快的感觉，但她还在努力装作平静。

“这也是我一直在思考的问题。比如，你来我这里，我就成了一个捕捉跳蚤的人。但在捕捉的过程中,我发觉自己的袍子跟你一样,充满了问题。我一度想到过放弃。放弃对你问题的讨论,同时放下对自己的内视与觉知。这也是一种生存态度。从无视,到觉察,到接纳,再到新的无视,这个过程可能充满艰辛。在任何一个环节停止下来,都没有什么不好。你说呢?”

林子谦不说话,只静静地看着坐在对面的女人。吕青萍感觉到某种危险的来临,她内心开始不安,同时,还有着一丝隐隐的期待。

“我怎么感觉,我们好像还在你的工作室?”过了许久,林子谦幽幽地说。

“对不起,是我的职业习惯,破坏了你的兴致。”吕青萍轻声提议,“那我们谈点别的话题吧!比如,天山雪,这个有趣的名字。”

“这是我昨天夜里做的梦,说到梦,你又要来拿来分析了,”林子谦说。吕青萍摇着头表示她不分析。林子谦继续说,“我梦见了这个名字,真的,就是这个名字。我以前也没有来过这个地方,但梦在告诉我,这里可能会发生一些什么令我期待的事情。我问自己,我最期待的事情是什么?其实只有一件,就是跟你在一起,哪怕是吃顿饭,喝喝茶……怎么样?我现在也成了解梦师了吧?不想为我的进步干一杯吗?”

林子谦举杯,跟吕青萍碰了一下,自己先干了。吕青萍什么也没说,默默地喝下了杯中的干白。

“谢谢你能来,也谢谢你这么痛快地喝了这杯酒。”林子谦说。

“为你的成长和进步嘛!”吕青萍掩饰地笑笑。

“因为你是我的咨询师?”

“不,因为我是你的朋友。”

“还有吗？”

“还有，因为你是我的异性子人格。你是另一个男性的我。”

“为什么是我？”林子谦看着吕青萍的眼睛，“你应该接触过很多男性，包括你的病人或你的同事，为什么单单是我，会是你的子人格？”

吕青萍被问住了。

“你也喜欢我，是吗？就像我喜欢你那样？”林子谦目光热切地望着她。

“是，我喜欢你。因为你喜欢我。”吕青萍总算让自己镇定下来，“你一定听说过这样一个词语，移情。就是说，我们喜欢的都不是对方，而是我们生命中重要的他人，是另一个人……对不起，我又让你感觉回到工作室了，我自罚一杯好啦！”吕青萍端起酒杯。

林子谦也陪着喝了一杯。然后给两个杯子都加满。

“说起来你可能不信，我的酒量小得会让你吃惊，我几乎就不能喝酒！”林子谦指着面前的酒杯说，“这一杯下去，我可能就醉了，所以，在喝下去之前，我要把想说的话都说出来。”

“那就不要喝了！”吕青萍嘴上劝着，心里对他的话却是半信半疑。两杯酒下去了，他看上去没有一丝醉意。

“酒要喝，话也要说，”林子谦又固执起来，“我可能不太理解什么是移情。我只是知道，从见到你的第一面起，我就被你吸引。那时你还不是我的咨询师，不存在什么移情。如果我知道你们这一行有这么多清规戒律，我就不去找你当心理顾问，而是直接去告诉你，我喜欢你。是我把事情搞砸了！你成了我的咨询师，我在你面前袒露了太多深层的问题，你让我变成了一个病人！我在这个城市里，离你这样近，却无法真正靠近你；我回到省城跟妻子在一起时，眼前会浮现出你的影子，这让我感觉自己很卑鄙，感觉自己既亵渎了你的形象，也对不起妻子，所以我出了问题。我不知道自己为什么会这样？或许我的情感被那个怪兽所左右，对了，关于那个怪兽，也是你让我在梦中发觉到的。我不后悔认识了你，但我后悔成了你的病人。你虽然是一个真实的人，但你有着职业性的虚伪！我知道，只要你做一天我的咨询师，你就不会接受我的情感。所以，我现在想对你说的是，我想结束咨访关系。我想成为你的朋友，而不是你的病人。我们从做好朋友开始，可以吗？"

林子谦终于说完了他想说的话。吕青萍此时反倒平静下来了。她给他倒了杯茶，自己也捧起茶杯，慢慢地说，"我想，我们现在进入了一个困境。这里面一定有我的问题。我承认，我们第一次见面，我们一起跳舞，给我留下了很深的印象，包括那支曲子的名称，我至今还记得。如果不是咨访关系，我们会成为知己。我的错误在于，我把你当成了自己，我一直用异性子人格的理论来解释我对你的感觉。这或许有误，可能是我的遁词。说实话，到现在为止，我也不太清楚自己到底把你当成了一个男人，还是当成了自己的男性部分。我自己就是乱的。我给自己的解释是，你不是心理病人，而是跟我一样在寻求自我成长之路。就因为这个设定，让我模糊了边界。但现在我们怎么办呢？或许我们都需要一点时间，让自己想清楚一些东西。我不同意你终止我们的工作，因为遇到困境需要我们共同面对。但我尊重你的意愿，如果你想暂时停下来，我也不会勉强。只是，关于情感问题，即使我们不是咨访关系，我们也已经没有资格和权利讨论了，你认为呢？"

林子谦还是喝下了第三杯酒。吕青萍也跟着喝了。

那天道别时，林子谦说能不能拥抱一下？吕青萍同意了。他们拥抱的时间甚至很长。分开时，吕青萍问，"你有什么感觉？"林子谦说，感觉很暖。吕青萍告诉他，暖，是对母亲的感觉。

“那什么样的感觉不是对母亲的？”林子谦问。吕青萍笑了笑，没有回答他。

是热。是血脉喷涌。是激情。吕青萍对自己说，他的感觉是暖。而我的，是热。

移情。他把我当成了温暖的母亲。

那么自己呢？真的把他当成了男人？

52

陶桦终于发现了家中四处弥漫着的香烟气味的出处。它竟然来自于女儿小桦！

那天下班后，在收拾小桦的房间时，陶桦无意中在铝合金窗框的凹槽里发现了一小抹类似烟灰的东西。真的是烟灰吗？陶桦发现自己的嗅觉变得异常灵敏，那已经燃成灰烬的物质仍然残存着某种气味。于是她开始翻腾女儿的房间，书架，抽屉，床铺，以及小桦用过的旧书包……凡是可能藏匿烟卷的地方，她都翻了个遍。没有发现哪怕一根香烟，但她还是在女儿的枕下发现了一只打火机。

打火机，除了用来点烟，还能做什么？

陶桦的心沉到了深深的谷底。在她看来，女生学抽烟，就等于学坏了。混迹于网吧，跟不良青年在一起，吸烟与吸毒……一系列不妙的联想纠缠住她，让她快要发疯了。她想立即抓过小桦来质问，但小桦还没放学，她的怒火无处发泄，就一个电话打给了祝自修。

“看看你干的好事吧！”陶桦失控地大声喊道，“家里的事你什么也不管，就知道在外面风流快活！你闺女变坏了你也不管是不是?！”

祝自修正在外面陪客户吃饭。听到陶桦的大喊大叫，就起身离开酒桌，来到走廊，问陶桦到底发生了什么事情。

“你先告诉我，你现在跟谁在一起？”陶桦继续吼叫，“是不是跟那个抽烟的狐狸精？哈哈，真是报应啊！你找了个会抽烟的狐狸精，你的女儿也学会抽烟了！以后说不定也变成一个狐狸精，这日子真是没法儿过了！”

祝自修从妻子的叫骂中听出来是小桦惹了乱子，好像是跟抽烟有关。他也有些焦急，但又不能把客户放下不陪，只好等酒宴结束再回家。

陶桦的火气刚刚开始发作，电话就被祝自修挂断，愤怒的能量刚调动起来，却又瞬间被压制，这让她感到非常难受，整个身体以及体内的每个细胞仿佛要暴烈开，此时她恨不得砸烂这个世界。小桦就是在这个时候推开家门的。

小桦一进来，陶桦的怒火立即有了明确的指向和目标。她一把抢过女儿的书包，“哗”的一下拉开拉链，倒提在手中，胡乱抖动，里面的课本文具发卡小镜子等等立即倾泻而出，五颜六色堆在地板上。陶桦蹲下身体，用极为粗暴的动作翻弄着那种物品。她希望从中找到香烟，又惧怕真被她找到。

“妈妈，你这是在干什么啊？！”小桦被母亲的举动吓住了，一脸吃惊地望着眼前发生的一切，过了半天才想起反抗。“你为什么要翻我的东西？”

没有发现被追查的对象；是的，陶桦没有在女儿的书包里发现烟盒或烟卷，但她发现了另外一些可疑物，比如镜子，唇彩，睫毛膏，还有几颗由彩纸折叠而成的漂亮星星。陶桦不假思索地动手拆开了它们。小桦终于反应过来，并且开始了维权行动。她抢过母亲手中的小星星，带着哭腔说，“你太过分了吧！这是我的东西，你凭什么拆开？”

女儿的争抢让陶桦越发疯狂，此时她像一座沉默多年的火山，终于等到了喷发的时刻。她一边把地上的东西用力扔来扔去，一边大声哭喊着，质问着小桦，“你学会抽烟了是不是？说，你把烟藏在哪里了？！你别想瞒我！你们都别想瞒我！我什么都知道！我知道你们爷俩儿干的好事！那个狐狸精抽着烟气我，现在好了，连你也抽烟，也气我！你们都不需要我了！我知道，你们早就讨厌我了是不是？！那好，我走！我离开行不行？！”

母亲的行为反而让小桦冷静了下来。她沉默地站着，望着眼前已经变得非常陌生的母亲。她听懂了母亲哭喊出来的意思。她心里不再责怪母亲，只是感觉这个女人很可怜。另一种恨意在心头缓缓升起。那不是对母亲，而是对家里那个男人的……

陶桦发了一顿疯，喊累了，也骂累了，并且，没有找到她预想中的烟卷烟盒。面对着地上的一片狼藉，再看看一直默然不语的女儿。她发觉闷在心头的那股气还在，没有真正发出来，看来这股气不是针对女儿的，她意识到自己这样对待女儿可能有些不公平，一时不知如何收场。想起自己刚刚说出来的话，“我离开行不行？”那就让自己先离开一下吧！

陶桦余怨未消地打开房门出去了。留下小桦与地上那堆书本文具在一起。

小桦蹲下来，心事重重地收拾着自己的东西，她明白了妈妈想干什么。妈妈在找烟。她摸了摸自己的裤子口袋，里面当然没有烟，但有十几块零用钱，足够买一盒烟了……

当祝自修结束与客户的周旋，匆忙赶回家中时，地板上已经干干净净，那个吵闹的老婆也不在，小桦的房门半开半掩着，隐约可见女儿安静的身影。一切都很正常，好像什么事情也不曾发生。

祝自修总算松了一口气。他想问问女儿,妈妈去了哪里。然而,当他推开女儿半掩的房门时,他被看到的场景惊呆了。

小桦的房间升起一缕薄薄的烟雾。透过这层薄雾,他看见自己的女儿正侧身对着房门,手指间夹着一根刚刚点燃的香烟,漫不经心地吸了一口,冲着他笑了一下,那笑容还没有成形,便被一阵咳嗽给破坏了。

“……你……你真的学会了抽烟?!”祝自修吃惊地问。

小桦不紧不慢地说,“是啊,因为你的狐狸精抽烟啊!如果下次你在夜总会找了个鸡,恐怕我也要学着去当小姐了……”

53

那位受困于俄狄浦斯情结的男人一周后如约而至。他问咨询师,今天可以催眠吗?

吕青萍首先给他讲了那个著名的古希腊神话,关于俄狄浦斯王子弑父娶母的故事。这个故事很多人都知道,但确实还有不知道的人,比如这位求助者。

吕青萍解释说,俄狄浦斯情结又称恋母情结,是心理学的术语。主要指儿童在性发展的过程中,一般到了四五岁之后,自己有了性别意识,并开始向外界寻求性对象。对于孩子来说,这个对象首先是双亲,男孩以母亲为选择对象,而女孩则是父亲。男孩会对他的母亲产生一种特殊的情感,视母亲为自己的所有物,而把父亲看成是与他争夺母亲的敌人,并想取代父亲在父母关系中的地位。同理,女孩也以母亲为“情敌”。

每个人的成长都会经历这样的时期,只是对于大多数人来说,在意识还未完全认识到这一点的时候,我们已经成功处理了这一情结。当男孩儿开始嫉恨父亲,想要拥有母亲的时候,自然会表现出对父亲的敌视，但是当他发现自己不够强大，无法与父亲抗争时，他会转向对父亲的认同，于是自己就成长为男人。但是还有一部分人因为种种原因没有安全度过俄狄浦斯期，一直固结在那里，长大后这种乱伦的情结还保持着，成为内心冲突的主要部分，一方面自己潜意识在需要，而意识里又不被允许的，这种介于想要和不敢要之间的挣扎，就会造成心理问题。

"你与妻子之间的性爱，希望有第三者在场，并且一定是年轻男性，看上去这种行为很古怪，不可理喻，其实正是你潜意识里的一种需要，是你的俄狄浦斯情结在作怪。在你们的三人关系中，你会时而感觉自己是父亲当年的角色，用自身的强大战胜了儿子，时而你又回到儿子的角色，感觉自己有力量与父亲竞争，而你的妻子则充当了你母亲的角色。"

"你的意思是说，我这样不算是变态，许多人都有这种事情？"

"俄狄浦斯情结是每个人在童年时期的心理体验，但大多数人通过对同性父母的认同，这一情结得以处理。即使那些没有处理好的人，成年后的表现方式也不尽相同。具体到你自身的问题，还与你个人的成长经历有关。一般来说，许多我们记不住的、认为已经被遗忘的记忆，隐藏在我们的潜意识中，如果通过催眠的方法，可能会帮你回忆起来。"

来访者表示愿意接受催眠。

吕青萍准备为他做一次时光回溯。她想看看这个男人的早年记忆中是否发生过什么不同寻常的事情，这些事情是否与他成年后独特的性方式有关？

吕青萍让求助者在沙发上躺下来，引导着他自上而下做全身肌肉放松。然后让他试着去完成一项"任务"：想象面前有一块黑板，并且想象自己一只手拿着粉笔，另一只手握着板擦，先在黑板上画一个圆圈，然后在里面写下阿拉伯数字30；写下这个数字后，再用板擦擦掉，擦的过程中注意不要碰到圆圈的边沿。接下去一直重复这个过程，数字从30，29，28……一直到1。

求助者终于写完，并且成功擦掉了1。吕青萍让他想象着来到一片草地。在草地上寻找一条路。找到路后，再去寻找一座山。找到山后，再去寻找一个神秘的山洞。山洞里有着令人意想不到的光亮。这就是时光隧道的入口。吕青萍提示他说，时光隧道有些类似地铁的通道，两壁的画面像卷轴一样缓缓展开，就像奥运开幕式那样的时光卷轴。

男人36岁。吕青萍让他想象这条时光隧道有36幅画面，每一幅画面，对应着他生命历程的每一年。因为考虑到男人的问题与早年经历有关，所以吕青萍在引导的过程中，对于近几年的“画面”没有太多停留，而是采取比较概括的方式，比如“这一年你有了自己的公司……”，“你继续往前走，你看见了自己的儿子，他刚刚出生时的模样……”渐渐地，吕青萍开始放慢引导的速度，让男人在他的生命时光隧道里慢慢地观看，那一年发生了什么……

……我看见了我的儿子。他很小的样子，我老婆抱着他，给她喂奶。

——你当时在哪里？在做什么呢？

……我在一边看着，看着我老婆的乳房，又大又白，鼓胀着奶水。我很想上去摸摸，可是她不让，她侧过身子，躲开了我。

——你有什么感觉呢？

……感觉有点儿失落……

时光画轴展开到十六岁，十六岁的男孩儿在读高一。这一年，他被学校记了过，被父亲暴打了一顿，从家中逃走，并从此辍学。

——你一定还记得，学校为什么要处分你吧？

……说我要流氓。说我对女同学动手动脚。其实，我挺冤枉的，坐在我前排的女生，我还记得她叫于小慧，是她总爱回过头来找我说话。她胸部特别丰满，那天，她又转过身来跟我借什么东西，好像是笔，她的胸脯紧紧靠着我的书桌，丰满的乳房挤压在桌子边儿上，那两团肉的轮廓看上去特别诱人。我当时什么都没想，真的没有多想什么，我只是拿着手中的圆珠笔在那上面戳了两下，就两下。她就大叫，我的同桌是个男生，他就把我给告发了。

——你被父亲打了，就不再上学了，是吗？

……我早就不想上学了。那真是受罪。每次考试后回到家，他都要打我或骂我一顿，我早就受够他了！

时光在继续回溯，那一年，男孩儿五岁，他的妹妹快两岁了。妈妈很宠妹妹，只要她一哭，妈妈就抱起她，给她喂奶，即使没有多少奶水，她也喜欢含着妈妈的乳头。

……我很羡慕妹妹，因为我已经没有这种特权了。我一直感觉爸爸妈妈不喜欢我，虽然我是家中唯一的男孩儿。他们夸赞我姐姐聪明懂事，又说妹妹长得好看，就是没人心疼我。

——发生过什么事情，让你感觉爸爸妈妈不喜欢你？

……有一天晚上，妈妈又给妹妹喂奶。我爸也在。他对妈妈说，妹妹大了，不要再给她吃奶了。我躲在房门口，听到了他们的对话。我心里很高兴，对妹妹有一点儿幸灾乐祸，因为她可以跟我一样没有特权了。我想知道妈妈是怎么不让妹妹吃奶的，就探着头偷看，可是，我看见了爸爸……在吃妈妈的奶！而妹妹被他们撇到了一边……我就走进去，对着他说，你不让妹妹吃奶，原来是你自己想要吃……

——爸爸对你说了什么？

……他冲我挥手说,去去去!然后就把我关到门外了……

——体会一下,你自己心里有什么感觉?

……我想进去,把妈妈解救出来。

——为什么要说解救?

……我也不知道。我只是想跟妈妈在一起……

……

这些被埋藏在记忆深处的画面"闪回",已经足以用来建构出一个相对完整的解释框架。而求助者,正是需要这样一种解释体系。人类是一种崇尚思维的动物,对待任何事情都想寻求一种因果联系,面对结果若是能够找到原因,会让人比较心安。而心理学的一个重要任务,就是针对病人的症状给出一个解释,尽管解释的途径有很多种,但只要是能被求助者接受和认同的,就可以在某种程度上缓解他或她的焦虑。解释是一种扰动,也是一种治疗。

吕青萍发觉这位求助者有着很好的受暗示性,他对于催眠不仅没有抵触,而且乐于尝试,这样的人更容易接受一种关于解释的治疗。

"让我们沿着刚才的时光隧道的相反方向,从你五岁那年的记忆开始。"吕青萍让她的求助者重新坐回茶几边的椅子上。"五岁,正是男孩儿的俄狄浦斯期,而在此之前,因为有了妹妹,你已经感受到母爱的失落,你有点迁怒于妹妹,因为她还可以依偎在妈妈的怀里,而你已经没有这种资格了。但那个晚上,你发现即使妹妹断了奶,你仍然没有这种资格和权利,这是因为父亲对母亲的占有。你突然意识到,母爱的失落其根本原因不是因为妹妹,而是因为父亲。所以,你就此埋下了对于父亲不满的种子。你上高中那件事,看上去是个偶然,但引发的结果却成了必然。或许在你看来,父亲占有母亲的方式与乳房有关,所以青春期的你对于女性的乳房有着一种特殊的敏感。在这个问题上，不止是你，许多男性终生迷恋女性的乳房，都有着他们童年的烙印。你触摸了女生的胸部这件事，与其说是在挑战校规，不如说你是用这种方式反抗你的父亲。你想向他表明，我长大了，我也可以动一动女人的乳房了！当然，这个意念发生在你的潜意识里，你自己没有清楚地意识到，也不是故意这样做的。”

看到求助者能够领会这样的解释方式，吕青萍继续说，“许多男孩儿，甚至包括女孩儿，在中学时代都因成绩不够理想而被父母打骂，但他们并不一定都会不再上学。而你的父亲因考试成绩打过你，你也没有放弃学业。为什么单单因为这件事的发生打了你，你就不再上学了呢？那是因为，考试成绩的问题不是针对父亲的，但这件事，是你对父亲的挑战。你想用这种方式告诉父亲，你已经长成了跟他一样的男人，但父亲并没有认可这一点，相反，他打了你，像一个成年人对待小孩子的方式打了你，他否定了你的成长。这深深伤害了你的自尊与自信，也加深了你跟他之间的冲突。所以，你的反抗变得更为激烈，不再去学校，是对他最后的宣战，并且，你感觉自己战胜了他。”

“是，我跟我爸之间一直有矛盾，就是现在我回家看他们，他也经常会斥责我，说我弄这么个小公司是混日子，没有大出息。”

“问题或许就在这里，”吕青萍说，“你一直没有得到父亲的认同，在内心深处，你的自我就没有得到足够的成长，虽然你结了婚，自己也有了儿子，并且有着自己的企业，足以证明自己是个顶门立户的男子汉了。可是，当你面对父亲时，由于他的不认可，你仍会感到沮丧，内心那个被父亲推出房门的小男孩儿就浮现了。并且可能在生活中一再重复这样的模式，比如，高中时被父亲打骂，你就离开家，就像被推出房门一样。”

“哦，原来是这么回事。”求助者点着头说。

“再让我们来看你儿子吃奶那个画面，你不觉得这也是一种重复吗？”

“我明白了！”求助者如有所悟地说，“当我看到我儿子吃奶，我就想起了自己小时候的事情。当我看到我爸……跟我妈那样，我自己也想去这样做……”男人忽然有些不好意思起来。

“你很有悟性！”吕青萍及时鼓励他，并进一步展开说，“你五岁时看到的情景，对你后来的生活有着很大的影响。五岁的男孩儿，性的意识有所萌动，所以你对当时情形的感觉，除了对父亲不满，还会体验到一种新奇与快感，这就是你后来突然发现自己喜欢有另一个男性在场的性爱方式。你的情结就固着在了这里。前面我已经说过，你在幻想这样的三人性爱时，交替扮演着父亲和儿子的角色，两种角色轮换出现，满足着你内心深处不同的欲望需求。当你跟妻子做爱时，你是父亲一样的成熟男人，而当你幻想着当一个旁观者时，你又回到了童年，用这种孩子气的方式满足自己的欲望。”

“现在我知道了，我这不是心理变态，而是因为小时候发生过的事情。”男人释怀地说。

“是的，可以这样说，但是需要提醒你，小时候发生的事情你没有任何责任，但现在你已经是成年人了，就应该为自己的行为负责。因为你自己也成为了父亲。”

“那我应该怎么办呢？”

“能谈谈你父亲的现状吗？”吕青萍问。

“我父亲？”对于咨询师突然问起父亲，求助者有些不解，但他还是回答道，“他现在已经退休在家了。”

“你觉得你比父亲强吗？”吕青萍又问。

“我……我感觉应该是比他强。他退休前也就是一个工人，而我现在，虽然自己的公司不大，但肯定会发展起来的。”

吕青萍笑了,说,"你看,你已经胜过了你的父亲。其实他内心对你还是满意的,只是口头上不愿服输,所以你听到的是挑剔或指责。你不是问应该怎么办吗?我有两点建议:一是经常回去看望他,听他对你指指点点,你要学会虚心接受,因为那不是因为你不好,而是因为你比他干得好了;二是学会肯定你自己的儿子,他做得好的地方要及时鼓励,当然,你自己也要做得像个父亲的样子,让他通过认同你,顺利度过他的俄狄浦斯期。"

"老师,我明白了。谢谢你!"

一个月后,这位求助者给吕青萍打来一个电话,说他的毛病好了。

"以前的想法太不可思议了,"他在电话中说,"现在想一想就会不好意思。"

"怎么想或怎么做都没关系,只要不发生内在冲突,内心和谐,就是健康的心理状态。"

不与自我发生冲突,却可能与现实发生冲突。吕青萍无奈地想,现实与人性之间的矛盾,则是心理学无法解决的。

54

陶桦在芦珊那里住了一个晚上。但第二天她就回自己家了。

芦珊批评了女友,说她是胡乱发火,把对祝自修的愤怒迁移到女儿小桦的身上了。陶桦对此表示接受,说自己确实对女儿有些不公平。

"我建议你不要回避,要找老祝好好谈谈,如果继续这样压抑自己的情绪,就会经常拿女儿出气,或者拿自己的健康当出口。"芦珊对陶桦说。

“我跟他也算是谈过。可是,我的证据不充分。前些日子机票那件事,我也只能是怀疑,无法肯定那个晚上他就是跟那女人在一起。还有上次咱俩去那家西餐厅,我是看见了他跟一个女人在一起,在桌子上手拉着手,可是拉手毕竟不同于上床,现在这个社会,男人女人拉手拥抱逢场作戏也无法避免。我问他,他就说那是他的一个同事,再问他们是什么关系,他就不说了。我总不至于跑到他单位找出那个狐狸精质问吧?我可丢不起那个人!”

“我问你一个问题,你跟老祝,你们之间还有爱吗?”芦珊认真地问。

“天哪!爱……这个词我都有多少年没有提起过了。”陶桦感叹道,“二十年的夫妻,还会有什么爱?不过是亲情罢了!爱情,那是小孩子说的话。”

“你们在一起时,还有拥抱和亲吻吗?”芦珊一问到底。

“拥抱和亲吻?不瞒你说,就是床上那事儿做得都不多了。”陶桦叹了口气,说,“我知道你想说的是什么。我跟你不一样,你是个浪漫的女人,生活在幻想中,所以对婚姻的要求很高,还在追求爱情。我呢,只是想拥有自己的家,孩子和丈夫,一家三口平平安安踏踏实实过日子,把孩子扶养大,等我们老了,能互相做个伴儿,这就够了。”

“你现在的生活不就是这样吗?”芦珊说,“你正在过的日子就是你想要的啊!不管老祝在外面有没有女人,他还是你的老公,晚上总是要回家来的,即使偶尔一两个晚上不在家,他也要费力编出个理由,那是因为他也在乎这个家,对家庭担负着责任。”

“你说得也没错。其实,我也不止一次想过,别去计较那么多吧!现在有本事的男人哪个在外面没有女人?可是,说归说,真的轮到自己身上,尤其是当你发现一个活生生的女人出现在你面前，跟你的老公在一起做出亲密举动时，哪个妻子能够忍得下呢？”

“婚姻是什么？难道一个人结了婚，他的身体就完全属于了对方，就像古代的奴隶那样身上被加盖了印戳？他的生命就完全没有了自由？”芦珊说，“那样的话，人为什么要去结婚呢？人们结婚是为了让自己活得更好，还是更糟？”

“你的意思是说，婚姻中不需要忠诚？不需要为家庭承担责任？”陶桦对女友的言论很不以为然。

“我认为忠诚与责任是两个概念，不能搅在一起说。婚姻中需要责任感，但不一定非得忠诚。就像你家老祝，你能说他对家庭不负责吗？他努力工作，赚钱交给你，抚养女儿，这就是一个男人的责任。当然，他也有责任为妻子尽义务，包括夫妻生活。但是，他的情感和身体就一定要百分之百属于你吗？同样，你也不一定要百分之百属于他。”

陶桦发觉自己的女友离婚后变得让人感觉陌生了。这些言论是她说出来的吗？真是站着说话不腰疼，她自己不在婚姻中，所以可以大谈老公不必百分之百忠诚于妻子。如果她自己有丈夫，还能这么说吗？

发现陶桦沉默地望着自己，芦珊猜到了女友在想什么。她说，“你肯定在想，我现在离婚了，城外之人无权对城内的人指手画脚。其实，我是真的想明白了。婚姻中的女人，尤其是中年女人，一定不要跟自己过不去。如果想要婚姻，就不能要求老公忠诚，如果要求老公忠诚，那么只有两种结果：一是把老公变成一个没有女人喜欢的废物，最后自己也不喜欢了；二是如果老公没有废掉，那么废掉的就是自己，结果自己也不喜欢自己。这两种结果，最后都导致一样的结局，就是失去婚姻。这就是现实，听上去很残酷是吧，但中年妻子们就得去面对。”

“所以你不想再结婚了？”

“是的，所以我不想结婚了。攻城不易，守城更难。但攻取总比苦守多些乐趣。”

陶桦充满疑惑地盯着昔日的芳邻，半晌，问道，“你不会是也去当第三者了吧？”

“如果一定需要找个男人，我不会再当他的妻子，只做他的情人。情人苦中还有乐，而妻子除了苦，只剩下累了，太不划算！”

这天晚上，陶桦一直翻腾到后半夜还无法入睡。想着芦珊说的那些话，她反复问自己，是闭上一只眼睛当一个糊涂的妻子，还是睁大双眼变成一个单身女人与单亲妈妈？难道说，人到中年，面对丈夫的出轨与背叛，女人就得认命？

难道，就没有其他出路了吗？

55

祝自修内心充满矛盾。跟沈媛的关系，是继续下去，还是就此终止？

女儿小桦抽烟的那一幕时时在眼前浮现，那种不良少女式的眼神，以及被烟呛得连连咳嗽的小模样，都让他心疼。他已经预感到，如果自己坚持跟沈媛走下去，他的家就会毁掉，至于怎么个毁法，每个人都毁成什么样，他实在不敢去想。

可是，放弃沈媛，他又不忍。如果失去这个女人，他的生活中只剩下工作、应酬、家庭，以及偶尔的逢场作戏，生命中好像缺失了什么东西。究竟如何取舍？

祝自修感到自己非常困惑，他甚至感到了痛苦。这种痛苦的体验有些似曾相识，两年前那个女人的突然离去，他的心就是这样痛过。但这一次，不是突然的失去，而是自己主动放下。

但痛苦的感觉是一样的。

这天晚上,祝自修约了沈媛在家等他。在驱车前往沈媛住所时,出了一点儿小差错,好像脑子搭错了神经,他把车开到了江天丽景小区,而不是沈媛现在住的地方。意识到自己的错误后,他的心情变得异常沉重。他在想,沈媛离开他之后,为了报复他,会不会再次投入贺大刚的怀抱?这个念头令他心乱如麻。他好像看到了他们在床上的样子,她的千娇百媚万种柔情是不是同样为他绽放、成了他或别的男人的盛宴?面对每个男人她们都是一样的,难道这就是女人?

祝自修发觉自己的心里毫无来由地充满了怨气,针对沈媛或者那个离开的女人,甚至是针对天底下的所有女性。女人是什么?不就是一种不同的性别吗?她们绝非生命的意义所在,也不应该是生活中的全部乐趣。放下她们,并不等同于放弃了快乐,不是吗?

祝自修怀着种种复杂而矛盾的心情,敲开了沈媛的房门。很例外地,这次迎接他的,不是美人深情的拥抱,而是一张气色不太好的脸。

"我不是跟你说了嘛,这两天我身体不太好。"沈媛说着,给祝自修递了杯茶。

"我有事想找你谈谈。"祝自修心事重重,也提不起亲热的兴致。

"谈什么?是不是你老婆要用宝瓶把你收回天宫了?"沈媛的口气有些嘲讽。

"跟她没有多大关系,是我的女儿……"祝自修向沈媛讲了小桦抽烟的事,"我担心这个孩子会不会做出更过分的事情。"

"好,我同意,我们结束关系。这就是你令晚来的目的吧?"沈媛为自己点上一支烟,她优雅迷人的姿态依然令祝自修心旌摇曳。他发觉此时自己并没有感到轻松，而是被一种深深的失落揪住了心。他凑过去，一把抱住了沈嫒。

“如果想分手，我就不会来这里找你了！相信我，我不想离开你！我今晚来，是想跟你商量一下，我们接下去该怎么办？”

沈嫒把烟蒂在烟灰缸里摁灭，这个动作看上去有点像男人，在某种程度上制止了祝自修进一步亲热的举动。

“如果你问我怎么办，我就告诉你吧，我们今晚好好做一次爱，然后，分开，从此天涯陌路。”沈嫒的语调听上去，让人感觉冰冷。

“别说气话，我是真的来跟你商量的。”祝自修有点不安地说。

“不是气话。我是认真的。”沈嫒平静地说，“我今天可以告诉你，我确实打过你的主意，打过你家庭的主意。我想过嫁给你。能让我动这个念头的男人还真不多。我相信自己有实力把你从你老婆那里夺过来。因为我能给你的，正是你所需要的，而她给不了你。但是现在，问题出在你女儿身上。我无法跟你女儿争夺你，因为我注定要失败。男人可以把不同的女人变成老婆，却只有着一个女儿。我不会去打一场结果已成定局的战争，我也不想拖拖拉拉，最后弄得两个人没有了激情和爱，只剩下相互的抱怨，甚至痛恨。我不想我们之间出现这样的结局，因为毕竟两个人真心真意地好过，你说是吧？既然分手是一种必然，不如我们就这样激情地结束。”

沈嫒说完，站起身，哗的一下，把自己全部脱光。然后坐到祝自修腿上，动作轻柔地将他的衬衣扣子一颗颗解开，并用湿漉漉的双唇，一点一点亲着他的裸露出来的胸膛……哪个男人能够抵挡住这种醉人的诱惑？祝自修早已无法把持自己，甚至来不及寻找卧室和床，就把光滑温软的女人扑在脚下的地毯上……一种与以往的经验不同的感觉，似风似雨似漫天飞雪般周身萦绕，大片的森林大块的草原从身边匆匆掠过，眼前出现了五彩斑斓的沙漠，很小的湖泊，又稠又浓的泉水，散发着咸腥的气味……这是一种让人熟悉又令人不安的气味……这是什么气味？

当祝自修发觉自己瘫软在一片猩红之中时，他吓了一跳。但是风暴已经过去，风云雨雪都已停止，整个世界安静了下来。祝自修再去看身边的女人，她像一朵轻柔的睡莲，正在静静地开放……她身下的地毯已经被染成了暗红。

祝自修有点过意不去，有些心疼地拥紧女人，不安地问，“你来那个了，怎么不告诉我？没把你弄疼吧？”

女人一如睡莲般恬静，微笑着，软软地说，“我要让你永远记住这一次。并且从此忘掉我。”

“……不，我不会离开你！我什么也不要了，我只要你。”祝自修感觉自己的意志已然坍塌。

沈媛却缓缓起身，穿好了衣服，冲了两杯咖啡端过来。

“喝完咖啡，你就回家吧！”沈媛说，“这个时间喝咖啡，肯定影响睡眠。说不定今夜我们都会失眠的。失眠也好，胡思乱想一夜，就把一切都想过了；想过了，一切也就结束了。特别的故事，总要有一个特别的方式作为结束，你说呢？”

祝自修这才意识到，这个女人今晚的所有言与行，都是在为结束做准备，或者说，这个晚上发生的一切，就已经意味着结束了。

祝自修慢慢地喝着咖啡。差不多快凉了，他才喝了一半。尽管不舍，但沈媛已经在催促他回家了。

临别的时候，祝自修对沈媛说，这不会是他们的结束。他说，过些天他忙完手边的事情，抽空陪她到外地玩一趟。“去哪里由你来定。”他说。但沈媛却含含糊糊地说，你快回去陪女儿吧。

祝自修来到楼下,发动了车子。车子启动那一刻,他回眸凝望沈媛的窗口,厚重的窗帘透出薄薄的微光,如同一个刚刚逝去的故事。两分钟后,手机短信提示音响了。他知道,一定是沈媛。没错,正是她。

“就此别过吧！忘了我！但我会记住你……”

祝自修仿佛又嗅到了那猩红的气味,令人不安却又无法忘记的、一种来自遥远岁月的记忆……

祝自修发觉自己在流泪。泪水在眼窝中盘桓着,流下来时,已变得冰冷。

56

林子谦不会再来了。第一位常年心理顾问的客人竟然以这种方式脱离治疗。吕青萍有一种职业挫败感。

这一切是怎样发生的?在不到半年的咨询过程中,她在哪些地方、哪些时候出现了问题?被求助者移情,这是正常现象,也是每个咨询师都会遇到的事情,她自己也屡屡经历过;同时,对求助者的反移情,这在心理治疗过程中同样是常见的,甚至是必要的,咨询师正是利用这种移情与反移情,来帮助求助者领悟并学会处理与“重要他人”之间的关系。应该说,移情与反移情并不是问题,而是治疗中的一种资源。如果从理论上来讲,她似乎没有什么不当之处,但现在的问题是,她的求助者中断了咨询进程。她没有处理好这种移情,导致这样的结果,无论如何,她也是有责任的。

失败的治疗带来的沮丧还不是最严重的,让吕青萍感觉极度不安、甚至对自己的职业能力产生怀疑的是,她为什么会爱上自己的来访者?如果说爱还是一种语言上的描述,那么躯体的感觉呢？还有心灵的感觉？

当他们在天山雪道别时，他的拥抱让她经历了一次心灵的激情。她无法继续否认，无法对自己逃避，她确实喜欢上了这个男人。或许从一开始，从他们第一次跳舞时，她的潜意识就提醒了她；后来，她会在梦中跟他呼应，甚至直接梦见他。她费尽心力地对自己、也对他解释说，对于她，他只是异性子人格，是自己生命中的男性部分。那么，异性子人格的外化，不正是生命的另一半吗？这是不是更像爱情？

想到爱情这个词，吕青萍感觉有些惭愧。她曾经是不屑于这个词的，起码不同意把这个词原封不动地搬上来用在自己的情感上。作为心理咨询师，自己陷入了一场荒唐的爱情中，还是跟自己的求助者，这是最大的职业失败。看看欧文·亚龙的小说吧，那位年过七旬、德高望重的资深心理医生希摩·塔特，正是由于跟自己美丽的女病人同陷爱河，而被弄到几乎身败名裂。

成熟的心理咨询师不应该谈爱情，他们会用“需要”一词来替代这个孩子式的神话。

但是现在，对于林子谦这个男人，或者说这个个案，她应该怎么办呢？

林子谦并没有中断与她的联系。相反，他开始给她发短信。短信的内容大致都是，他不会再来她的工作室，不会当她的心理病人；他要跟她从头开始，做好朋友，知己。“如果可以相爱，为什么不呢？”他在短信中说。

问题是，他对她的情感，并不是爱情（她不得不再次用到这个词），而是寻找母爱的替代。吕青萍对此保持着职业性的清醒，她认为，林子谦的突然表白，仍然是一种对于治疗的阻抗。他的心灵成长之路遇到了阻碍，进入了深层困难期，他屡屡想逃，但都没有成功。于是，他让自己“爱”上咨询师，就像小孩子为了避免被追究而讨好妈妈一样，他要用爱来终止自己心灵的深度挖掘。当然，这一切发生在他的潜意识里，他自己并不知道他在做什么。他也以为自己在“爱”她，因为，如果有了爱，就可以不再治疗了。

当然，拒绝被挖掘是他的权利，就像爱与不爱也是他的权利一样。但问题是，她应该怎么办？

吕青萍用了大量篇幅，把这一困惑，以及事情的来龙去脉用留言的方式写在QQ的对话栏，写给了远方的“另一个自己”。苦等了两天之后，她终于看到了他/她的回音。很短的一句话，却直击她的命门。

——你需要被爱了。我们都需要被爱。

吕青萍呆望着屏幕，眼泪一下子涌了出来。

57

这一次已不是烟灰的嫌疑，而是实实在在的烟的实物。

陶桦在女儿小桦的枕头底下真的发现了一包烟，确切地说，是大半包。同时被发现的，还有一只可疑的打火机；不是原来的那一只，陶桦还记得那只是粉色，而这个新的，是淡蓝色。

陶桦感觉头顶好像被重物猛然击打，整个人顿时晕了。

完了！最担心的事情，终于发生了！小桦被毁了，一切都完了！

陶桦疯了一般立即打电话给祝自修，大声命令他马上回家。电话那边祝自修问又出了什么事情，陶桦已经根本不想解释，只是大喊着，你给我马上回来！

祝自修被陶桦这阵势吓住了，安排了一下身边的事情，就很快驱车赶了回来。刚一进门，陶桦就把半包烟和打火机一并扔到老公的面前。

“看看吧！你女儿变成了不良少女！”

因为见过小桦吸烟的样子，祝自修并没有表现出太过吃惊，这更让陶桦怒火万丈。

“你说吧！到底应该怎么办啊？如果女儿就这样毁了，我也不活了！”陶桦歇斯底里地哭叫着。

看着妻子情绪失控的样子，祝自修想起女儿那天对他说的话，“如果下次你在夜总会找了个鸡，恐怕我也要学着去当小姐了……”，这样的话确实令人不安，会让天下所有做父母的人万分担忧。祝自修并不清楚陶桦对此还不知情，他以为小桦也跟妈妈说过这样的话，或表达过这样的意思。作为父亲，祝自修已经在自责，于是，他有些惭愧地对妻子说，“对不起，这一切都怪我。我知道小桦，她不会真的学坏，她只是用这种方法让我断绝跟外面的……”说到这里祝自修才发觉不对劲儿，这等于当着陶桦的面招供了。

果然，陶桦于情绪混乱之中还是听明白了丈夫的话。

“那么就是说，你在外面真的有了别的女人？为什么小桦都知道了？”陶桦开始咄咄逼人。

祝自修为自己的不够冷静后悔不已。但事已至此，也无法继续隐瞒，他只好硬着头皮对妻子说，自己确实跟那个女人有过暧昧，但千真万确的，已经结束了。就是因为小桦的行为促成他下决心了断。

猜测一旦被证实，陶桦反而冷静下来。她不再哭闹了，只是坐在沙发上沉默着。

祝自修交代了自己的“罪行”之后，有些希望陶桦骂他一顿，或者跟他大闹一场。陶桦的沉默让他更加不安。好端端一个家，现在弄成了这样，无论如何自己都是有责任的，甚至应该负全责。因为陶桦并没有做错什么。

祝自修有些不知所措了。他不知接下来应该说些什么才好。与沈媛的分手之痛还没有得以平复，现在女儿又出了问题，家里弄得鸡犬不宁。他觉得自己是个罪人，简直是罪该万死。

“我们，离婚吧！”陶桦终于不再沉默。

“不要说气话。”

“不是气话。我不能眼看着女儿就这样毁了。”陶桦的语气已经平静下来。

“我跟你说过，我跟她……确实已经结束了。”

“还会有别的女人出现的，或者，早已经出现过别的女人，”陶桦说，“这种事，发现的时候，肯定不会是唯一一次了。”

祝自修一时无语。

“既然你对我已经没有了感情，不如干脆分开吧！”陶桦异常冷静地说。

“我从来没有想过放弃家庭。男人总有逢场作戏的时候，但我没有想过要离开你。”

“逢场作戏？”陶桦又有些激动起来，“可以逢场作戏，就可能假戏真做！我受够了这样的日子！我天天回家，明明知道你不会回来吃晚饭，还是要做出你那一份！我希望家有个家的样子，一家三口轻松快乐地过日子，可是自打你去搞什么销售，在家吃过几顿饭？陪我跟小桦出去玩过几次？你还是这个家的成员吗？算了吧，我真的不想再这样下去了，我没有说气话，咱们离了吧！小桦跟我在一起，你去找你外面的女人一起过吧！”

“我不同意你们离婚！”小桦突然打开门进来了，“你们的话我刚才听到了，我不让你们离婚！”女孩儿一眼瞥见扔在地毯上的那包烟，似乎明白了一切。

“爸爸，妈妈，我向你们保证，只要你们不离婚，在一起好好过，我再也不抽烟了。其实我也不是真的想抽烟，我是做给你们看的！我答应你们，我会认真学习，努力考上好大学，我会乖的，还不行吗？”

“跟你没有关系，”陶桦对女儿说，“是他的毛病。他那毛病改不了，我没法跟他过下去了！”

小桦用锐利的目光盯住父亲。

祝自修有点心虚，不敢接住女儿的眼神。偏偏手机在这时响了起来。祝自修又担心又有些期待地瞄了一眼，不是沈媛，当然不会是她了。是一个看上去很陌生的电话。他接听了，竟是贺大刚的前妻李惠。女人在电话中哭着说，你们快来看看吧，老贺出事儿了。

58

古城西安。吕青萍至今怀念的一座城市。

二十年前她读大四，临毕业前夕，系里组织了一次实习，她跟她的同学们整整坐了一天一夜的火车，沿着黄河直达秦岭山脉。当时她的恋人刚刚跟她分手去了国外，而旅途更容易让人感受到分离之痛。她闷闷不乐地坐在车上，一直看着窗外匆匆退去的景物，虽然是阳春三月，她的心底却充满悲凉。她记得，坐在对面的两个男生之一，变魔术般拿出两副扑克牌，建议她和另一位女同学说，咱们四个打牌吧！吕青萍当时根本不会打牌，但男生说，我教你一次，保证学会！她果然一学就会了，并且兴致高昂，于是他们那个小小空间里的四个人创造了一个奇迹：除了吃东西与喝水，他们一天一夜没有合眼一直在打牌，打了整整一路！那时真是年轻啊，年轻本身就是激情。在接下去的五天里，无论是在高校参观，还是游览古城风物春景，她都会格外关注那个教她打牌的男生。她当然记得他的名字,但她不想说出来,永远也不会说,因为那是藏在岁月深处关于青春的秘密。记得在游历翠华山时,在一个长年结冰的山洞里,她跟那男生走在了一起,他们并不交谈,但她能够感觉到他对她的呵护,比如走在湿滑处,他会拉一下她的衣角,他们甚至没有牵过手。终于走出山洞那一刻,来到明丽的阳光下,他冲着她笑,同样变魔术般在她面前展开了紧握的拳,摊开的手掌中,有一片晶莹剔透的冰凌,在太阳的七色光线下,闪烁着梦幻般的异彩。他说,送给你。她还记得将那片冰握在手心中的感觉,纯净,清冽,甘美,就像那个时代的爱情,就像他们的青春时光。

这就是西安留给吕青萍的美好记忆。只是在西安。当他们结束实习返回学校后,就开始面对毕业与分配了。他们像两条游开的鱼,各自吞吐着气泡,相忘于江湖。但那个梦幻般的山洞,那片凉丝丝的冰凌,一直珍藏在她的心底。

天啊!梦幻与山洞——这是她二十年前的记忆,却成了另一个男人二十年后的梦境!吕青萍突然联想到林子谦,他第一次带给她的梦,就是关于山洞。难道说,这里面有着一种神秘的联系?

吕青萍这次到西安,是来学习海灵格的家庭系统排列。关于海灵格,她只是知道他是一位德国的心灵大师,原来做过牧师,在一些原始部落与当地土著生活过,对人类的灵魂有着独到的理解。吕青萍有一位心理界的同行大姐在西安,大姐曾经对她说,家庭系统排列是一种直接而深刻的治疗技术,与其说它是一门心理技术,不如说是一项灵魂层面的工作,非常适用于解决心理咨询师的个人困惑以及心灵成长。吕青萍正是为此而来。

主持工作坊的导师,是一位来自台湾的治疗师,大家称他FENGSER。FENGSER 给大家讲解了海灵格的理论框架,海灵格认为,每个家庭,以及更大范围内的家族,都是一个系统;而我们每个人,都是系统的一部分,是系统的成员。在一个系统中,每个成员都有归属权,都应该拥有自己的位置。整个系统的内部深藏着一些不容易被我们的意识所觉知的内在动力或法则,海灵格称它为“爱的序位”。所有的心理问题和人生困惑,以及解决这些问题与困惑的方法,都源于唯一的力量,那就是爱。如果这种爱是觉悟的,方式是正确的,那么系统内部动力则是和谐的;相反,如果爱是盲目的,错位的,那么就违背了系统法则,作为系统成员的个人,则会出现各种问题。而爱的法则强调的是整体性,平衡性及次序。整体性也是指归属权,每个成员都属于这个系统,缺一不可;平衡性即施与受的平衡,付出的爱应该得到回报,而当你施爱时,要在对方可以回报的程度之内,否则,系统则出现不平衡。关于次序,则是强调在一个家庭系统中,每个成员都要担当起各自角色的身份,父亲像父亲,儿子像儿子,类似我国古代圣贤所言的“君君臣臣父父子子”,如果一个家庭中父亲做得不像父亲,那么可能由儿子来替代父亲的角色,这样的家庭就会出现问题。

吕青萍认为这些理论很精髓,也很适用于家庭问题的治疗。工作坊的第一天,FENGSER 为学员现场处理了几个案例。给人留下深刻印象的是关于流产的问题。有一个夫妻关系陷于困境的案例,导师让当事人在现场找出几位学员分别代表当事人的丈夫,他们的孩子以及当事人本人。经过系统的呈现,整个家庭的纠结在于他们曾多次有过孩子但都被人工流产,却没有及时处理好当时的悲伤情绪。当导师请两位代表坐在父母代表的面前时,母亲的代表恸哭失声。人工流产使女人在心灵与身体上屡受伤害,而男人却在回避这段记忆,不肯与妻子共同面对,这在女人心中埋下了深深的幽怨,而这个家庭保留下来的孩子,则一直生活在莫名的内疚中。家庭系统排列呈现出这一真相,在导师的引导下，悲伤的情绪得以疏导，那些没有成形的小生命也得到了父母的安慰与尊重。

这个案例做得全场一片唏嘘，学员大部分是女人，几乎哭了一半儿。事先放在椅子下面的纸巾盒全部派上了用场。是啊，哪个女人没有做过几次人工流产呢？婚前或婚后，爱的人或不爱的人，后悔或无悔，女人在孕育生命的同时也在无奈地扼制生命，这样的经历就像行走在锋利的冰刃之上，随时会劈裂女人的心灵。

吕青萍也哭了，甚至哭得很惨。在这里，她不再是心理师，不再是为求助者解惑的心灵工作者，她只是一个普通的学员，一个迷茫的女人，一个有着同样经历的母亲。好久没有这样痛快地哭过了。她此时深深体会到西安大姐说的话，即使做一个旁观者，同样会被治疗。

进一步被治疗，是在第二天的工作坊。吕青萍自己的原生家庭得以在这里呈现。她，她早逝的父亲，以及健在的母亲，还有她的一弟一妹。正是这个呈现，让她感觉到爱的能量以及它的流动。

在此之前，吕青萍曾不止一次对自己的成长做过分析，她一直认为在她的原生家庭中，她与父亲的联结最深，父亲也最爱她。与父亲相比，她感觉母亲对她的爱好像没有那么足够，父亲去世后，她发觉自己跟母亲的关系更远了。她们母女之间倒没有什么明显的冲突，但好像隔着一层薄纱，有些生分，有些客气，这种不温不火的亲情，总让她感觉缺少点儿什么。然而，这次工作坊的呈现，却让她体验到了完全不同的东西。

母亲是爱她的。当母亲的代表在场中，一直用柔情与关注的目光凝视着她时，她突然明白了母亲的爱。她整个心灵被震撼了，被母亲那种默默的爱所笼罩。尤其是听到母亲的代表对她说,我一直爱你,因为你是长女,我知道你会照顾好自己,你是我最好的孩子,吕青萍止不住泪流满面了。她紧紧抱住“母亲”,泣不成声地说,我以为你不够爱我,现在我知道了,我需要爱!我需要的爱,妈妈你一直在给我一直在给我!妈妈,我谢谢你!

吕青萍深深地给母亲的代表鞠躬,带着满怀的爱,和浓浓的情。她感觉到了爱的热流正在周身流淌。当天晚上,她给远方的母亲打了个电话。电话中她甜甜地喊着妈妈,说,我从西安回去时,先回家看你!

西安大姐笑着告诉她说,你刚才的样子真像个小女孩儿。吕青萍也笑了,不用照镜子,她也知道,自己的笑容一定非常灿烂。

59

贺大刚在江天丽景的房子里被人刺成重伤,正在医院急救。

祝自修和陶桦赶到市立医院时,李惠正在走廊的椅子上坐着抹眼泪。见到陶桦,一下子放开了情绪大声哭了出来。

陶桦心里很感动。从前贺大刚跟李惠在一起时,他们两家人经常小聚,关系都很好。那时贺大刚还没有做房地产,也没有现在这么有钱。他们离婚有五六年了,据说李惠还是一个人,带着他们的儿子。现在老贺出了事儿,第一时间赶来的,竟然是他的结发前妻。那么他的现任夫人在哪儿呢?

陶桦忍不住问李惠。李惠说,出事的时候,是贺大刚挣扎着用手机报的案。她的号码就在他手机里存着,而且用的名称是“爱人”,于是办案人员通知了她。

“在他的手机里,他还保留着以前的称呼,”李惠很动容地说,“他还叫我爱人,所以警察问我,你就是他爱人吗?”说到这里李惠又止不住放声恸哭。陶桦一边拍着李惠的后背,一边感叹着女人的痴心。

祝自修一直心神不宁。江天丽景是贺大刚送给沈媛的房子，他在那里出事，那么沈媛在哪里？她怎么样了？

祝自修悄悄跑到医院的卫生间，拨了沈媛的号码。无法接通。再拨，仍然如此。祝自修有了一种不好的预感。他急忙跑到护士站，拉住一名小护士问，刚才送来急救的是几个人？

“两个人啊，一男一女。”小护士说，“我们正在联系女人的家属。”

“她怎么样了？”祝自修急切地问。

“你是她家属？”小护士打量了一下祝自修。“她没有什么大的危险，就是……就是……”

“就是什么？你快说啊！”祝自修扳住小护士的肩膀，手下的力道很重，女孩儿疼得咧了咧嘴，说，“你可得好好安慰她啊，她被歹徒欺负了……”

祝自修头晕目眩地回到急救室门口。陶桦拉着李惠的手坐在走廊的椅子上，祝自修在离她们较远的地方坐下来。

一种巨大的无助与惊恐围绕着他。这种无助感似曾相识。时光倒回三十年前，一个十来岁的男孩儿，黄昏时分跌跌撞撞迷迷糊糊一路赶到镇卫生院。也是在急救室门口，也是医院的长廊，只是，那里的一切都如同记忆般陈旧，而记忆也如同那个岁月一样变得模糊。

少年的母亲在急救室里，她的性命没有被人留住。她喝了农药。喝农药的原因男孩儿不是很清楚，家里的长辈们也对此讳莫如深。只是后来，孤单的父亲在一次醉酒之后，突然拉过男孩儿一顿暴打，边打边骂他说，你是我的儿子吗？你是我的儿子吗？你的娘是个坏女人！

……此时，那个早已长大了的男孩儿，坐在医院的急救室门口，望着从身边走来走去的人们，内心一片茫然。我是谁？坐在对面的女人是谁？里面的人又是谁？我在等待着什么？

刚才那个小护士突然出现在祝自修的面前，声音清晰地对他说，“你怎么还在这里？你太太醒了，你可以去看她了！”

祝自修愣在那里。对面不远处的陶桦和李惠也是一脸疑惑。小护士有些不解地望着犹豫中的男人，催促着说，“她精神受的伤害比身体要严重，你快去安慰安慰她吧！”

祝自修好像终于听明白了小护士的话。他缓缓站起身，两眼盯着急救室的大门，身体却朝向一个相反的方向移动着；最终，祝自修选择逃离了医院。

贺大刚身受多处刀伤，还好都不是关键部位，但伤势较重，虽然脱离了生命危险，还是在医院里躺了两个月。

沈媛遭到了三名歹徒的性侵害。她很快就出院了，但一直躲在家里不见任何人。

关于三名歹徒，暂时还没有被抓获归案。有人猜测是贺老板得罪了江湖恶人，还有人说因为他太有钱，被人盯上了；另有一种说法是情怨，说凶手是受雇于沈媛的某位前情人，这种说法的理由是，除了两人身上的现钞和首饰，作案者并没有抢夺其他财物，只是把贺老板绑了起来，然后当着他的面凌辱他的女人，只要他骂一句，他们就扎他一刀。眼睁睁看着自己的情人被歹徒羞辱，是贺大刚这种目空一切的男人所无法忍受的，所以他身上挨了很多刀，也算是冲冠一怒舍身为红颜了。

但是关于事情的真相，祝自修并不清楚。因为沈媛躲起来，再也不肯与他见面；老同学贺大刚躺在病床上，对所有探望的亲友关于案情的询问一概闭目不语，在一旁服侍的前妻李惠一脸歉意地对大家说，老贺不愿意回忆那一幕，他需要安心休养。

祝自修觉得这两个人，贺大刚和沈媛，好像都在怨恨着他；而他自己也感觉在什么地方对不起他们。他们出了这样的事，似乎与他有关。他有一种莫名的负罪感。这种感觉飘浮在空中，可以意识到它的存在，可以呼吸到它的气味，却是看不见也摸不着。

60

吕青萍结束学习之后，在从西安返回的途中，特地回到故乡看望母亲。

母亲快七十岁了，身体和精神都还不错，一直跟弟弟生活在一起。弟弟是公务员，弟妹在中学教音乐，他们的儿子在读小学。

母亲一直不想离开弟弟一家，吕青萍能够理解。母亲喜欢自己唯一的儿子，认为儿子就是自己的依靠，况且弟弟确实是一个和善的男孩子，做人不卑不亢，不温不火，他找的伴侣也是这样的人。吕青萍对弟媳很有好感，她是一个轻轻柔柔的女人，说话都像在唱歌。

吕青萍知道，母亲不想离开故乡小城，还有一个重要原因，就是父亲在这里。父亲睡在这座小城的南郊。一片向阳的山坡墓园。有一年春节，吕青萍好不容易说服母亲到自己家过年，大年三十的白天，母亲显得心神不宁，说我要给你爸送点零花钱，可是路途太远，怎么能送到啊？吕青萍明白母亲说的零花钱是指冥币。她事先已有准备，就把一沓沓印得花里胡哨的冥币拿给母亲，问她够不够？母亲翻看着那些面值高得惊人的冥币说，这么个弄法，那边的钱可是越来越毛了。儿子朋朋插话说，姥姥，那叫通货膨胀！母亲不满意这种膨胀的东西，自己不知从什么地方拿出来一捆又软又黄的毛边纸，说，还是这个好用！

吕青萍记得那个年三十，是她陪着母亲一起去海边给父亲“送”的钱。母亲担心这些钱寄不到父亲那里，吕青萍安慰她说，大海跟所有的陆地都是相通的，可以连接任意一片海岸。母亲觉得有道理，就同意了。但是回来之后，母亲却一直嘀嘀咕咕，说海边风太大，会不会把钱都吹散了？几天之后母亲竟然病了，说父亲给她托梦，梦中父亲告诉她，说自己这些天一直感觉很冷。母亲醒来后就急着要走，她说我得回去，我得去给你爸再送件棉衣。母亲执意要回家，吕青萍说什么也留不住。母亲说，你这里离老家太远，我怕你爸没收到钱，没买成棉衣，我要回去到南山直接送给他。

那时，吕青萍虽然理解母亲的心情，但多多少少还是认为母亲有点迷信。所以她虽然陪着母亲给父亲“送”钱，但自己并不是太认真对待，只是哄着母亲开心。然而，当她近些年从事心理工作之后，她不再认为母亲迷信。对灵魂的崇敬、对未知的敬畏，就是对生命的尊重。生命的存在与逝去同样重要，有肉体附着的心灵以及灵性层面飘荡的精神，都应该受到最高形式的铭记。人类逃避墓地的静穆是不敢面对死亡，而人们不肯认真思考灵魂的话题，是害怕窥见自己肉身的浅薄。

所以，这次吕青萍回到家乡小城，第二天就对母亲说，我要去看看父亲。

小城的南郊，被母亲称作南山。吕青萍儿时经常跟随父亲来这里玩耍。她是家中的老大，父亲最疼她，经常在星期天带她出来。在吕青萍的记忆中，父亲喜欢亲山乐水，然而故乡的小城除了这座南山，并没有一座像样的山和一条像样的河，所以当时她对于水的向往，完全出自父亲的指引。父亲给她讲关于大海的故事，给她描述海的模样，海的辽阔与蔚蓝。父亲说他平生只见过一次海，父亲还说他最大的遗憾就是不能让自己的儿女生活在一座有海的城市。所以后来吕青萍大学毕业就选择了她现在居住的海滨城市，同样遗憾的是，她不能让自己的父亲来看看她的海了，因为父亲已经早早离开了这个世界。

吕青萍给父亲带来一大束鲜花，白的百合黄的扶郎星星点点的石竹和勿忘我，而且还有几朵玫瑰。玫瑰是女儿的爱，女儿的思念，女儿对父亲在天之灵的祝福。在那片向阳的墓地，吕青萍郑重邀请父亲以灵魂的方式去看望她，尤其要看望一下她身边的大海。海是母亲，海也像父亲。海是人类生命的源头，海就是生命本身。

这不是迷信。这是一种仪式，关于灵魂。当我们与自己的生命之源发生心灵上的联系，我们就获得了力量，我们的生命就有了存活下来的理由与责任。我们的生活就充满了质感。

那天晚上，吕青萍跟母亲睡在一起。睡前，吕青萍撒娇地问母亲，自己这些年一直在外求学与工作，"您老人家到底惦记不惦记我啊？有多惦记？"母亲说，"你是老大，也最让我放心。我知道你会照顾好自己，你是我最好的孩子。"吕青萍惊讶于母亲的这番话！此刻，吕青萍再一次泪流满面。她紧紧抱住亲爱的妈妈，对妈妈说，我知道你是爱我的，我也永远爱你！

当天晚上，她接到了丈夫老刘打来的电话，问她何时归来？吕青萍突然发觉老刘的声音那么可亲，甚至还有一丝性感。她告诉他，自己今天给父亲扫墓去了。她说了自己送的什么花，以及对父亲说了些什么，甚至，她还跟他讲了一些关于灵魂的思考。她很奇怪自己今天为什么想跟他讲这么多话。末了，她问他，"你听懂我的意思了吗？"电话那边，老刘沉吟了一下，然后说，"忙完就快些回来吧！"

吕青萍有一丝失落。她很希望丈夫老刘能对她多说点儿什么。但他只是那淡淡的一句。

她轻轻叹了口气，然后挂掉了电话。

61

贺大刚的这场意外遭遇让陶桦有些发蒙。她实在搞不懂那个叫沈媛的女人跟这两个男人之间到底是怎么回事。那天在医院急救室门口，听到小护士与祝自修的对话，以及祝自修的突然离去，陶桦感到疑惑不解，在沈媛从急救室被送往病房的途中，陶桦故意跑到近前看了一下，一眼便认出正是那个欧罗巴吸烟女郎，与自己老公有暧昧关系的女人。可是，她怎么会跟贺大刚一起被送到医院来？

陶桦从护士那里得知了女人的名字，沈媛，好听，也好记。沈园柳老不吹棉。陶桦怀着复杂的心绪重复着这个名字。心里猜想着这个女人的身份，她怎么可能同时周旋于两个男人、而且还是两个多年的老同学之间？这两个男人彼此知道她与对方的关系吗？他们之间是不是还有什么更加不堪的东西让人无法面对？

陶桦脑子彻底乱了。内心像一座荒漠古堡，曾经以为很坚实的部分，现在正一处处坍塌，让人猝不及防。她感觉这个世界正在变得陌生，所有的人所有的事，都在以一种不为她所熟悉的规则运作着，而她，却成了生活的旁观者，人生游戏的局外人。

离婚吗？仅仅是婚姻的问题吗？离了婚就可以万事皆休？婚姻究竟是生活的形式，还是人生的内容？结束了婚姻之后，生活要有怎样的继续？

陶桦感受着从未有过的迷乱。她甚至无法理解李惠的行为。自从贺大刚出事之后，作为前妻的她一直侍奉在前夫身旁，而贺老板的现任妻子，据说得知自己的老公是为了情人受的伤，竟一怒之下与贺老板反目，老公还躺在医院里，她竟开始四处找律师，准备离婚了。

陶桦在医院时问过李惠，为什么一直没有再婚，还想跟老贺破镜重圆吗？李惠说，不想再次结婚，是因为被伤得太重，已经惧怕了；同样的原因，她也不再想着复婚。

"我来医院陪他，因为他是我儿子的爸爸，不管怎么说，还是亲人。"李惠说，"我跟儿子现在过得很好，老贺在财产上没有亏待我们，我现在衣食无忧，把心思全部放在儿子身上。孩子永远是自己的，不会背弃你。"

看来，离婚对于女人来说，并不是可怕的事情。从芦珊到李惠，无论是理想主义者还是现实的女人，她们的城外生活都过得平静而从容，不必整天为那个男人操心劳神。为什么一定要把自己人生的喜乐愁怨全部投放在另一个人身上呢？

离婚的决定让陶桦感觉自己仿佛拥有了某种力量，放下并不意味着失去，而是意味着轻松。轻松总是与自由密切相连的，当你把自由归还给对方的同时，你自己也获得了同样的体验。

为什么不呢？

62

祝自修从来没有想过离婚。一个男人，不能没有家庭。所以，当陶桦向他郑重提出离婚的时候，他强烈反对。他说，我们还至于走到那一步吗？

祝自修突然发觉自己作为男人很是失败。两年前，他失去了一位红颜知己；不久前，他又失去了一个出色的情人；现在，他又面临失去妻子甚至女儿的境地。身边的女性一个个离他而去，这样的日子活着还有什么意思？他真有些佩服老同学贺大刚。虽然现在他人还在医院躺着，但看看人家身边还有一位尽心尽力的女人，而且是前妻；换成自己躺在医院，哪个女人会来探望他呢？不盼着他快点死掉就不错了！贺大刚拥有那么多的财富看来并不完全是机遇，他身上或许真的具备一些自己没有的东西。

祝自修一个人静处时，总是在一遍遍想象着那个晚上江天丽景发生的危情。虽说贺大刚并没有保护好沈媛，但那是因为实在寡不敌众，至少他为美人受了多处刀伤。如果是自己，可能吓得早就闭上了眼睛什么也不看，连一点声音都不敢出了。贺大刚能够一掷千金甩手把一套豪华住房赠与美人，不仅仅是因为有钱，在祝自修看来，这也是一种男人的气魄！而自己就是缺少这种气魄，才落到今天这步田地。这步田地，难道，真的就无法挽回了吗？

"我们真的无法挽回了吗？"祝自修问陶桦。

"我对你已经彻底失去了信任。"陶桦冷冷地说。

"就因为我跟……她的事情？"

"难道这些还不够吗？"

"可是，我们已经结束了啊！你没看到，她跟贺大刚在一起，还出了那样的事儿？"

"就是因为这个，我无法接受。"陶桦厌恶地说，"这样一个女人，跟你和老贺同时有关系，你们到底在干什么？想一想就让人感觉恶心！"

"你胡思乱想些什么啊？不是你想的那样！"祝自修无力地辩解道。

"我什么也不愿去想了。我现在就想清静下来，过安稳的日子。这样的折腾法我实在忍受不下去了。我还要工作，还要照顾小桦读高中，我想让自己的后半生不再那么累！"

"是我不好，我让你受累了！"祝自修的口气开始变软。但是，他发现，已经没有用了。

“如果仅仅是让我累,还没什么;你现在的样子,让我鄙视你!”陶桦在学校上班,经常听到学生们说“鄙视”这个词,今天才发觉,孩子们常用的词确实有着极好的表达效果;说出对祝自修的鄙视之后,她感觉自己舒畅了许多。

他们的这番争吵虽然没有当着小桦的面，但他们之间剑拔弩张的气氛，女孩儿不可能感觉不到。陶桦曾经在网上读过一些文章,关于父母离婚对孩子的影响,她看到专家建议说,要尊重孩子的知情权,尤其是青春期的孩子,父母离婚的事不必与他们商量,但要把结果告诉孩子,包括孩子由谁抚养。专家还说,千万不要让孩子选择跟父母中的哪一方，因为这种选择会让孩子感到为难,无论怎样选择孩子都会感觉自己背叛了另一方。陶桦认为专家说得非常正确,于是决定跟小桦好好谈谈。

这些天来,小桦放学回家的时间越来越晚。学校正在施行素质教育,已经取消了晚自习,平常六点就应该到家。可是近来,小桦经常七八点才回。问她做什么去了,不是说有同学过生日,就是去同学家一起写作业。这些日子陶桦因为自己心绪烦乱,也就没有给女儿更多关注。这天,终于决定找女儿谈话,可是小桦直到晚上九点还没有回来。

陶桦给女儿打电话,可是小桦的手机彩铃唱了半天,就是无人接听。快到十点的时候,祝自修回来了,小桦也终于回了条短信:你们如果要离婚,我就不回家了。我在一个同学家,她的父母分开了。我以后就陪她住。

小桦的手机信息是同时发给两个人的。祝自修和陶桦各自读到短信后,两人面面相觑,焦虑万分。

陶桦望着祝自修,一时没了办法。祝自修说,还愣着干什么?快告诉她,我们不离婚。让她把同学家的地址告诉我们,我们开车去接她回来!

陶桦没有反对，照着做了。

什么都可以放下，唯独女儿不能够。

63

这个夏天雨水特别多。进入七月，海滨城市的气温还不算太高。夏日的午后显得犹疑而漫长，令人容易犯困，然而吕青萍却睡意全无，因为今天下午将有一个家庭前来咨询。

她还记得那个家庭，孩子是高中学生，那女孩儿有个好听的名字叫小桦。小桦的母亲在电话中说，是女儿执意要带父母来咨询。母亲说女儿住在同学家不肯回来，跟父母谈条件，让他们答应不离婚，而且，即使答应了她也不相信，提出要让他们来找心理咨询师，让咨询师帮助他们和好如初。

吕青萍翻阅了女中学生祝小桦几个月前的咨询记录，这个案例的名称，被她拟定为“想要留住父亲的女孩儿”。当女孩儿在潜意识中想要留住父亲时，她以呕吐和厌食作为症状，以“让我离去”的象征性表达替代父亲离开这个家庭；当这种无意识中的家庭动力被咨询师揭示出来之后，女孩儿又选择了意识支配下的行为，比如离家，住在同学家里。这同样是“让我离去”的内在冲动的外部呈现。这个叫做小桦的女孩儿让吕青萍既感动又心疼，她为了捍卫自己家庭的稳定而承担得太多。毫无疑问，这样的孩子具有很强的心理能量，但是，再强大的孩子终归是孩子，他们的生命能量应该投注于自我的发展，而不是为了父母而去担当本不应该由他们担当的一切。

现在，小桦父母的关系走到了濒临分手的境地。孩子实在感到无力了，感到自己的力量已经不能左右成年人的选择。于是她想到了求助于心理咨询师，求助于一个可以借用的外部力量。感觉到自己的力所不及,这虽然是一种挫败性的经历,但对于青春后期的孩子来说,同样是一次难得的成长机遇。让他们懂得,成年人的世界,包括情感世界里发生的一切,都要由成年人自己去承担,而当他们长大成人之后,他们也会明白要为自己的行为自己的人生负责。

祝小桦一家三口准时来到工作室。这一次,女孩儿坐下来时挨着母亲更近。

"是小桦提议你们来这里的?"吕青萍微笑着问。

"阿姨,是我让他们来的。自从上次来过你这里之后,我都好了,不再吐了,上课也能集中注意力,可是他们还是要离婚。是不是因为我好了,他们才又这样了?"

吕青萍不直接回答小桦的疑问,而是转向她的父母。

"你们听了女儿这样说,有什么想法和感受?"

"跟她没有关系。"父亲说,"是我跟她妈妈之间的事情。"

孩子的母亲却说,"我一直没有机会说声谢谢,现在补上吧!小桦自从来你这里咨询之后,确实不再吐,也爱吃饭了,完全恢复正常。其实我心里明白,她后来的那些不良行为,并不是她真的要学坏,而是做给我们看的。孩子,我理解你,也没有怪你。"

吕青萍转向小桦,"你知道妈妈在说什么吗?"

"我知道。"小桦故作漫不经心的样子,"她是说我抽烟那件事。我就是做给他们看的,其实,"女孩儿指了指父亲,"我只想做给他一个人看。"

祝自修回避了女儿的目光。

吕青萍问小桦,"你做给爸爸看了,但结果如何呢?"

"……"小桦望着吕青萍,一时语塞了。

吕青萍说,"我给你讲个故事好吗?从前有一个孩子,有一天发现妈妈的一双靴子上沾了块污渍。孩子提醒了妈妈,可是妈妈只说了声，我知道了，并没有去擦掉它。一连几天，孩子都能看到那块污渍仍然存在，但妈妈没有理会并一直穿着它。孩子急了，决定帮助妈妈。孩子拿来一块纱布，蘸上水，却怎么也擦不掉；孩子换了一块很硬的砂纸，磨来磨去，总算把污渍清理掉了，然而，靴子上的漆皮也被弄破，显得很难看。妈妈并没有责怪孩子，却把靴子扔掉了。”

“你是说，我爸爸就是那块污渍？”吕青萍刚刚讲完故事，小桦很快地发问。

吕青萍笑了笑说，“污渍不是指爸爸，而是他们婚姻出现的一些问题。”她继续解释，“你一定听过这种比喻，婚姻就像鞋子，舒服与否，只有穿它的人知道。把婚姻比喻成鞋子，还有另外一层意思，那就是鞋子是带着我们走路的，所以它会沾上一些尘土，不过不要紧，所有的鞋子都可能出现这样的问题，就像沾上污渍一样，但这并不妨碍它仍然是我们的鞋子。所以，听了这个故事，你有什么感悟呢？”

小桦说，“唔，鞋子脏一点儿不要紧，就算不擦干净也可以穿，但如果弄坏了，就完全废掉了。是这样么阿姨？”

“你说得非常好！”吕青萍称赞道，“是这样的，有时，带着一些小问题去生活，这些问题会慢慢得到修正。你再想想，这个故事还有没有其他含义呢？”

小桦转动着小脑瓜，认真地想了一会儿，突然很轻快地说，“我明白了！你是想告诉我，妈妈的鞋子应该由她自己去擦，对不对？”

吕青萍笑着说，“你真是个聪明的孩子！”

“可是阿姨，我这次让他们来，就是想让你帮助他们，不让他们离婚。”

“你刚才说了，鞋子是妈妈的，婚姻是他们两人的。我可以向他们介绍一些擦鞋的方法，但不能成为第二个擦鞋的孩子，你和我都不能这样做，是不是？”

小桦的目光中透着无奈。但她毕竟还是明白了这个道理。

“小桦，爸爸妈妈的婚姻问题，应该由他们自己来面对和解决，如果我们干预进来，极有可能适得其反。所以，从现在起，你只要做好自己的事情，做他们的好女儿，其他的事，交给成年人自己处理，你能做到吗？”

“如果他们真的离婚了怎么办？”小桦还是在担心。

“离婚与否，是他们之间的关系发生了改变，但他们始终是你的爸爸妈妈，这一点不会变，他们对你的爱也就不会改变。他们永远是爱你的。而且，你也非常爱他们，这也不会变，是这样吗？”吕青萍轻柔地说，“我知道你是一个特别懂事的好孩子，你对爸爸妈妈的爱大家都能深深体会得到。你希望他们过得幸福，但如果两个人在婚姻中得不到幸福了，可能分开后会更幸福。我并不是特指你的父母亲，我只是想告诉你，如果他们认为在一起更幸福，那当然好；如果他们感觉分开会好一些，他们也有这样的权利。但无论怎样，他们都是你的父母，你是他们的孩子，你们之间的爱不会因此受到影响，你相信这一点吗？”

小桦含着泪望着自己的双亲。妈妈已经在流泪了。爸爸半垂着头，一声不吭地坐在那里。

“你们能够做到永远爱我吗？”女孩儿哭着说，“我不想离开你们其中的任何一个！”

陶桦紧紧抱住了女儿，说，“妈答应你了，不离婚。不论受到怎样的委屈，妈都不会让你受到伤害！”

小桦腾出一只手，一边替妈妈擦着眼泪，一边说，“妈妈你不要难过啊！我不让你因为我受委屈。只要你们能幸福，做出什么样的选择我都支持你，好么妈妈？”

吕青萍内心涌满了感动。她动情地对女孩儿说，“小桦，爸爸妈妈听到你这样说，都会感觉轻松和开心。他们会带着这份轻松的感觉做出一个很好的选择。阿姨看到你这样，也很宽慰。真的，我为你感到骄傲！”

吕青萍拥抱了女孩儿。然后提议让她先离开这里。

“你只要做好你自己就行了。下面的问题，由爸爸妈妈自己来解决，好不好？”

祝小桦离开后，祝自修和陶桦双双陷入了沉默。吕青萍静静地坐着，等待着他们。

“我没有想过离婚。我一直以家庭为重，这些年奔波劳累，还不是为了这个家？”祝自修终于开口。

“我也一样，为了这个家我比你付出的更多！”陶桦冷冷地说。

“那就是说，你们双方的目标是一致的，都是在维护你们的家庭。”

“他胡说！”陶桦有些愤然，“他不停地在外面闹动静，年轻时就做过荒唐事儿，时间太久我也懒得提了。最近两年，他混迹于声色场，说是谈业务，可是现在男人怎么谈业务谁不知道？经常晚上不回来也就罢了，又在外面有女人，还被我撞见了！如果说是逢场作戏，我还可以睁一只眼闭一只眼，可是竟然当着我的面拉手示爱，那种肉麻的场面哪个女人能受得了？”

“我已经说过多少遍，我跟她之间已经结束了！你又不是没有看到她现在的情形！我们这样闹来闹去你说有意思吗？”

“没错，我也觉得没有意思。”陶桦把脸转到一边。

“看得出来，你们两人之间的关系出现了一些问题，”吕青萍说，“那么我想知道，你们今天来这里，是想讨论你们的关系，还是讨论以前的那些问题呢？”

“讨论关系吧，我不想离婚。”男人说。

“当然是关系，那些破事儿我已经懒得重复了！”女人说。

“好，那我们就来讨论关系。说说看，你们两个人，是谁在破坏你们之间的关系？”

“当然是他！”女人说，“如果他不在外面做那些烂事儿，怎么会有今天？”

“你说话别那么难听好不好？”男人反驳道，“难道你就没有一点儿错？”

“我有什么错？我从来没有做过任何对不起你的事情！你不就是嫌我管得太多吗？”

“这就是你的问题。总是以为自己百分之百正确，而错的都是别人！”男人说。

“看看刚才的对话，你们都在指责对方，”吕青萍说，“这对于关系来说，都不是建设性的。那么我们再来看看，保持你们的婚姻关系，谁更受益；如果破坏掉你们的婚姻，谁是受益者呢？”

这一次，两个人都没有急着回答。他们在思考着。

过了许久，陶桦叹了口气，有些无奈地说，“说实话，哪个女人不想有一个温暖的家，对于我来说，老公和孩子就是我的一切。如果说谁更受益，我不知道他是怎么想的，我只知道我需要这个家。我的朋友中也有离婚的，尽管她们看上去过得也不错，但我总感觉她们的生活缺少了些什么，是不完美的。我不止一次劝说自己，男人在外面有点儿什么拈花惹草的事儿，也不要紧，只要他的心还在这个家里就行。我们是大学同学，有一定的感情基础，我不相信他会跟别的女人跑了。我一直以为自己很了解他，可是最近几年我发现他变了，变得让我感到陌生。可能是心离得远了吧！这也是我最伤心的地方。如果说仅仅这一次，我可以原谅他。可是，我担心，随着年龄的增长，我在慢慢变老，对他没有了吸引力。曾经的感情是什么?在美女的诱惑面前,十几二十年的感情顷刻就被摧毁了,想一想就让人感到悲哀。我无法相信他不会再犯同样的错误,到了那时,我受到的伤害就更深。而且,我更担心孩子。小桦前段时间得厌食症,最近又学着抽烟,离家出走。如果他再闹这样的事儿,真不知道孩子会做出什么来,这也是我最为担心的。”

陶桦说到这里,难过得流了泪。吕青萍望着一直低头不语的男人。祝自修感觉到了咨询师的目光,他看了一眼自己的妻子,然后缓缓地说,“刚才吕老师问,是谁在破坏我们的关系,这个问题让我感到挺受震动的。我得承认,是我做得不好。但无论我做过什么,有一点请你相信,我没有想过不要这个家。至于说到以后,我确实不敢保证会发生什么。就算我保证了你也不会相信。我也不想伤害你,更不想让孩子受到连累。我会尽量好好做的。”

陶桦苦笑着说,“尽量好好做,又不敢保证。什么话都让你说了。刚才吕老师讲的那个故事挺有意思的,鞋子脏了,要不要擦?还能不能穿?你就是逼着让我天天穿着脏鞋子,因为你知道,如果我不要它,就得一直光着脚了!这就是中年女人的无奈。”

时间快到了。吕青萍找出了保存在电脑中祝小桦做的初始沙盘的照片。

“你们两人来看看女儿的沙盘,”吕青萍提示说,“从整体到细节部分,体会一下这个画面。下次来的时候,就从各自的感觉开始讨论。”

梦境。围栏。幽暗的森林。中心位置的女人。栅栏边沿的男人。跑出去的小女孩儿。破败的木屋。神秘的老妇……这些元素里面,是否隐藏着一些不为人知的神秘法则或动力?

64

吕青萍应邀为一家杂志撰写心理专栏文章。这一期，她准备介绍一下海灵格的理论，重点谈谈婚姻关系中施与受的平衡。

平衡是海灵格关于家庭系统法则即“爱的秩序”中的一个重要思想。其实，在所有的人际关系包括夫妻关系中，施与受如果失去平衡，都会出现问题。一味的付出与一味的索取都会最终破坏关系。我们曾经认为，爱别人是没有错的，付出而不求回报甚至是一种美德。然而，海灵格却告诉我们，施爱也应该在对方可以回报的程度或范围之内，如果超过限度，让别人无法回馈，那么平衡被打破，同样会出现问题。一个施而不受的人，等于是在对他人说：我宁愿是你有负罪感而不是我。如果夫妻中的一方教养太好，完全不发脾气，反而会破坏关系。这一点往往被许多人所忽略。

吕青萍联想起自己做过的一个案例。一位中年母亲被女儿带来求助。女儿说母亲在家中是那种绝对的“好人”，把家里的老少三代服侍得相当周到。无论女儿的父亲做什么错事，她都给予原谅，从来不发火。然而这样做的结果竟然助长了家庭暴力，父亲经常动手打人，开始的时候是打女儿，女儿长大之后，父亲便殴打自己的配偶。但女儿的母亲不仅不还手，挨过打之后整理好自己，再去该忙啥忙啥。但即使这样，对方还是提出了离婚。这位母亲不同意离婚，但也不予以反抗，只是默默地流泪。女儿担心母亲想不开，带着母亲来找咨询师。吕青萍当时对这位母亲说，因为你是个太好的人，所以把对方逼成了坏人。

这就是家庭的动力，系统内部的法则。海灵格告诉人们，在伴侣关系中，女人因爱而给予男人一些情感，男人也由于爱女人，所以给予她多一些。如此你来我往累积起来，幸福便会增加，感情维系也在加深。如果伴侣所得到的比付出的少，那将会危害伴侣关系；一方付出，另一方拒绝接受或补偿的话，关系就会破裂。

而当一方犯错时，另一方应该持有何种态度呢？正确的做法并不是一味的原谅。就像上述案例中的那位妻子，一味地原谅则把对方置于一个不堪的境地，好像在向对方表明，我不跟你计较是因为我比你高明甚至高尚。那么应该怎么做呢？海灵格同样以施与受的平衡观告诉我们，要给对方一个惩罚，但惩罚的程度应小于对方所犯错误的程度，这样一来，双方的心理能量与情绪都会得到平衡。

写下这一段理论时，吕青萍有些担心读者的反应。难道原谅别人是不应该的吗？难道宽容不是一种人类的美德吗？为什么不可以完全原谅对方，而一定要采取一些惩罚的措施呢？惩罚的方式又是什么？

因为涉及到家庭内部的动力学理论，吕青萍思考着，如何能在有限的篇幅内讲得更为透彻。并且，她在犹豫着，要不要将海灵格关于婚姻中的忠诚以及婚外情的观点介绍给读者。

在谈及婚姻关系中的忠诚与背叛时，海灵格理论认为，只有小孩子需要忠诚，背后的原因是害怕被父母遗弃；但伴侣间如果需要忠诚，则会破坏夫妻之间的关系，因为妻子不再是妻子，而变成了母亲。他甚至认为，婚姻关系中的第三者是可以被允许存在的，如果当事人对伴侣保有最基本的爱，又能在婚外情的体验中获得成长，并把成长带回婚姻之中，那么并不是一件坏事。

然而理论毕竟是理论，即使我们承认其中的合理成分，但它合乎人情吗？又有谁能够允许自己的婚姻在对方婚外情经验中获得成长与维护？爱情具有排他性，婚姻需要忠诚，这是每个人的内心需求，尽管这种需要经常是单边的，是要求对方对自己忠诚。

男人需要女人的忠诚是为了确保后代血脉的纯正，女人需要男人忠诚是担心自身地位的变化，即，如果男人有婚外的孩子，那么他与那个婚外的女人就形成了一个新的具有优先权的系统，而自己则成了新系统之外的人。所以，从生物学意义以及社会学意义上来说，婚姻中伴侣间的相互忠诚是需要的，也是必要的。

然而人的天性中，除了求得稳定与安全之外，还有寻求变化与探索的部分。所有的禁忌都是为了那些敢于挑战禁忌的人而设立的，并且，所有的禁忌都需要有人来破除。这是人类自己跟自己玩的道德游戏，一种证明人类自身存在的方式。有婚姻制度，就有婚外关系；有爱恋不舍就有怨恨与离弃；有忠诚就会有背叛。这是整个人类的阴影人格，永远与人类共存，共生共灭。

海灵格认为，导致这些问题的原因以及解决这些问题的方法，其路径都是唯一的，它们源自同一种力量，那就是，爱。爱是人类最为伟大的天性和品质，因为爱，所有的离弃、怨恨和背叛都会得到理解与宽宥，所有的依恋与忠诚都将充满力量。爱是阳光，在阳光下，所有的东西都有着阴阳两面，它们是立体的，丰富而生动。

海灵格的理论可以帮助我们加深对于婚姻关系的思考与解读。吕青萍感觉自己很受益。她把它们介绍给她的读者。但是在具体的个询中，这些理论会有用吗？比如说，那个独自跑进幽暗树林的女孩儿？她可以从树林中走出来，但是，她的父母却被什么东西绊住了，他们的关系卡在什么地方，爱的流动受阻不畅。

到底是什么卡住了他们？

65

一周之后，祝小桦的父母如约来到吕青萍的工作室。他们的情绪状态看上去比上次来时平静许多。吕青萍询问这些日子家里有没有什么特别的事情。陶桦说,一切还好,小桦变得乖巧懂事,学习很认真,甚至还学着帮母亲做家务。“他也有了改变,”女人望了一眼自己的丈夫,“比从前回家要早了,而且经常在家吃晚饭。”

“你自己呢?”吕青萍笑着问,“感觉自己有变化吗?”

“我经历了一件事情,对我很有触动。”陶桦告诉吕青萍,“前几天我跟自己的好友,一个离婚大半年的女人,一起去参加了一个佛教仪式。其实,也不算是参加,就是旁观。因为我并不是信徒。”

陶桦讲的是周三那天傍晚,芦珊带她参加了一个藏传佛教的火供仪式。那天下班之前芦珊来到她的办公室,神神秘秘地说,要领她去接受一次心灵的震撼。陶桦还以为又是那个时尚女子沙龙的事,就说又不是周末,怎么就有活动了?芦珊说不是女子俱乐部的活动,而是一位来自西藏的高僧,信徒们称之为上师,要于傍晚时分在北部海滩举行一种宗教仪式。火供,是用火烧的方式供养神灵或鬼魂。参加的人可以是信徒,也可以是俗世中的寻常人。芦珊告诉陶桦,这次做的不是“上供”,而是向下的布施。让大家买一些食品带到海边。因为有些累世的冤亲债主,他们在另一个世界吃不到食物,而火供则是让大家聚众,上师念咒语,把那些饥饿的灵魂招呼过来,用火烧后,他们才能吃到。这样就转化了他们的敌意与怨恨,既让他们受益,也对我们尘世的人有好处。

陶桦一直感觉自己离宗教甚远,认为那是另外一些人的事情。现在,自己的女友成了一位准信徒,她说不清自己是什么感受。为了陪伴女友,同时也因内心一种隐隐的好奇,陶桦跟芦珊到超市买了一些饼干糖果,打车去了城北海滩。

海边早有人在那里了。七八位。男女都有。芦珊说他们都是上师的弟子。陶桦特别注意到一位红袍半挂的藏族僧人,年轻英俊的上师,正盘坐在沙滩上。他的面前是一堆已燃起的篝火,身边堆满了花花绿绿的食物,品种十分丰富,点心糖果茶叶饮料,甚至还有米粉、面条和食用油。这些林林总总的食品不能直接投入火中,因为需要上师"加持"后才能确保被那些魂灵收到。

天色暗下来。大家跟随上师念过六字真经后,火供仪式开始。人们有条不紊地将食品一件件拆开,去掉可能引起空气污染的外包装,然后一一递送到上师面前,待上师为食物"加持"后,再把它们分别投入火焰之中。陶桦也学着信徒们的样子,把自己带来的饼干和糖果送到上师面前,等上师用手指触摸之后,再送去烧掉。做这些的时候,陶桦突然感觉内心变得宁静而安详。她倒不是有多么相信地狱或魂灵,真正触动她的,是这个仪式本身,红衣上师,凝重的信徒,和跳动的火。烧掉的东西已不仅仅是食物,而被安慰的也不止是饥饿的冤魂。明亮的火焰烘暖了整个海滩,陶桦感觉,自己心底一些阴郁的东西也被这神明之火带走了。

那天回来的路上,芦珊告诉陶桦,等七月份学校放假,她要跟几位佛学的朋友一起去西藏。"我总是感觉,有一个声音在遥远的地方呼唤着我,这种感觉近来尤其强烈!"芦珊说,"以前我不知道是什么。现在,我好像明确了,召唤我的肯定是西藏!"

"我这几天一直在想这件事,"陶桦对吕青萍说,"那堆燃烧在海滩上的火,一直在我眼前跳动!"

"你能说一说,你今天给我讲这段故事,有什么含义吗?"

"就是发生在这一周的事情啊!"陶桦疑惑地问,"这里面会有什么含义吗?"

"她是想逃避!"祝自修说,"出家人都是在逃避现实。"

“没有的事！”陶桦不以为然，“我又没有出家，也不是我想去西藏。我逃避什么呢？”

“你怎么看待这个火供仪式？”吕青萍问。

“我不是很懂。我只是觉得，给那些蒙冤的或有罪的灵魂送去安慰，这个仪式本身是很人性的，也是很宽容的，所谓佛家的大慈大悲吧。”

“难道你真的相信会有地狱或灵魂的存在？”祝自修问陶桦。

“没有见过的事情并不等于就不存在！”陶桦回敬他。

“那些食品好端端的被烧掉，难道不是一种浪费？”祝自修不服地说。

吕青萍不想让夫妻二人在这种无解的问题上纠缠下去，她解释说，仪式本身是有意义的，但仪式往往是一种象征。就像地狱，它不一定指的就是那样一个空间，而是象征着苦难的境地，而蒙冤与有罪的灵魂，往往象征着我们自身受委屈或负罪的心灵。通过这样一个仪式，在安慰概念中的魂灵的同时，也是抚慰我们自己。

“这样的解释我同意。”祝自修表示赞同。

“是有道理。”陶桦也说。

吕青萍把话题引向了小桦的沙盘。

“上次说过，这个沙盘可能深藏着很丰富的信息，我很想听听，你们都有什么样的印象和感觉？”

“给我的印象是，在女儿的心目中，是妈妈在操持全家的大小事情，又是浇花又是种菜的，而她爸爸却想逃开。”陶桦说。

“我认为，并不是我想逃开，而是你不给我插手的机会。”祝自修指着电脑上的画面说，“你看，你占据了整个院子的最中心，像个女王一样统治着这个家庭王国。在这个小天地里，我没有任何可以做的事情，不是我不想做，而是没有我做的份儿。”

“可以停在这里讨论一下，”吕青萍说，“出现这种感觉上的差异，可不可以试着从对方的角度来看看？”

吕青萍提议让二人分别用自己的语言复述一遍刚才对方的感受。她让陶桦先来。

“他的意思是说，我在家里什么都做了，就没有他插手的份儿。他不是想逃开，而是没什么可以做的，只好到外面去。”

祝自修却说，“我理解她的想法，也承认她操持这个家很辛苦。其实，我不是不想帮她，只是她总要挑剔我，连洗个碗她都会嫌我洗不干净。她是个完美主义者。”

“请不要给对方贴标签。”吕青萍温和地提醒祝自修，然后转向陶桦，“他刚才说了一个词，女王，你对此有什么感觉？”

“我没感觉自己像女王，倒像个女仆，为全家人吃喝穿戴样样操心。其实我并不是抱怨这些，这也是做女人的本分和乐趣所在。我只希望做这些时，能被理解，哪怕说几句体贴的话。”

“是的，我说过，我承认你很辛苦，为这个家，为我和小桦付出了很多。”祝自修望着女儿的沙盘照片，有些忧郁地说，“我看到孩子把我摆在院子的边上，并且一直注视着她的背影，我心里有一种冲动。”

“是什么？”吕青萍马上问。

“我想跳过栅栏冲出去，追上小桦。”祝自修说。

“追上她之后呢？”吕青萍问，“是追她回来，还是……”

“……说不清。可能想劝她回来，不过，我好像很想一直往前走。我刚才说的冲动，就是这样一种力量。”

“去到那个树皮做的小木屋里吗？”

“……我不知道……”

“小桦说，那木屋里有一位很老很老的老妇人。你们会联想到谁？”

“我感觉是孩子的奶奶。”陶桦瞄了丈夫一眼,“他很少跟我提起他的母亲,每次我问起来,他都含含糊糊地回答说早就过世了。”想了想,她又补充道,“反正不会是我妈。我妈可是个特别阳光的老太太。”

“你认为呢?”吕青萍转向祝自修,“你愿意谈谈你的母亲吗?”

祝自修沉默着,脸色阴沉。

“……已经走了那么多年……我不太想说了。”他困难地答道。

看来时机还不成熟。祝自修的反应让吕青萍更加确信,小桦的沙盘中,那个老妇人是个关键,或许就是这个家族的情结。

接下来,吕青萍采用夫妻互动技术,让双方分别讲出一件对方令自己感动的事情,然后交流感受;再讲一件对方无意所为却让自己感到受伤的事情,继续交流。

这样一轮下来,吕青萍看到,他们二人已经不像最初那样互相指责,而是能够从对方的角度考虑一些问题了。

“今天就到这里吧,”吕青萍说,“下个周日一起来。”

然而,一周后,却只来了陶桦一个人,吕青萍猜测,是祝自修在回避关于母亲的话题。

66

这天一早,吕青萍刚刚来到工作室,就有一位中年女士未经预约敲门而入。

女求助者自称是从外地慕名而来,想解决自己的婚姻危机。女士自述,自己是那种事业型女人,经常忙得顾不上老公和孩子。半年前老公被派往另外一个城市工作,一个月回来一两次。

最近她发觉老公对她的情感发生了变化，因为他爱上了别的女人。

“会不会仅仅是你的猜测？”吕青萍问。

女人犹豫着，目光在吕青萍的脸上徘徊，过了好一会儿才说，“是他亲口对我说的。他上个周末回来，晚上把自己喝醉了，然后抱着我哭，说对不起我，因为他爱上了另一个女人。他说他很痛苦，不能离开我，也不想失去她。他哭着问我，应该怎么办？”

“看来，是他的情感迷乱导致了你的烦忧。对于这种情况，最好他能跟你一道前来，才会对你有帮助。”

“不可能！”女士断然地说，“他不可能来的！”

“既然他能把内心的痛苦跟你讲出来，为什么不能跟你一起面对婚姻中的困扰呢？”

“我刚才说了，他在另外一个城市。”

“那么，你远道而来找到我，想让我具体帮你解决什么问题？”

“让他离开那个女人，或者，让那女人离开他！”女求助者说。说话的时候，她的目光一直盯着咨询师的眼睛，这让吕青萍感觉有些不舒服。

“我们知道，婚姻是两个人的事情，婚姻中的问题是两个人的关系问题。如果他不能同来，心理咨询无法呈现你们之间的关系状态，就不可能运用有效的婚姻调整方法，只能针对你自己，比如帮你处理情绪，认识自己的行为与思维模式，分析你在婚姻问题中所承担的责任，以及如何面对各种可能的发生。总之，我们只能着眼于你怎么做，而无法决定让他怎么做，更不可能做到让另一个女人怎样做。”

“真的不可能吗？”女人有几分挑衅的口吻，这让吕青萍越发感到不安且充满疑问。

"心理咨询并不是什么都可以做得到,咨询师也不是全知全能的人。"吕青萍还是耐心地做着解释。

女求助者突然起身离开座位,在房间四处走动着,看看墙上的画,在沙发上试坐了一下,最后来到沙盘一角,用手触摸着沙盘里的细沙,又去把玩那些沙具模型。

"你这个地方还不错!你平时就是用这些小玩意儿给人解决心理问题的?"女人的语气有些咄咄逼人。

"我现在想知道的是,你从那么远的省城赶来,究竟是想让我在哪方面帮助你呢?"

"我不知道你是否愿意帮我,"女人说,"我也不确定这样跑来是不是有点唐突?"

"那么,你是怎么知道我的呢?"此时,吕青萍已经有所预感。果然,女人话锋一转,直视着问,"你应该认识林子谦吧?"

"他是我的顾客。"吕青萍说。

"你知道他是我的什么人吗?"

吕青萍一脸沉静地望着对方。

"我是他的妻子。"

"很高兴认识你。"吕青萍在心底悄悄叹了口气,唉,这个男人,都做了些什么啊!她无法想象林子谦会在醉酒之后伏在自己妻子的怀里,哭诉着他对另一个女人的爱恋。

"我今天来找你,就是想问你一句,你也爱他吗?"女人在吕青萍对面坐了下来。

吕青萍给林总的妻子倒了杯水,然后缓缓地说,"你的先生半年前来到我的工作室,请我做他的常年心理顾问,我这里有这样的服务项目,我可以给你看一下我们的服务协议。"吕青萍站起身走到文件柜前,拿出林子谦签字的那份服务协议书递给林妻,等对方翻看完毕,吕青萍继续说,"心理咨询是一种特殊的人际氛围，求助者往往会把内心比较深层的困惑告诉咨询师，而通常他们在生活中是不会将这些跟亲友家人分享的。正因如此，咨询师与求助者之间会有一种心灵上的亲近感，但这是职业上的关系，关于这一点，我们会看得很清楚，而求助者有时会分不清从而产生一些混乱。因为这在他们来说，是一种比较独特的情绪与情感经历，他们很少对一个陌生人敞开自己的内心，因此，他们会把咨询师一下子当成他们生活中很信赖甚至是很亲密的人，这就是心理学术语上常说的移情。你家先生当初来找我，并不是解决具体的心理问题，而是想借助心理学的方式完成自我探索与心灵成长，但这种成长过程同样充满艰辛。因为一个人面对自我的真相，是需要勇气的。所以，我比较了解林先生在这半年来所经历的一些情绪困扰。就像在走一条摇晃的木板桥，他需要独自前行，而咨询师，仅仅是桥两边的扶绳。在他从桥上走过的时候，他需要扶一下两边的绳索，而当他完成了某种过渡，当他的人格更加成熟的时候，他就不再需要扶着绳子了。这样的比喻我相信你能够理解。相对于他来说，咨询师只是一根扶绳，这一点绳子很明白，而过桥的人往往会产生错觉，以为离不开它，以为需要它，甚至以为这就是爱。其实不是的，这一点不仅我清楚，旁观的人，比如你，也会清楚的，是吗？”

这一番话让林子谦的妻子陷入了沉思。

吕青萍给了她一点时间，又给她的杯中续了水，然后，继续说，“我承认，林先生是第一位接受常年心理服务的客人，我虽然做了五六年心理咨询工作，但对于这项服务，我还没有太多经验。在带领他个人成长的过程中，我的工作可能存在一些问题，我甚至想过，是不是跟他的家人，也就是您沟通一下，看看如何继续进行以后的事情。一个月前，林先生暂停了这项服务，我尊重他的意思。今天你来这里，我也想听听你的打算。”

林妻的脸色渐渐和缓下来。她甚至有一点不好意思地笑了一下，说，“看来，是我误解了你。这是他自己的问题，而对于你来说，是一种工作。你们这个行业是不是经常遇到这样的事情？”

“是啊，我们经常会遇到求助者的移情问题，正面的移情是好感或信赖，负面的移情则可能是一些抵触甚至是敌对的情绪。比如有的青少年跟母亲的关系存在问题，就有可能在咨询过程中把对母亲的不满发泄到咨询师身上，这就是负面移情。”

“听你这样说，是不是老林把对我的感情变成了对你的？所以才会发现自己爱上你？”林妻不安地问。

“并非如此。”吕青萍语气肯定地说，“他在我这里寻找的，其实是一种温暖和安全，想一想，什么人可以给他这样的感觉？”

林妻睁大眼睛，一脸愕然。

“是母亲。”吕青萍说，“许多男人在寻找女人的过程中，其实是寻找母亲。而女性心理咨询师最容易让男人找到母亲的感觉。首先，从心理咨询的过程来看，提供一个安全的环境，一种温暖的氛围，而且对来访者任何问题的接纳与包容，这本身就很像母爱。而咨询师对求助者的理解、尊重与共情，是每个人的心理需要。而在咨询师的帮助下一步步走出心灵困境的过程中，求助者会产生深层的心理依恋，这种依恋往往会让人混淆其性质，以为是一种异性间的感觉，其实，仍然是对母亲的需要。我这样说，你可以理解吧？”

“我理解了。我郑重向你道歉。对不起，是我误会你了！”林妻一脸真诚地说。

吕青萍却丝毫没有轻松的感觉。林子谦会把自己喝醉。会趴在妻子怀里哭。会对妻子说出他对咨询师的感情。会表达自己的痛苦。会把这本应该由自己承担的痛苦推给他的女人。这是极不成熟的表现。从某种意义上来说，林子谦并不是一个成熟的男人。所以，他需要母亲。所以，他这是移情。而自己，怎么会把他当成男人来爱呢？

吕青萍发觉自己对林子谦这个男人的复杂情感，在这一刻，忽然变得清晰明朗了。他是一个男人，甚至算得上一个成功的男人，但是，他是一个心理上并没有完全成熟的男人。他是她异性子人格的幼稚部分，而不是全部，更不是她的另一半。他不是她可以爱上的那种人。

在心理咨询师面前，任何男人都会显露出其不成熟的一面，换句话说，心理咨询师会把一个成熟的男人变回孩子。

这真是一件很麻烦的事情！

吕青萍终于可以把自己的心绪理清了。她内心很感谢林妻，这位远道而来的迷惘的女人。在某种意义上说，是这个女人帮助了她。于是，吕青萍征求林妻的意见说，"我想跟你商量一下，关于林先生的事情。一般来说，如果涉及情感方面的移情，按我们行业上一条不成文的规定，可以由咨询师来妥善处理并且继续治疗，也可以转介给其他咨询师。而对于求助者来说，也有权利选择继续或中断咨询过程。虽然你不是求助者本人，但我还是会充分考虑你的意见，因为这已经涉及你们夫妻之间的关系。你看，是中断咨询，还是由我推介另一位咨询师？"

林妻低头不语。吕青萍给她时间思考。过了很久，她抬起头时，眼中泪水盈盈。

"求求你，帮我救救他吧！"林妻恳切地说，"现在，只有你能救他了！"

吕青萍递给对方一张纸巾，希望她平静下来。

"跟你实话实说吧，我听他说到你，就想着要来见见你，主要是想劝你离开他！现在我发现，我错了，因为你们并不是我想象的那种。所以，我改变了想法，我求你不要不管他！你是心理方面的专家，你一定能帮到他，因为他信任你！”林妻犹豫了一下，继续说，“话说到这份儿上，我也不怕丢人了。近两个月，他在那方面……变得不行了，好像出了问题。我们都才四十出头，不应该这样的啊！所以，我请你继续做他的心理顾问，帮他走出这个困境。你答应我好吗？”

面对如此的恳求与信赖，吕青萍做出了决定：继续在心灵上陪伴并帮助林子谦，直到他走出当下的困境。她是他的私人心理顾问，而且，是她打开了他的深层内心，她不能把他扔在半路上而自己选择逃避。

“谢谢你的理解和信任！”吕青萍由衷地对林妻说，“我会尽我的所能来帮助他，也希望得到你的支持与配合。”

“我愿意配合你。”女人说。

“然而是否继续下去，我还需要征求林先生本人的意见。因为毕竟是他自己的事情。”

“好的，我理解。我相信他会再来找你的。”女人想了想，笑着说，“如果我是一个男人，说不定也会爱上你的。做女心理咨询师真幸福！”

吕青萍却不无落寞地说，“可是，女心理咨询师却很难爱上一个男人了。”

67

母亲。母亲。

祝自修连日来噩梦不断，都是关于母亲的。梦中的母亲一次次地，以各种方式迎着死神走去，而梦中的他自己，则一会儿是现在的样子，一会儿又回到少年时代，甚至有一次，他梦见自己还是个小小的婴孩儿。当母亲一步步逼近死亡时，幼小的他，年少的他或是现在的他，总是泣不成声地望着母亲渐渐远去的背影，直到消失在一片雾气弥漫的丛林。他泣不成声，因为不敢放声大哭。他感觉哭出声来是可耻的，连同母亲的死亡本身，都是一件可耻的事情。

梦中他总是看不清母亲的模样，五官，身姿，穿着什么样的衣服，一概看不清。醒来之后，白天的时光里，他试图回忆起母亲的音容，可是说来奇怪，十来岁的孩子对于母亲的记忆本应清晰深刻，但他就是无法回到儿时的记忆中。母亲长得什么样，她是一个什么样的女人，她都做过什么样的事情……所有这一切，都被他遗忘了，或者说，被他的记忆屏蔽了。他甚至都没留下一张母亲的照片。

祝自修这些天心绪烦乱莫名。他不清楚为什么会这样。工作还是老样子，并没有新的动荡让他感到不安；家庭已经复归宁静，他最近尽量推辞掉一些不必要的宴请，除了非陪不可的客户，或者是总公司领导的召唤，基本上一周可以有一半的晚上按时回家了。妻子陶桦待他不再言辞犀利，女儿小桦偶尔还会像小时候那样跟老爸撒个娇，这一切让他感觉男人有个家还是一件不错的事情。那么，还有什么东西在困扰着他呢？当然还有，比如沈媛，仍然让他无法完全释怀。可是又能怎样呢？沈媛自从出事后，一直躲着不见他。他也想过，即使见到她，能对她说些什么呢？安慰？还是斥责？你是她的什么人？凭什么安慰她或指责她呢？

不知道。祝自修不知道自己的烦乱心绪是不是跟这个女人有关。但他真的很烦，很迷乱不安，甚至有点惊恐，有些像地震发生时的那种感受。2008 年 5 月 12 日那一场灾难发生时，他正在云南开会。那种来自大地深层的震撼与动荡让他突然体验到了内心的极不稳定感，好像要被人连根拔起来，扔向不知名的地方。此时，那种内心的不稳定感再次爆发，他觉得自己变成了一个流离失所的孩子，永远失去了自己的家园。没错，他待在自己的家里，这个家有他的伴侣，他的女儿；餐桌上有温馨香腻的百合，厨房里有肉汤的香气在四处飘散……这不是家的感觉吗？是的，这是他的家，和他的家人。但是，他依然感觉到孤独，心灵空空没有着落。

他甚至又开始不想回家了。

下了班，推掉了一桌又一桌酒席。祝自修一个人开着车，在海滨公路上转悠。已经有多久没有去小石岛了？又有多久没有她的音讯。那个远方的她啊，现在怎么样了？

他手机里仍然存有她的号码。但他轻易不会拨响她的电话。不知为什么，他感觉，一旦再次听到她的声音，先前所有的记忆所有的梦就会一朝被惊扰，再也回不到从前了。她是他最初的思念，和最后的梦。

他反复默诵着她的手机号。十一位数字他甚至可以倒背如流。那个知心的人，那个可爱的女人，那个最亲的亲人……她现在何方？京城或省城，反正，她离开这个有海的城市了，离开了这片海，离开了他。只把她的气息深植在他的心间，在他迷茫的时候，在他被无力感所束缚的时候，她会在遥远的天边拨开重重厚重的云层，向她展露一线明丽的霞光……后来有一天，当他终于向他的咨询师说出这个女人的故事以及对她的感觉时，咨询师告诉他，她是他心理世界中被理想化了的母亲，是他的那个“好妈妈”……

68

陶桦以为，这会是最后一次来找吕青萍咨询。在她看来，她的家庭已经趋于风平浪静，老公祝自修看上去已生悔改之意，并且见诸行动；女儿小桦变得乖巧懂事，恢复了青春女孩儿的快乐天性。至于她自己，在许多事情上也想通了，她可以不再追究老公的过去，日子总是要往前走，所以人不能总是回头看个没完，不是吗？

但这一次，祝自修却没有与她同来，他找了一个并不漂亮的借口：外地来了一位重要客户需要他亲自接待。她只好自己去了。

在心理咨询室，吕青萍告诉陶桦，她的丈夫祝自修的问题并没有得到解决，甚至可以说，他根本就没有真正走进自己的内心。

"你看到的改变都是枝枝蔓蔓，是最外部的行为，而不是发生在内心深层。"吕青萍对陶桦说。

陶桦半信半疑。她确实没有把握老公会不会故态复萌，但她同时也有些疑心是咨询师在拉长期业务。所以这一个小时的咨询她有些心不在焉。吕青萍针对陶桦个人的性格特质提出了一些建议，并且具体询问了她的父母之间的婚姻状况以及沟通模式，让她比较一下跟自己现在家庭有何异同。然后又询问起她老公祝自修父母的情况。陶桦说自己对此所知甚少。

"你们从来没有回过他的老家吗？"陶桦问。

"只回去过一次。是小桦两三岁的时候，他说带孩子回去给爷爷见一见。"陶桦说，"他的老家很偏远，当时也很贫困，我们住着非常不习惯，所以没待上几天就离开了。"

"他的老家还有什么人？"

"当时孩子的爷爷还健在，跟他大哥一起生活。"陶桦想了想说，"好像是前年，他父亲去世了。"

"关于孩子的奶奶，你还知道一些什么？"吕青萍重点想了解这一块儿。

“我真的知道不多。刚谈恋爱那会儿，他就告诉我他母亲早就不在了。我发现一提起他母亲，他就面沉似水，非常可怕的样子。当时也正是他这个样子让我心生疼惜。我想，一个大男生，提起过世的母亲会那样沉重，特别让人心疼。我就想着，以后要好好照顾他。”

“你想做他的妈妈？或者说，你想代替他的妈妈照顾他？”吕青萍问。

“……这，有什么不对吗？”陶桦一脸疑惑。

“这是妻子们的误区。给丈夫做妈妈是一件非常危险的事情。如果你做得像他的妈妈，他开始时可能会依恋你，但终因内心成长的动力而导致他的心理出离，也就是说，他因为需要长大而背离母亲，背离像母亲的你；如果你做得不像他的妈妈呢，那么他就会不停地到外面寻找一个像妈妈的女人。”

这番话让陶桦感到很受震动。“那我应该怎么办？”她急切地问。

“做他生活与心灵的伴侣。做一个女人。”吕青萍发觉对方仍是一脸茫然，继续说，“当然，这是空洞的理论，有些让人无从入手。如果不清楚应该怎么样的话，最为保险的方式是，先做回你自己，做好你自己。如果恰好你是他需要的那类女人，那么做好自己，也就做好了他的伴侣。”

“我怎样才能不做他的妈妈？”陶桦非常不放心地问。

“帮助他去认识或者……面对他自己的妈妈。”吕青萍故意这样说。她想通过陶桦再给祝自修一次扰动。

“我怎么帮他？”陶桦很困惑。

“你回去后找机会跟他谈谈孩子的奶奶。如果他仍然采取回避的姿态，你就说是我给你们布置的家庭作业，并且告诉他，要想从一个比较深的层面去解决家庭中存在的问题，需要他与自己的母亲建立一种心理联结。而像现在这种采取隔离的方式是不行的。”

“好吧，我回去试试看。”

送走陶桦后，吕青萍问自己：用这种方式真的能把祝自修“逼”来吗？无论如何，小木屋里的老奶奶是这个家庭尤其是这个男人需要面对的问题。这不是为了满足咨询师本人的好奇心，而是为了他们的家，为了那个可爱懂事的女孩儿。

69

再一次见到林子谦时，吕青萍有一种隐隐的心疼的感觉。

她没有指责自己的感觉，并且尽量不做评价，而是让这种感觉保持一段时间。几十秒，或者几分钟。她需用心灵和智慧去体会这种感觉。这是咨询师此时此刻的感觉，它来自于求助者。细细品读这种感觉是什么，以及，为什么；这是一种心理技术，精神分析称之为反移情，是一个难得的了解对方的机会。

他瘦了。脸色苍白。目光迷顿。瘦与进食有关，与焦虑有关，与生命动力与欲望困扰有关。苍白的脸色是一种低迷的无力感，有着抑郁倾向。而茫然的目光则是寻找不到方向。寻找不到总比放弃寻找要好得多，这是问题，同时也是资源。

等一等。吕青萍对自己说。这些感觉真的是来自对方，是自己从这个男人身上读出来的，还是源于她自己、是自身心灵状态的投射？作为一个合格的咨询师，分清这一点非常重要。

吕青萍迅速分析着。自己近来通过参加培训以及自我内视，已经接通了与母亲的关系，并且具有了来自父亲的能量。她内心充满了爱和力量。而且，与林妻的一番交流，让她明晰了林子谦对于自己的意义所在:他确实是她的子人格之一,是个充满委屈需要被关注的孩子,所以,她对他是心疼,是疼爱,而不是男女之爱。

如果说整个人生是一出大型舞台剧,那么,舞台上众多的角色则都是我们心灵内部的成员,是庞大人格体系的一部分。有时,你表现得足智多谋,充满理性,那么可能是你的智慧人格正在出场;有时你又会变得多愁善感,见花落泪,可能你心灵内部的“林妹妹”正在主导着你;有时,你的行为或想法让你感到陌生,好像变得不是自己了,那是因为你不太熟悉的那个人格突然跳了出来……我们是由许多个这样的“小人儿”组成的,而我们在现实中遇到并且被其触动的某些人,可能是你内部人格的外化。就像林子谦,他是她人格系统中那个没有完全长大、却在不断寻求成长的男孩儿。

成长的起点是出生。生命开始在一条茫茫的暗河。我们必须勇敢地跨过那条河,才能达到生命状态的彼岸。

林子谦的生命暗河穿行于一个幽深的隧洞。母亲的身体和子宫。而在隧洞的出口,牢牢守在那里的是一只怪兽。这是他生命中最重要的情结。它令林子谦恐惧、退缩和迷惘,并且失去了生命的能量。是的,这是他的梦,是他带到这里的第一个梦,也是他此番心灵成长的起始之处。

让我们重新回到这个梦。让我们回到起点,回到心灵的源头。

吕青萍让林子谦躺到那张沙发上。他很配合,很听话。当她表现得像个母亲时,他就变得很乖,像一个大男孩儿。她带他做全身放松,从头顶到足尖,沿着脊柱一节节打开自己的身体。在催眠状态下,她让他再次回到那个山洞。还是那个地方。光线似有若无。头顶垂下一条条粗大的石笋。洞壁潮湿润泽。两边是深不见底的幽暗的河水。中间一条凹凸不平的石头路。出口在很远的地方，一个很小很小的光亮像一支闪动的烛火。

——你已经走进山洞了吗？

——是的，我进来了。

——此时你有什么感觉？

——有一点怕。

——还有吗？

——还有一种亲切感。好像我来过这个地方。

——继续向前走。把你看到的东西告诉我。

——我看到了两旁的河，河水的颜色看不清，散发着淡淡的咸腥气。

——感受一下脚下的路。

——是石头，大块大块的铺展开去。不平整，有的地方很湿很滑。

——抬头看看上面，有什么？

——上面黑糊糊的，看不太清楚。……有一个小亮点儿，可能有光透进来。

——问一下自己此时的感觉，是想继续向前，还是想停在此处看着这个光点。

——继续向前走。

——出口就在前方。你可以隐约看见远方的光亮。那是隧洞的出口。

——是的，我已经看到前方的光亮了。

一切都很顺利。这次重回梦境并穿越梦境，林子谦表现得比上一次要坚定得多。他甚至都没有经历被石头绊倒就很快来到了山洞的出口。

吕青萍提醒自己，不要操之过急。她要让他看清洞口处发生的事情。

——看到山洞的出口了吗？

——看到了。我已经快到这里了。

——能不能描述一下你所看到的一切？

——奇怪，洞口刚才还有光线透进来，怎么一下子变暗了？我什么也看不清……

——不要着急，慢慢适应一下。你会看清的。

——我……又看到它了……

——你看到了谁？

——是黑影刚刚挡住了洞口，现在它移动了。是一团黑影。

——你见过它？你跟它熟悉？

——我好像在哪儿见过它。

——你此时对它有什么感觉？

——有一点儿怕。甚至，很怕。

——能描述一下它的样子吗？

——我……还是有些看不清。它很巨大，好像很脆弱。

——你想对它说点儿什么，或做点什么吗？

我不知道。

——如果你愿意，试着对它说，我来看你了。

——我来看你了。

——告诉它，我一直记得你。

——我一直记得你。

——现在看看它的样子，有没有什么变化？

——我……说不准。

——感觉一下自己，对它的感受有没有什么变化？

——我想离它近一点儿。

——很好，那就这样试着做。

终于,林子谦可以去面对那个浓重的黑影了。他在走近它,试图靠近它。它到底是什么?

——问问它,想不想对你说点什么?

——我问它了。

——它怎么说?

——它不回答。

——你对它说,我一直想着你,因为,你是我的一部分。我终于来看你了!

——我一直想着你,因为你是我的一部分。我今天终于来看你了!

——问问它,想对你说些什么?

——它不说话……它哭了……

——你现在想做什么?

——我想抱抱它。

——好,试着去做。

拥抱。拥抱的象征意义是,让我们合为一体。失散的部分生命的回归。男女之间的拥抱,是让彼此变得完整;朋友之间的拥抱,是让彼此变得强大;母亲拥抱孩子,是重温当初的一体与共生;孩子拥抱母亲,是想回到母亲的体内,渴望那种永远失去了的绝对安全感。林子谦与他的阴影拥抱,是接纳了早年情结留下的创伤,并且,与生命之痛共存。

——我抱着它,它在我的怀抱里慢慢变小,变小,最后,变得可以拿在我手上了。

——现在能看清它的样子了吗?

——看清了。它是一只小熊。一只深棕色的玩具小熊。

——你一定记得,它跟你的关系。这只小熊,你什么时候见过它?

——它是我的玩具。我的伙伴。它经常躺在我的床边。我跟它很好。我喜欢它。可是后来，后来，因为我的过错，它被我弄脏了，妈妈发了火，就把它扔了。扔出了窗外……我再也没有见过它再也没有见过……

林子谦捂着脸，像个孩子似的哭出了声。吕青萍给他做放松，帮他稳定了一下情绪，就缓缓地把他带出了刚才的情境。带回了现实。

林子谦手里捧着水杯，却不喝，神思还在恍惚着。吕青萍也不打扰他，只坐在他对面默默地陪伴。

时间一分一秒地过去。一分一秒的重叠像是年复一年。林子谦终于恢复了现实感。

“我真的想起来了。那只小熊，好像我自打睁开眼睛它就在身边。一直是我的伙伴。我不记得到底是几岁，三四岁或四五岁，这个我记不清了。好像有一天妈妈要把它扔了，说是它太脏了，不能要了。我哭着不同意，说它并不脏啊！妈妈说，我经常尿湿了它，是我把它搞脏了。我记得它被扔的那天，我哭着喊着不让她扔，可是妈妈这次没理会我，并且发了很大的脾气，顺手就把它扔出了窗外。我跑到窗台那里趴着往下看，被妈妈拖回来，屁股上还挨了一下。后来我有机会跑到窗下，却再也没有找到我的小熊……”

“你当时会感到是自己被抛弃了吗？”

“是的，我感觉妈妈不喜欢我了，会像扔小熊一样把我也扔掉。”

“现在呢？当你回忆起这段早年经历的时候，现在是什么心情？”

“有些委屈……还是想哭。”林子谦有些不好意思地说。

“下次来，我们讨论一下弃儿情结。”吕青萍说。

70

祝自修失踪了。确切地说，是与家人失去了联系；再确切一点儿说，是他的妻子陶桦联系不到他。

周五的下午，陶桦接到丈夫的一个电话，说要出差去外地。到了晚上，他的手机就处于关闭状态。这不奇怪，或许他还在飞机上，或者是虽然下了飞机却忘了开机。他平时出差，到了地方后不论多晚，总会打个电话给她，这是多年来的习惯。但这天晚上，没有他的任何音讯；他的手机也打不通。

这一晚陶桦无法安睡。她很奇怪自己的反应，为什么会这样不安，好像有什么事情就要发生一样。好不容易挨到天明，周六的早晨。她再次拨打他的手机，仍然关机。然后是中午，下午……他为何一直不开机？是手机没电了？忘了带充电器？还是手机干脆就丢了？就算是这样，宾馆里总有电话吧？马路上总有公话吧？离家二十四小时，他难道不应该打一个回来吗？除非是，他的整个人都丢了！

陶桦的不安在加剧，但她尽量稳住心神，不想让小桦看出来。她在努力回想前一天的情形，周四的晚上，他回家很晚，但身上没有什么酒气，简单洗了一下就上床了。这天小桦的作业不算多，陶桦催促女儿也早点儿睡，小桦说，她再听一小会儿音乐就睡，而且还懂事地关上了自己的房门。陶桦怀着隐隐的喜悦也上了床。这段时间以来，她对丈夫的不满与怨恨已渐渐消弭，而亲近与热情已悄然唤醒恩爱的欲望。她瞄了一眼床上的男人，还好，他还没有躺下，而是靠着床头睁着双眼，是在等她吗？

陶桦差不多幸福得想笑出来。她微笑着爬上了床，想进一步表达自己的热望时，却忽然发现老公神情不太对头。二十年的夫妻，她了解他在床上的一举一动。此时，她发现祝自修根本视她为空气。他大睁的双眼有些失神。目光锁定在空白的墙壁上。他在想什么？他在想谁？这样的念头几乎让陶桦愤怒了，但她压抑着火气。她想起咨询师教她的方法，深呼吸三次，让自己平静下来。但她不允许他在自家的婚床上浮想联翩却是关于别的女人。于是她找到话题，把他的思绪拉回来。

话题是咨询师布置给她的。她要跟他谈谈他自己的母亲。因为咨询师说了，这可能是他们家族的情结，与他们的家庭问题有关。

"上次你没去咨询，吕老师让我回来后跟你谈谈关于你母亲的事情。"陶桦说，"吕老师说这会影响到我们之间的关系，也会影响到小桦。"

"没什么好说的，"祝自修还是一贯的口气，"她早就死了！跟我们有什么关系？"

"其实，我也一直感到奇怪，这么多年了，怎么一谈到你妈，你就不想多说呢？"

"死了的人有什么好说的？"祝自修显然有些不耐烦了。

"死了也是你妈啊！难道你不想念她？"陶桦动容地问。

祝自修不再理她，把身体缩进被窝。陶桦叹口气，对着被筒里的男人说，"你不想跟我说也行，那这个周末你自己去跟吕老师讲吧！"

这是周四晚上发生的事情，难道说，是这个话题让他不愉快了？可是总不至于为此而玩失踪吧？

周六的晚上，祝自修的手机还是打不通。陶桦反复被告知，"您拨叫的用户已关机或已超出服务范围"。什么意思？关机，为什么要关机？超出服务范围，那是什么样的地方？没有电信讯号的荒郊野岭？

陶桦实在坐不住了。她把电话打到贺大刚那里。无论曾经发生过什么,毕竟还是老同学。贺大刚听陶桦问起祝自修的行踪,并且口气吞吞吐吐,就说,“我们好久没有联系了,我知道你还想问什么。你是不是担心他跟某个女人在一起?别的人我不敢说,但我保证他没跟沈媛在一起,因为,现在她在我这里呵呵。”

放下贺大刚的电话后，陶桦继续回想着祝自修还有什么关系不错的朋友。可叹的是,他平时在外面四处应酬,作为妻子的她却并不知道老公的朋友都是些什么人，更不要说他们的联系方式了。突然,一个念头涌上来:他会不会回老家去了啊?联想到丈夫离家前一晚他们的谈话,他会不会真的跑回故土老屋了?可是,他的母亲早就不在了,父亲几年前也走了,老家还有哥哥在那里，然而她并不知道他哥哥的电话，甚至地址也是模模糊糊的。就算他回了老家,自己也无法联系上。

无奈无望之下,陶桦想起了咨询师吕青萍。虽然她不会知道祝自修去了哪里,但她或许可以告诉自己应该怎么做。

吕青萍接到电话后,并没有表现得有多么吃惊。她很镇定地告诉陶桦说,祝自修是成年人,不会出什么意外。他不跟家里联系,应该是他想自己静一静,或许他需要一些时间来思考和整理自己。她甚至还说,这对于祝自修来说,是一个成长的机会,是他人生的重要关口。吕青萍叮嘱她,“作为他的另一半,你一定要从容冷静,不要因你的烦乱而扰动他的思考与自察。要给他时间和空间。放心,他会回来的!”

吕青萍的话在一定程度上安抚了陶桦慌乱的心。但周六这一夜她几乎无眠,天快亮的时候她终于迷糊了一下,做了个梦,梦见老公祝自修风尘仆仆地回来了,放下手里的拎包,对她展颜一笑,笑的时候牙齿显得很白,梦中陶桦对自己说,他牙齿白是因为脸太黑了,于是张罗着给他洗脸,一下子就醒了。

他回来了！陶桦回想着自己的梦。看来，他会回来的，我都梦见了！

漫长的周日，一个整天过去之后，傍晚时分，陶桦终于等来了那个相隔一个世纪的电话。祝自修的声音沙哑而疲惫，陶桦想象着他一脸倦容的样子，脸色发黑，但牙齿很洁白。

“我晚上九点到家。”祝自修说。

“好的，我等你。”陶桦没有多问，只是说，“我给你烧好洗脸水。”

71

祝自修这次外出并没有“玩失踪”的意思，他只是感觉最近头疼胸闷，整天心慌得难受，想在周末逃开几天，出去透透气。去哪里呢？站在机场售票厅，他脑子里一派茫然，最终不知是身体的哪个部位帮他做出了决定：去北京。这个决定一经浮现，他就明白自己真正想去哪里，想见谁了。

下了飞机后，他不想再开手机，他要切断所有的俗务尘事，让自己像个婴孩儿一样清新。

那个号码祝自修已经烂熟于心，并且，他不打算用自己的手机，而是用了街边的公话，北京本地的号码。为什么要这样做？因为他害怕被她拒绝。如果她不接听他的电话，他就彻底失去了方向感，他担心自己会在一瞬间崩溃。

周五的傍晚，她在哪里？又会跟谁在一起呢？丈夫？孩子？朋友？情人？还是一人独处？祝自修一一做着设想。这样的设想让他顿生沮丧。不是吗？无论跟谁在一起，都不适合见他。在这座庞大的京城，在这样一个夏日周末的傍晚，她那样一个女人，怎么可能一人独处呢？

脑子里一遍遍重复着十一位数字，可是，祝自修迟迟不敢靠近身边路过的每一个公话标识牌。她会在电话那端吗？她的号码会不会已经更换？跟她说什么呢？邀她出来见一面？见了面，又谈什么呢？

祝自修感觉自己就像一个羞怯的孩子，一个青涩的少年，面对自己爱恋的女人，心脏慌乱得要跳出胸口。近乡情怯，他突然想到这样一个词。可是，繁华的北京跟他毫无关系，他的故乡不在这里。他是来寻找那个女人，可是，一旦飞抵她的身旁，却不敢见她了……

祝自修找到一家古色古香的老北京餐馆，要了两个菜，一小瓶北京二锅头，还为自己点了碗炸酱面。二两白酒对于他来说就像毛毛细雨，壮不成胆也失不了魂；只是那碗面上来时，丝丝缕缕的热气却令他情思恍惚，毫无防备地被什么力量推回了童年。小时候家境贫寒，但母亲做得一手好面食，尤其是面条，黄瓜丝葱丝再浇上一勺鸡蛋酱，拌在一只硕大的碗里，那是他记忆中最好吃的美味。

在异乡的黄昏，面对着一碗热面，想起自己的母亲，这在祝自修的人生中还是从未有过的心灵经历。他不敢沿着这条记忆的通道走下去，他甚至为此感到羞愧不安。

埋了单，起身离开餐馆，来到车如河流人如潮水的京城大街上，祝自修突然感觉异常孤独；这是一种可怕的孤独，像一个巨大的空洞张开大口，诱惑着流浪的孩子。祝自修很想哭，很想找到一个人，然后，伏在那个人的怀中大哭一场。

祝自修在路上走得精疲力竭，最后，他决定今晚不再想打电话的事了，先把自己的疲惫之躯安顿下来吧。可是，进入宾馆的房间后，床头洁白的话机成了新的诱惑。酒足饭饱之后，再冲个热水澡，身体全部放松下来，意志也随之无法绷紧。他终于拿起听筒，一字一顿般逐一按下了那十一个数字。

蓝色的多瑙河。还是那个熟悉的彩铃。浩渺的河水就像人世间的岁月，带走了四季中最美的风景，留下的却是满目遗恨。

漫长的等待中，祝自修眼前浮动着女人如花的笑靥，不是美，而是暖，是那种太阳花的暖，散发着淡淡的甜的气息，让人迷乱，让人在迷乱中清醒，让人在清醒后心甘情愿地靠近，让人在无法靠近之后，仍然坚守着无尽的期盼。

河水终于停止了流淌。电话接通了。还是那个声音，金黄色的太阳花般的暖意。

“怎么？是你？你在北京？”

祝自修控制不住地让声音发抖着，“是的，我来北京了……我们……能见一面吗？”

“我在云南，彩云之南。”她的声音听上去并不遥远，“我一直开着这部旧手机，这个号几乎没有几个人知道了。能听到你的声音，真的太好了！”

她在为我一直保留着这个号码吗？祝自修心底热热地想着，并满含期待地问，“你什么时候回北京？”

“没有来得及告诉你，我早离开北京了。我在云南找到了想做的事情，并且，我结婚了。这里的山水更适合我，有机会的话，来这里看看我吧？”

她的笑声还是那样清脆纯净，不染杂尘。或许，她就应该属于那个传说般美丽的地方，她适合那里的山水，还有，那里的人……

祝自修默默放下了电话听筒。结束了，一切都结束了。真正的结束。

祝自修在北京的宾馆里，整整睡了一天一夜。周六的白天，他一直在床上，也曾醒来过，但并不是真正的清醒。喝点水，上趟厕所，然后再回到床上，继续让自己睡。一直睡到恶心，睡到再也不想睡为止。

接下来就是周六晚上一整夜的失眠。从未有过的最清醒的失眠，也是最为痛苦的失眠。如果说，清醒永远比熟睡更为痛苦，那是不是可以说，死掉要比活着更加快乐，至少是更安心？

那一夜，祝自修的大脑像一台高速运转的大型计算机，所有的神经丛都处于兴奋状态，整个神经网络就像一座不夜之城，一片灯火辉煌。

周日的白天。祝自修昏睡了一个上午。中午，他被饥饿感唤醒。终于想吃点什么东西了。他对自己说，我不必再撑下去，应该尽快结束这次茫然的旅程。

他终于打开了自己的手机。开机后他看到无数未接来电的短信通知。他不想回复。他仍然需要冷静，这可以做到；他还需要整理一下心绪，但心绪乱如蓬草，仍旧堵在躯体的某个地方，他不知从何处下手。退了房，吃了中饭，他在北京的街头漫无目的地行走，越走心思越乱，他最后感觉实在没有力气走下去了。

黄昏时分赶到机场，买好了回家的票。坐在候机大厅里，他拿出手机，想了很久，终于打了两个电话。

一个电话打给妻子陶桦。

另一个，打给了心理医生吕青萍。

72

如果一个男人四处寻花问柳，经常流连于不同女人之间；如果一个女人频繁更换男友，总是以抛弃或被抛弃结束亲密关系；如果有人事业不定、婚姻不稳、生活动荡漂泊……请不要急于用世俗的或道德的评判斥责他们，或许，他们是一些可怜的孩子，他们的内心深深掩藏的，是一种弃儿情结，或者是一个心理上的弃儿原型。

什么是弃儿？一生下来就被妈妈抛弃？当然，这是典型的弃儿之遭遇，但有着这样命运的人毕竟是少数。或许我们听过这样的故事。比如生下来身体有病残，或无病残却仅仅因为是个女婴，都有可能被母亲抛弃而成为真正意义上的弃儿。然而，更为常见的是母亲无意之间制造的“弃儿”，比如因为忙于事业，母亲生下孩子后不出几个月就把他/她托付给长辈抚育；比如母亲粗心，不能及时关注幼小婴孩儿对妈妈的需要而任其过长时间哭闹；再比如母亲因为没有奶水从而选择“替代品”，奶瓶或另一个有奶的女人。心理学研究表明，婴儿出生半年之内仍属于母子共生期，这期间，不适当的分离可能造成终生的创伤。有专家建议，三个月大的婴儿，母子分离时间不宜超过 24 小时，一周岁之内的孩子母子分离不宜超过三天；如果母亲不可避免地缺位，代理母亲不宜超过两人，等等。

为什么幼小的孩子心灵如此容易受到伤害？因为我们的生命之初，是由一条脐带跟母亲紧密相连的，这种联系绝不仅仅是物质营养的供给，更多是一种情感的连结。母亲的子宫和羊水是我们最安全最温暖的怀抱；而当我们出生那一刻，当我们离开母亲的身体而作为独立个体来到这个世界时，会在无意识层面体会到一种被抛弃感。我们都是被抛到这个世界上来的。好在我们很快就被包裹，被母亲紧紧抱在怀中，我们又能听到那个再熟悉不过的心跳声，这让我们感到安心和安稳，在母亲的怀抱中，我们的身体和脑神经慢慢生长，我们在与母亲之间的互动中学会了应对这个世界。可是，假如一个孩子出生后，没有充分得到或者几乎彻底失去这些后天的抚慰呢？那么，出生之始的被抛弃感就会被再度唤醒和强化，成为难以磨灭的心灵创痛。于是，我们就成了心理意义上的弃儿。

那么，弃儿成年之后，会成为什么样的人呢？心理专家发现，早年有过被抛弃创伤的个体，其生活领域往往广阔而多变，充满动荡不安的成分；在人际关系中，很难与人形成亲密而稳定的连接，表现在婚恋情感上，则是寻觅众多而无果；相对于主流价值观而言则更多倾向于边缘化，内心没有归宿，像一个浪迹天涯的人。“我要从南走到北，还要从白走到黑，我不能留在一个地方……”或许就是这一类人的心声与真实写照。

那么，如此说来，林子谦是不是一个弃儿？他的心里是不是蛰伏着一个被抛弃的小孩儿？他梦中的山洞出口，是一只被抛弃的小熊；如果说整个山洞是母亲的子宫，那么山洞的出口，就是他出生的产道，在那个地方卧着一只委屈的熊，这一切意味着什么？

吕青萍知道，虽然小熊是在他三四岁或四五岁时被妈妈扔掉了，但这绝不是初始的抛弃，而是对初始创伤的再度唤起。也就是说，在他更小的时候，他就是一个弃儿了，而小熊只是他的一个外在象征，小熊的被扔再现和强化了他的创伤性体验。除了出生时普遍意义上的被抛弃感，吕青萍几乎可以断定，林子谦在婴儿期与母亲有过不适当的分离，所以他的被抛弃感才会这么强烈。

可以猜想一下，他的母亲或许是那种事业心很强、性格上也很要强的女人，这从他的妻子身上可以看出端倪，男人往往是照着母亲的样子去找妻子的；于是他在婚姻中，重现了早年与母亲互动形成的模式：忙碌，分离，因忙碌而被迫分离。他妻子是省城的名医，医生的职业决定了她的忙碌，她不能像别的女人那样，有着稳定而规律的在家时间，她不能，而作为丈夫的林子谦，从而体验着不适当时刻的不适当分离。这种体验是他自己寻找到的，也是他想要的，因为这样的感觉让他既安心又不安：安心的感觉是，因为很像在母亲身边，很像跟母亲生活在一起；不安是因为，他将屡屡被迫重复早年的心理创伤。

作为成长的象征和主动分离的标志，林子谦调离了省城，来到了这座海滨城市工作。大海仍然是母亲的象征，所以，他来到海边这一举动，表明他并没有真正成长和成熟从而有效完成与母亲的分离，他没有做到，所以，在新的城市里，他还要为自己寻找一个母亲的替代，那就是女心理咨询师，就是她，吕青萍。他说他第一次看见她就很难忘，那是因为他第一次看到她时，是在一个婚恋交友聚会上；他看到她在为一个哭泣的女孩儿做心理安慰，这个场面很像一个母亲在安抚孩子的心灵，这，才是他动心的真正原因。只是，他并不清楚他把女心理师当成了一个母亲，他以为这是对一个女人的动心。

为了与女心理师建立一个稳定的、有安全感的联结，他要她做他的私人心理顾问，她就可以有规律地、在他们约定好的时间里跟他见面，而不像早年的母亲经常没有规律地出现，甚至在他急切需要母亲的爱抚时，也不能稳定地来到他面前。

但是，女心理咨询师并不是他理想中的母亲。因为她总是鼓励他成长，希望他长大，长大意味着分离，意味着他要独行于世间而不再需要母亲。这是他深层意识里既渴望又害怕的事情。所以，他会在逃避与对抗逃避互为矛盾的心态中摇摆不定。其实，这也是每个生命的状态：想要成长又担心承受成长之痛。

让自己爱上女咨询师，是他的心理策略，也是一种自我防御，当然这一切都不是在意识层面的活动，也就是说，他自己并不清楚为什么会如此。爱上女咨询师，把她从母亲变成女人，变成跟自己一样的人，既可以不再受母亲的操控，又可以哄骗自己说，我长大了。长大了就不再需要继续长大，就不需要承受那些成长的痛苦。

但是，女咨询师没有配合他的逃避；不仅没有配合，还在他们拥抱时，用语言点醒了他：拥抱的感觉，是暖，是母亲式的。这让他潜意识中的幻想破灭，让他不得不停止心灵上的自欺。母亲和女人，两个不同的概念，突然从他的潜意识里被提升到靠近意识的层面，让他去面对和区分，或许他突然模模糊糊地意识到，多年来，自己一直在把妻子当成母亲，而多年来，妻子被他打造得越来越像母亲了！这种模糊的清醒让他害怕，令他震惊，于是他在妻子面前"不行了"，他有一种莫名的罪恶感，甚至是一种乱伦恐惧。他不再是个男人，而是一个男孩儿，一个流浪的小孩儿……

……

有关"弃儿情结"讨论到这里时，林子谦已经泪流满面了。说到流浪的孩子，他甚至捂住脸，放声恸哭。

吕青萍也在悄悄流泪。因为，"弃儿原型"也是她的一部分。这个哭泣的男孩儿，他是她的一个子人格。一个"天涯沦落人"。她还记得，在她不到十岁的时候，她有一次跟随父亲坐火车。在一个很偏僻的小站，候车室的石灰墙上，不知哪位过客在上面刻下了两句诗，"同是天涯沦落人，相逢何必曾相识"。那时她刚上小学，还不知道这是古人的诗，但她对"天涯沦落人"这一句印象极为深刻，她还记得当时的感觉，心里很酸很涩，特别想哭。她一路沉默地坐在火车上，听着车轮与铁轨之间重复的敲击声，虽然爸爸就在身边，但幼小的心灵第一次体味到了孤独……

我们每个人都是上帝的弃儿。

73

"我的母亲……她是自杀的，她喝了农药。"

在吕青萍的心理工作室，祝自修低着头，眼睛一直在看茶桌上的一幅图片。那是他女儿祝小桦的梦境，她制作的沙盘的照片。

“这件事我从来没有对任何人讲过，包括我的妻子陶桦，当然小桦更不用说。就连我自己，我也以为可以完全忘记，永远不会再想起来了。”

“但是你并没有真正忘记，”吕青萍说，“想不起来，并不是真正的遗忘，而是被你深埋在记忆的最底层了。不是想不起，是不愿想起。”

“你说的不错，我怎么可能真正忘记呢？”祝自修微微闭上了眼睛，眼皮在不停地颤动着，“我都上小学四年级了。我清楚记得那一天，那时农村学校放学早，估计是下午四点多的光景，我跟几个男同学一边往村里走，一边不时地跳到路边草丛去摁蚂蚱。那是我们当时的娱乐项目之一。我正在草窠子里追着蚂蚱跳来跳去，忽听村里有人一边往我们这里跑，一边高喊我的名字，我当时不知道发生了什么事情，听那个跑过来的人大声地说，你还不快回家！你妈喝药了！我不知道自己是怎样一路跌撞着跑回家的。可是我家的院子冷冷清清，只有东屋的五奶奶在门口，我急急地问，我妈在哪儿？五奶奶对我说，刚刚被四轮车拉着去镇上医院了。我至今不记得我是怎么去的镇上。有十几公里的路，我真的完全不记得我是怎么赶到那里的！可能我路上搭了谁家的什么车？反正，我赶去了。并且跟我父亲还有大哥一起，等在急救室门口。我同样记不清我在医院到底等了有多长时间，几分钟？十几分钟？还是一个小时？我记不得了！我只记得，再看到母亲时，她脸色灰绿地躺在一张肮脏而狭窄的铁床上。她死了……”

祝自修双目紧闭。睫毛剧烈地抖动着。泪水从眼皮的夹缝中艰难流出，大片地滑过这个中年男人的脸庞。

吕青萍在心底长长地叹了口气。她终于等到他说出来了,关于他的母亲。这个等待漫长得足有一个世纪。

祝自修突然睁开眼睛,盯着咨询师,极度不安地问,“你知道我的母亲,她为什么喝药吗?”

吕青萍不说话,也不做任何回应,只是沉静温和地望着他。

“应该说,我并不知道真相是什么。只是后来,我父亲经常发火打骂我和哥哥时,偶尔会说,我母亲不是个好女人。再后来,我听过村里人只言片语的议论,说我妈跟别的男人……被我爸撞见了,于是她就……就……”

“你记忆中的妈妈,是个什么样的女人呢?”吕青萍轻柔地问。

“我妈妈是个聪明能干的女人,脾气也很好,尤其对我特别好。可能因为她长得很好看,不太像农村妇女吧,就有人说她的坏话。我不认为我妈会是那样的坏女人!”

“如果一个美丽的女人被别的男人欺负了,你怎么看呢?怎么评价她?”

“……我这样想过!在后来的岁月里,我偶尔有过这样的猜想,会不会是村里的男人欺负了我妈,而刚好被我父亲看见,可是……可是……”祝自修犹豫着说,“可是我父亲,包括我爷爷,他们当时都认定是我妈妈不守妇道,说她喜欢穿花衣服勾引男人。我记得我妈妈走的那天,身上确实穿了一件粉地小蓝花的衣服,我爷爷说我们是书香人家,不能容忍这种伤风败俗的事情发生。所以后来,我父亲就变了个人一般,经常打骂我们。不过,我还是感谢他的打骂,让我发奋读书,考上了大学。我当时就是想尽快离开那个家,离得越远越好!”

“你自己,怎么评价你的母亲?”吕青萍继续问。

“……我不知道。她在的时候,对我一直很疼爱;可是,她走后，使我蒙受许多羞耻。我不知道应该爱她，还是恨她……”

吕青萍把沙盘的照片推近到祝自修面前。

“看着这个小木屋。你的母亲就在里面。你们已经有三十来年没见面了吧？跟她说说话吧，不论是爱还是恨，都试着对她说一说，好吗？”

祝自修拿起照片，长久凝视着，面部肌肉看上去有些僵硬。看来，他还没有从内心真正接纳自己的母亲。

“如果你现在不想说，也没关系，可能你还没有做好准备。可以给自己一点时间。”

祝自修沉默着，但在沉默的外表下，可以感觉到他内部心灵的冲撞。

“我可以把这张照片带走吗？”祝自修忽然问。

“可以。”吕青萍说。

祝自修默默收起照片，放入随身的皮夹中，道别后离去了。

74

上次林子谦来的时候，吕青萍给他讲了自己童年的故事。偏远的小站。白灰墙上的诗句。天涯沦落人。北京一位心理学家说，我们每个人都是上苍的弃儿。不仅仅因为我们从出生那个瞬间就被母体抛弃，还由于人类的婴儿不能像其他动物的幼崽那样，出生不久即可站立或四处爬动，而且凭本能会找到母亲的乳头；人类的婴孩儿弱小而无助，如果无人照料，一定无法生存。在这个意义上讲，人类是上苍的弃儿。从亚当与夏娃被赶出伊甸园那一刻起，人类就被上帝抛弃了。

与其他生物相比，人的幼儿虽然弱小无力，但整个人类却是地球上最强大的物种。所以弃儿的身份有着问题与资源的双面性。弃儿承载着孤独感与死亡焦虑,但同时充满行动的能量。弃儿的成长过程充满探索和冒险,以及改变的愿望。弃儿在天地间发展自我实现自我,因而具有了另一个与弃儿相对应的原型,既流浪的人,心理学家称之为行者或行人。我们每个人都是宇宙的过客,是这个星球上的行者。早年的弃儿变为成年的行者;每个成年的行者内部,隐藏着一个弃儿。行者改变着弃儿的命运,而弃儿的独立与发展驱力,则是行者心灵的成长主题。所以人的发展, 就是让内在弃儿独立与成长, 成为一个可以自我担当的行者,并且,行走于世间。

"这样的讨论可以调动起自身的能量,"吕青萍说,"我们往往只看问题,而忽略了问题的另一个侧面,那就是资源。世象阴阳同构,人类也是,弃儿是阴,行者是阳,阴守与阳动构成了人生。"

林子谦说,他现在就感觉到身体里充满了力量。"我又开始做梦了,而且,是很好的梦。"

林子谦说他前一天晚上梦见了那只小熊, 梦见它摇摇晃晃地站起来,在他身边玩耍了一会儿,就沿着一条小路走向一片繁茂的森林。

"梦中让我感到惊奇的是,小熊越走越远,应该显得越来越小,可是我看到的那只熊的背影,却是越来越高大!我对这个梦的解释是,流浪的孩子长大了,终于离开了那个山洞,回到了山林,回到了他的天地。"

"你的梦提示着你的成长;而你把这个梦讲出来,也是在提示着我,我们的工作可以真正结束了。"吕青萍微笑着说。

"你是说,结束对我的咨询?"

"其实,我的工作室,也是那个山洞的象征。你自己就是那只熊。最初的时候,你看不清自己的样子,看到的是自己的阴影,像个怪兽；现在，大半年过去了，你已经成长为一只活泼有力量的熊，一个有着更为广阔的自我发展空间的生命个体，你应该回到你的山林了。离开这个山洞的时候到了！”

“难道这是最后一次吗？”林子谦明显表现出不安。

“当然不是最后一次。”吕青萍轻柔地说，“我们要有一个仪式性的结束，心理学上称为完型。”

林子谦问，“仪式性的结束，是在这山洞里吗？”

吕青萍笑了，“或许不再是山洞里，而是在山上呢！”

“山上？山林里？”林子谦也笑着说，“那可是我的地盘！别忘了，我是一只熊！到我的地盘时，我会保护你的！”

“好啊，我会感谢你的保护！”

75

祝自修带着沙盘照片回去后就病了。

他的病状很奇特。没有高烧也没有疼痛，只是躺在床上昏睡，一身一身地出汗，偶尔发出梦呓般声音。

陶桦想带丈夫去医院，可是她搬不动他；他于迷迷糊糊中顽固地坚守在自己的被窝里，说什么也不肯离开。陶桦只好给她喂些米汤和热奶。这样一躺就是三天。这期间，陶桦请了一位做医生的朋友来家里，查了半天，医生也说不出究竟是什么病。陶桦慌了，她决定把丈夫强行送进医院，可是凭她的力气显然办不到，打电话叫120？那又太过招摇。急救车呜呜哇哇一通乱叫，弄得全楼乃至整个小区都知道了，陶桦认为不吉利，更为重要的，是她担心惊吓到老公。她隐隐约约地有个想法，她感觉老公的病有点蹊跷，似乎与身体关系不大，倒像是中了魔，是精神方面的问题。

万般无奈之下，陶桦还是决定向老同学求助，她在电话中把祝自修的状况一讲，贺大刚就急三火四地赶来了。

贺大刚坐到祝自修的床边，一声接一声地喊着他的名字。他说“老祝！祝自修！我是老贺啊！你小子别在这儿装死，给我起来，咱们喝酒去啊！”看到祝自修没有什么反应，贺大刚有点儿心急，就不住地摇晃他，推他的肩膀，拉他的手臂，也不理会陶桦的一再阻止。陶桦急切地说，“要不，找几个人，把他抬到医院去吧！”贺大刚说，“别急，我认识一位老中医，先给他把把脉。我看他这毛病恐怕西医治不了，只能让中医看看了。”“可是，他肯定不会吃中药的，”陶桦担忧地说，“我给他喂的汤汤水水，没有甜味的他都吐出来，怎么能喝中药汤呢？”贺大刚却很有把握地说，“我有办法！不用喝药，给他扎针！我认识的老中医可是针灸高手！”

两个人的对话还在进行，躺在床上的祝自修却睁开了双眼，只是眼神有些迷顿，痴痴惘惘地望着他的老同学贺大刚。

“我想……见……沈媛……”祝自修依旧梦呓般地说。

床边的两个人都听见了病人的话。二人对视一下，贺大刚有些夸张地做了个耸肩的动作，而陶桦却委屈得把脸扭向一旁。

祝自修说出这几个字后，又昏睡了过去，任凭怎么呼唤都不做反应了。

病人的请求即使不是圣旨，也应该无条件地予以满足。于是贺大刚打电话邀请美女前来治病救人。

在等待沈媛到来的几十分钟里，贺大刚对老同学陶桦讲起了自己的生活。他说，自从“江天丽景事件”之后，他忽然看明白了好多事情。他说跟真情相比，所谓物质财富就变得一文不值。他告诉陶桦，出事之后，前妻李惠一直在身边照顾他，而现任妻子却怪罪他跟沈媛鬼混而要求离婚，并且请律师跟他打官司，以他是过错方为由分走了很多资产。他说自己很感动于李惠对他的情义，他甚至想过跟李惠复婚，然而被前妻婉拒了。李惠说他们已经不可能再有夫妻那样的情感，但他是孩子的父亲，他们永远是亲人。

说到这里，贺大刚一脸的感动，他说，“我对不起李惠，我想好好补偿她。可是她不给我这个机会，我敬重这个女人！”

“那么沈媛呢？”陶桦迟迟疑疑地问，“你们之间还……而且，你不会……因此而记恨他吧？”陶桦指着躺在床上的祝自修说。

“说来奇怪，”贺大刚说，“以前我也喜欢沈媛，却并没有过分在意她。就算她跟老祝……我也没怎么生气，大家都是玩嘛。可自从出事之后，我感觉跟她关系不一样了。她对我的态度也发生了变化，有点死心塌地的意思了呵呵。”

“你们会结婚吗？”陶桦问。

“……也许吧，如果她要求的话。”贺大刚不太肯定地说。

电话响了。美女沈媛就在楼下。

见到妖娆美人沈媛时，陶桦心中百味杂陈，但她没有时间梳理这些，丈夫还在床上等着人家的救助，虽然她不清楚这是什么方式的救助，但她朦胧地期盼着某种奇迹的发生。

沈媛来到床边，没有扭捏，也不推诿，直接拉起祝自修的一只手，悄声唤着，“祝总，我是沈媛，我来看你了！”祝自修没有反应。沈媛拿起那只病人的手，缓缓送到唇边，轻柔地亲着，重复着说，“我是沈媛，我是沈媛啊！”站在一边的两位旁观者心中不是滋味，一直紧张地盯着床上的病人。

祝自修终于缓缓睁开了眼睛，目光空蒙地望着沈媛，没有任何表情。沈媛握住那只被她亲过的手，某种信息通过手的传导而被病人接收，祝自修的面部表情变得安静平和下来，他的呼吸也变得均匀了，所有在场的人都能感觉到这种安静与平和，也都悄悄舒了口气。这时，大家发现祝自修的目光开始转动，他的目光离开了沈媛，一点一点地缓慢移动着，最后，落在了陶桦的身上。

“给我，你的手。”祝自修对妻子说。

陶桦愣住了。愣了几秒之后，终于，她迟疑地伸出手来，握住了祝自修的另一只手。

祝自修又闭上了眼睛。他的两只手，分别拉着两个女人。他的手分别握在两个女人的手中。于是，这一次，他安详地闭上眼睛，很快就入睡了。看得出他睡得很安稳，而且很香甜。那是真正的安睡，他的脸上甚至还挂着无比满足的笑容……

祝自修的这一觉睡得很长。当他醒来时，他就真正醒过来，从床上起来了。

贺大刚和沈媛已经离去。然而，祝自修似乎根本不记得他们曾经来过，他只是对身边的陶桦说，“我饿了，想吃你做的皮蛋瘦肉粥！”

76

我们每个人最早与这个世界发生的人际联系的全部经验，都来自于母亲。这种联系从生命形成之初那一刻就开始了，那时，我们生活在母体之中，通过脐带与母亲发生联结，这种联系是稳定而安全的，也令我们非常满意。我们在母亲子宫内慢慢生长，终有一天我们长大了，母体再也装不下我们，我们不得不变成独立的生命个体。出生之后，母亲与我们的联系就不再那么稳定，在我们需要她哺育、需要她的怀抱、需要聆听她的柔声细语时，她有时会及时出现在我们身边，有时则不能及时满足我们的心愿；在我们以哭闹的形式引起她的关注时，她也不能每次都提供温暖的关爱，甚至还会责骂、痛斥或打我们一顿。因此，在我们幼小的心灵里，母亲留给我们的印记往往是两个面目，两种相反的心理体验，即有时她是好妈妈，有时，又是一个坏妈妈。每个孩子的内心世界里都同时存在着好妈妈和坏妈妈两种评价。

随着年龄的增长和心理的成熟，大多数人在热爱着自己的“好妈妈”的同时，也能够理解并谅解“坏妈妈”对我们做过的事，能把这两种评价有效整合，形成对母亲这个生命意义上的词汇完整与合理的认知，而不至于造成分裂感。但有的人却在这个整合的过程中出了问题。

比如祝自修。

母亲出事之前，非常关心和疼爱他，一直是他的“好妈妈”，也就是说，母亲对待他的方式，是他心理世界中“好妈妈”模式的再现与强化；而发生那样的事情之后，他对母亲产生了来自两个方面的愤怒：一是母亲突然自杀离他而去，彻底抛弃了他，再也不能向他敞开温暖的怀抱，她不再理睬孩子，而且永远无法理睬自己的孩子，这是一种对“坏妈妈”的体验；二是来自成人世界的评价，他的父亲包括祖父在内，都在说他的母亲是一个“坏女人”，这样的评价不仅有着是非的标准，而且还深含道德伦理色彩，而这一切在即将进入青春期的少年心中，无疑会制造出巨人的内心困惑。因此，这种愤怒的体验及困惑，唤起了早年心目中“坏妈妈”的印记。此时，少年内心发生着激烈的冲突，即一直以来的好妈妈与突然唤起的坏妈妈，这两种形象的分裂感，让他的心灵备受折磨，这种折磨持久而深刻，从青春期初始，一直到成年。这深深影响着他成年后对于女性的认同与评价。

祝自修的妻子陶桦，是他心中“好妈妈”的模式，她对他关心爱护，贤惠能干，而且，她经常是“正确”的，不会被世人说成“坏女人”，然而，在他的生命中，只有一个好妈妈注定不会令他满足，因为还有一个坏妈妈令他魂绕梦牵，虽然那些欢场女子很像被父亲说成的那种“坏女人”,但她们没有母性的光辉,所以还不至于令他迷恋,直到沈媛的出现,把他对“坏妈妈”的渴望推到了极致。他生命中需要这样的女人。

那么,遥远的“她”呢? 那个他从未得到的女人?

吕青萍告诉他,那是他心目中完美的母亲,完美的女人。与其说是存在于他的心理世界整合完善的女性形象,不如说是他期待中的整合,是他对于女性、对于母亲的最高理想化。她遥不可及;即使在他身边,也不与他发生亲密关系,他一直没有进入她的自我边界,因而这种理想化得以保持完整。她越是遥远,越是神秘,便越美好。

人的发展具有内在的动力,即使没有外部世界的帮助,每个生命都有着自我成长与自我完善的力量,这种成长与完善,包括身体与心理两方面。尤其是后者,其能量是非常强大的。所以,祝自修一直在心目中追寻着一个完美女性的象征,以完成对好妈妈与坏妈妈的整合,从而对抗来自成长过程中的分裂感;在现实中,他为自己找到一个好妈妈作为妻子,又寻找到一位坏妈妈作为情人,虽然行为上有违社会主流道德与伦常,但这样的行为是一种象征,象征着他追寻完整而对抗分裂。这是一种心灵成长。但所有的成长都将付出代价,都要体验痛苦。所以他因困惑而出走,所以他神志不清大病一场,病是成长之果,也是下一次成长之因。因果之间,他于不自觉之中,迈上了一个成长的台阶,他让两个女人同时来到他的身边,他同时握住她们的手,一个好妈妈,一个坏妈妈,通过两只手的紧握这种象征性的表达,完成了他对女性、对母亲印象的整合与完善。

这一切,他是通过生病来完成。通过自发行为来完成。通过潜意识的力量来完成。通过心灵内部的强大动力来完成。但这一切,都离不开女人的怀抱。

这就是一个男人的成长。

在吕青萍的工作室，祝自修和陶桦听完咨询师上述的解释之后,感受到了深深的震撼。尤其是祝自修,他发觉自己的心境变得澄明透彻,充满从未有过的坚实感。他把那幅照片从包里拿出来,放在茶桌上,久久凝视着。心底有一股暖暖的气息在悄悄流动。

“现在再看这个沙盘,你有什么感觉？”吕青萍问他。

“我想追上女儿,劝她回去。然后,我自己走进那片森林,去那个小木屋,找到我的母亲。”

“是这样的。这就是你们一家前段时间遇到的困扰。”吕青萍望着陶桦说,“小桦是个懂事的孩子,她非常爱你们。作为家庭中最弱的成员,她也最为敏感。她的心灵感知着家庭中隐藏着的一种力量,这种力量在把父亲推向外面。”吕青萍指着照片上那破损的栅栏,“孩子的无意识呈现了这样的动力，她感到父亲要离开,而母亲却毫无觉知,她有些愤怒,出于对父母的忠诚和对家庭的归属感,她要替代父亲而去寻访自己的祖母。当然这一切都不是她意识到的,而是发生在深层心灵,就是我们说的潜意识。寻访祖母也意味着靠近死亡,所以她曾经表现为呕吐、厌食,不再营养自己的身体,表现为一种死本能。”

“那么现在呢？”陶桦不安地问。

“现在,一切都过去了。因为父亲的觉醒,父亲将承担起自己的命运，就不再需要女儿的替代了。你们的女儿也会做回她自己,做一个好孩子。”

“那我们接下去应该怎么做？”陶桦问吕青萍。吕青萍却转向祝自修,问,“对于你妻子的问题,你有什么想法？”

“以后的事,我还没有时间去想。”祝自修说,“我现在非常想做的一件事，就是回老家去给母亲上上坟。”

“非常好的想法！”吕青萍支持他说，“修复与母亲的心灵联给非常重要。你想对母亲说点什么呢？”

“我想对她说，我对不起她。”

“其实，你做得已经很好。你从来没有忘记过自己的母亲，不是吗？你一直思恋她，虽然平时很少谈起，是因为这种思恋太深太久，无法用言语表达。你的妈妈是不会怪你的。”

祝自修默默地流着泪。

“告诉母亲，她承受了她自己的命运，作为儿子，你尊重她的人生，你一直在爱她。而你，也将认真担当起自己的人生。因为你是她的儿子。”

祝自修擦掉了眼泪，转向他的妻子，说，“我想带你和小桦回一趟老家，你愿意跟我去吗？”

陶桦感动地说，“当然愿意。趁暑假还没结束，我们下周就动身吧？”

对于这个家庭的系统治疗到此全部结束了。吕青萍站起身，送别了夫妻二人。

陶桦热情地拥抱了咨询师。听到吕青萍说祝你们幸福时，陶桦忽然哭了。她流着泪说，“我不会忘记你的……我也祝你生活幸福！”

77

这天傍晚，吕青萍带着求助者的祝福回到家中，丈夫老刘已经做好一桌饭菜，耐心沉静地坐在沙发上等她。儿子朋朋却好像不太开心，叫了几遍，才磨磨蹭蹭来到餐桌旁。

一家三口在一派宁静祥和的气氛中共进了晚餐。在老刘的倡议下，他们甚至还喝了一点红酒。进餐过程中，吕青萍盛赞了丈夫的厨艺，她是发自内心的，老刘并不经常下厨房，但偶尔露上几手，确实技高一筹，连朋朋也承认这一点。

收拾完毕，儿子回房间继续写作业，吕青萍来到书房，准备整理一下祝小桦一家的案例，不是一般意义上的咨询日志，她打算将它写成一篇东西，论文？研究报告？还是小说？她还没有想好；她只是觉得这个个案很感人，也很深刻，无处不闪耀着人性的光辉，不能让它寂寞地存在于普通的咨询记录中。

吕青萍刚刚打开电脑，老刘一脸严肃地走了进来，并随手关上了房门。这有些不寻常。平时，只要她在书房，丈夫很少进来打扰。

老刘坐下来，坐在书桌对面的沙发上，语气凝重地说，“我想跟你谈一件事。”

老刘告诉吕青萍，他要去上海工作了，上海的一家设计院看好了他，让他过去负责一个项目。

“预计多长时间？”吕青萍此时显得有些迟钝。

“可能很久，也可能……我就不回来了。”老刘不太坚定地说。

吕青萍终于有些清醒了。

“能告诉我你的想法吗？”她盯着自己的丈夫，一时有些想不明白。

“我感觉跟你在一起生活……有些累，心里总是很不安。好像生活在透明玻璃罩里，我的一言一行一举一动，全能被你看穿。这种感觉很不好，尤其是对于一个男人来说。你太能干了，懂得也太多，在你面前我发觉自己经常很幼稚……你能理解我的这种感觉吗？”

“或许我可以理解一些，但不是全部。”吕青萍想了想，犹豫了半天，最后还是问了出来，“除此之外，还有另外的原因吗？比如说……另外的人？”

老刘忙说，没有另外什么人。“只是我跟你之间，只是我对你的感觉。”

吕青萍从心底长长叹了口气。她突然在这个时候想起了林子谦。他的梦，和梦中的山洞。

“好吧，既然你已经决定，我怎么能拦得住你呢？你也需要走出你的山洞了。”

“什么山洞？”老刘一头雾水。

“你打算什么时候动身？”吕青萍并没有回答老刘关于山洞的疑问。

“明晚的飞机。”老刘说，“单位这边的手续我已经办利索了。”

“那好吧，”吕青萍关闭了电脑站起身，“明天你就要远行了，今晚，我们早一点休息！”

……

次日傍晚，吕青萍带着儿子送丈夫上了飞机。他们对儿子的解释是，爸爸要到上海工作一段时间，因为一个重要项目的需要。

那天晚上，老刘抵达上海后发来一条手机信息。他说，你就那么要强，都不肯挽留我？

吕青萍回复他，“留你不住。等你回来。”

这个晚上，吕青萍躺下来，望着空出来的另一半床铺，心里很空，也很痛。她让这种痛保持下去，她允许自己的心难过一个晚上。明天，她要做的事情很多，包括对朋朋，她需要让儿子学着适应父亲不在身边的生活了。

78

再次来到这处松林掩映的山坡。还是那片墓园，只是雨季之后，那些清明时节被安放在每个坟前的彩纸花环已经在风雨中失去了颜色，甚至有许多只剩下白森森的竹木骨架。但墓地的野草和山花却是异常的繁茂而绚烂。

这一次上山，吕青萍不是跟走路者协会的朋友们在一起，而是跟林子谦。这是最后一次咨询。她说，你已经走出了山洞，所以，作为象征，他们来到了城郊的古陌岭。

天气不是很晴，但云的颜色很有层次和质感，浓淡相间，一团一团漫不经心地随风飘浮着，太阳就在这云卷云舒之间俯视着大地万物。

午后的阳光仍有些刺目，即使有了云层的阻隔，也能感受到它辐射的力度。

吕青萍想起欧文·亚龙的著作，《直视骄阳》。亚龙说，直面死亡就像用肉眼直视如此耀眼的太阳的光线。而现在，此时，他们在午后的阳光下，在洒满阳光的山坡上，在山坡的墓地旁，将要谈论的话题会是什么？

是死亡。毫无疑问，他们将要面对这个生命永远无法摆脱的阴影。

死亡是人生最大的阴影，以及永恒的陪伴。

人类自从出生之日起，所面临的最大课题和终极任务，就是对抗死亡所带来的焦虑。

鲁迅在他的作品中讲过这样一个故事。有一个富裕人家生了一个孩子，亲戚朋友纷纷前来祝贺，大家都在说这孩子将来定会大富大贵长命百岁之类的吉利话，唯独有一个人不识时务，他说，这个孩子将来一定会死的。结果可以想象,他被众人打了出去。

死亡,以及谈论死亡,是人类的禁忌。人们对于死亡的态度是否认,是逃避,是隔离,是压抑。面对死亡,就是面对生命最为浓重的阴影。然而当你有勇气直视骄阳,却可以获得巨大的生命潜能。不知死,焉知生?

山坡上的微风轻拂着每一棵树的枝叶;墓地周围蓬草连天,野花弥漫。两个人静静地伫立,伫立在松林与墓地之间。

"谢谢你陪我来这里,或许我一个人还没有这样的勇气如此近距离地面对死亡。"吕青萍对林子谦说。

"我们都害怕死亡。但不同的人怕的不一样。不同的年龄怕的也不一样,比如,我小时候以为死会很疼,所以恐惧死亡其实是害怕疼痛。"林子谦说。

"那么现在你怕的是什么呢?"

"坠落感," 林子谦说,"死亡给我的感觉将会是永无休止地坠入一个深不见底的黑洞。"

"而我,惧怕的是无知。死了之后什么也看不见什么也听不到了,这个世界上发生的任何事情都跟我没有了关系,而我自己的世界永远消失了。"

"是的,这是很可怕。"林子谦说,"如果一个人死了,相对于他来说,这个世界就覆灭了。"

"其实,对于人们来说,怕死并不是事情的真相。据说死亡的瞬间是令人愉悦的,死亡本身并不可怕。人们说是怕死,其实是怕老。对于死亡的焦虑来自婴孩儿的记忆,他们羸弱无能,渴望被保护,害怕被伤害,到了老年又进入这个无助的状态,因此这个害怕的记忆又被勾起,害怕老才是真的。"

"那么我们能为死亡做些什么?"

"活着,"吕青萍说,"以活着的方式,让生命找到存在感,从而克服死亡焦虑。”

“生命的存在感？可以有许多方式来证明啊！爱人与被爱；工作与赚钱；交大量的朋友，跟他们一起大吃大喝大哭大笑；跟异性做爱，生育后代，让自己的基因传续；著书立说，让自己的思想得以传播；当很大的官儿，通过控制别人证明自己的存在；或者做一只卑微的狗，摇晃尾巴也是一种存在的方式。”

“你说得太好了！”吕青萍坐在一棵松树下，让自己的身体舒服地靠在树干上。“你知道我现在在想什么吗？”她对林子谦说，“我现在特别想成为这座山坡上的一棵树。”

“面对一片坟地而生长，从而获得永生的喜悦？”

“没有什么可以永生，但可以不死。如果我是一棵树，虽不能永生，但当它倒下那一天，树的枝冠、树干连同树根，完全回归泥土，变成另一种物质，仍然可以滋养或繁殖，所以，作为一棵树虽然不存在了，但是它的物质还在。”

“人类如何可以做到不死呢？”

“无论活着的时候做过多少惊天伟业，但作为生命的个体都将消失。活在当下，寻找生命的存在感及意义，仍然不能解决终极问题，仍带有自欺或自我安慰的色彩。所以，最好的做法是，不要回避。你不是说死亡就像一次无休止的坠落吗？如果知晓坠向何处，你的恐惧是不是就会减轻？”

“那么，死亡将令我们坠向何处？”

吕青萍让自己的身体躺在草地上。

“大地。自然。泥土与花香。”她有些陶醉地说，“如果我被埋在一棵树下，我的身体就成为树的一部分。我虽然不能永生，但可以不死。”

“这是你为自己找到的最好归宿吗？”

“这是我从前的思索。现在，我有了新的想法。”吕青萍坐了起来，笑吟吟地望着林子谦，“这个想法在我心里很久了，但从未对任何一个人说起过，今天，你是第一个！”

林子谦说，“那我感觉太荣幸了！而且有些紧张。告诉我，是什么想法？”

“你见过海滨公路上的大风车吗？”吕青萍说，“那些高大的巨人们，立于天地之间，足下是坚实的土地，头顶是碧蓝的天空。我很喜欢那成排的大风车，希望把它们纳入我的一部分，成为我的一个子人格。如果有一天我离开了这个世界，我希望能埋在一架大风车的脚下，我的身体变成它脚下的泥土，我的灵魂却可以飞升，在浩渺的宇宙中感知着无限的存在。”

“这是心理层面的方法吗？”林子谦问。

“不，这是灵性层面的信念。”吕青萍郑重地说。

“下一次，我们一起开车去海滨公路上看大风车吧！”林子谦说，“你可以为自己选定一个，我也要选一个给自己。最好，我们两个人的风车挨在一起，一起望着对面的大海和头顶的蓝天。”

吕青萍想象着林子谦描述的场景，她忽然间被感动，或许，她已经被感动很久了。

“今天之后，我们的工作就完全结束了。”吕青萍对她的求助者说，“其实，大半年的时光里，是你一直在陪伴着我成长。从这个意义上说，我非常感谢你。你是我的子人格，你变得坚定了，我就感觉自己更成熟更有力量。”

林子谦笑了，笑得很天真，很孩子气。他说，“是真的这样吗？如果是，请允许我拉着你的手，让我带你走出这片墓地，让我带你下山。”

天色还不晚，黄昏尚未来临。

金色的云霞呈螺旋状铺展在天际，像一只巨大的曼陀罗花儿。

79

很久很久没有与“另一个自己”联系了。

这天晚上,吕青萍在网上忽然想对远方的他/她说些什么。

然而,点开那个 QQ 对话框,吕青萍却犹豫了。她有点儿怕。怕找不到那个人。如果他/她忽然消失了,她将真正被抛弃,被她自己抛弃。

她对着电脑屏幕,终于说出了自己的担忧。

——我们都是上苍的弃儿,我们都是坚韧的行者,然而,我感到了孤独。你会一直陪伴我吗?

对话框里很快跳出一行文字:

——如果我们不能避免曾经被抛弃, 我们可以避免在人生道路上的相互背离。弃儿需要独立,行者可以结伴。而我和你,我们,永远在一起!